KB241152

Katis - The Magic Sword

Katis
마검이야기

카티스

1

카티스 1

방지연 판타지 장편 소설

초판 1쇄 찍은 날 § 2001년 2월 25일
초판 1쇄 펴낸 날 § 2001년 3월 5일

지은이 § 방지연
펴낸이 § 서경석
펴낸곳 § 도서출판 청어람
편집 § 문혜영 · 허경란 · 박영주 · 김희정 · 권민정
마케팅 § 정필 · 강양원

등록번호 § 제1081-1-89호
등록일자 § 1999. 5. 31
어람번호 § 제1-0075호

주소 § 경기도 부천시 원미구 심곡1동 350-1 남성B/D 3F ㈜420-011
전화 § 032-656-4452 팩스 § 032-656-4453
e-mail § eoram99@chollian.net

ⓒ 방지연, 2001

값 7,500원

※ 잘못된 책은 바꿔드립니다.
※ 저자와 협의하여 인지를 붙이지 않습니다.

ISBN 89-5505-061-5 (SET) / ISBN 89-5505-062-3 04810

Katis
마검이야기

카티스

1

마검의 소유자

방지연 판타지 장편 소설

도서출판
청어람

Katis
마검이야기

카티스

목차

작가의 말

Katis

안녕하세요.

카티스는 98년부터 쓰기 시작했던 글입니다. 길기도 했고 짧기도 했던 기간이었습니다. 그런데 벌써 2년이나 흐르고 또 이 글을 책으로 볼 수 있다니 저도 매우 반갑습니다.

「카티스」는 저의 첫 번째 장편 소설은 아니었습니다. 카티스를 처음 쓸 때는 특별히 길게 쓸 생각도 없었고 중편 정도로만 써서 끝낼 생각이었습니다. 그런데 쓰다 보니 어느새 내용이 많이 늘어나 저도 쓰면서 놀랐습니다. 이야기 자체도 많이 늘어났고 표현하고 싶은 것도 많아졌지요. 그렇게 이 소설이 완성된 것입니다.

카티스 소설의 캐릭터들의 일부는 북구 신화에서 나오는 이름들입니다. 미드가르드나 니드호그, 무스펠하임, 로키 등은 등장하지만 북구 신화의 설정을 그대로 따른 것이 아닌 이름만 같은 다른 인물들입니다. 제 식대로 표현하고 연기한 캐릭터들이 제 나름대로의 세계관에 녹아 들어 가 있다고 생각합니다. 그들이 살아 숨 쉬는 연기를 하지 못했다면 제 탓이겠지만, 지금으로써는 최대한 그들의 삶을 글로 옮기기 위해 노력했다고 저는 생각하고 있습니다.

이 소설에 등장하는 마검들은 거의 인간과 동일합니다. 인간처럼 변할 수도 있고, 웃고 울고, 또 성장할 수 있는 검들입니다. 마검이 섬기는 주인이라는 존재는 그 검들의 자유를 속박하고 있기도 하고 자유를 부여해 주기도 하는 존재들입니다. 게다가 그런 '마검'을 소유하고 있는 라그나 카티스는 자유로우면서도 자유롭지 않은 자, 그러면서도 자

Katis 카티스

유를 갈망하는 자로, 제가 이 소설에서 나타내고 싶어했던 것이 바로 그것입니다. 그것이 잘 느껴지는지 그렇지 않은지는 저로선 잘 모르겠지만요.

아직도 많은 생각들을 하면서 또 다른 이야기를 구상하는 스스로를 발견할 때마다 창작 활동을 하지 않고서는 절대 살아가지 못할 것이라는 생각이 드네요. 많은 이야기들이 머리 속에 있고 그 이야기들을 재미있게 구현해 보고 싶습니다. 앞으로도 부족한 실력이지만 열심히 닦아서 글을 써 나갈 생각입니다.

카티스를 습작 삼아 써서 연재한 것은 제가 운영하고 있는 홈페이지였습니다. 연재를 하면서 많은 분들이 방문해서 글을 읽어주셨고 실시간으로 비평해 주시고 감상해 주셨습니다. 그러면서 글 쓰는 데 많은 도움이 되었던 것 같습니다. 특히 방문해 주시는 분들은 카티스의 등장인물들을 보면서 마치 살아 있는 사람에게 대하듯이 그들이 웃을 때 웃고 울 때 함께 울어주셨습니다. 그럴 때마다 인터넷이라는 가상 세계가 고맙게 느껴지더군요. 게다가 제 마음속에만 있던 이야기를 읽어주시는 분들도 계셔서 즐거웠습니다. 이렇게 책으로 엮어지면 더 많은 분들이 저의 이야기에 공감해 주실지도 모른다는 생각에 가슴이 벅찹니다.

이 글을 쓰면서 정말 많은 도움을 받았습니다. 앞서 말씀드린 대로 무사히 완결 지을 수 있었던 것은 네트워크상에서 홈페이지에 방문해

Katis 카티스

주신 분들의 애정 어린 눈길 덕이었다고 생각합니다. 또 스토리상으로나 아이디어상으로나 항상 언니에게 많은 도움을 받았습니다. 제가 어떤 일을 해도 지켜봐 주신 부모님과 동생도 이야기를 만들어 나가는 데 많은 격려가 되었습니다.

여러 가지로 힘써주신 포키님과 격려해 주고 비평해 준 초혜, 은이, 유나, 예리 언니, 홈페이지에서 격려해 주신 많은 분들 덕분에 글을 완성할 수 있었습니다. 정말 감사드리고요, 또 편안하게 대해주시는 출판사 분들께도 모두 감사의 말을 전하고 싶습니다.

덧붙여 이 책을 읽으시는 모든 분께서 항상 즐거운 시간이 되시길 기원하겠습니다.

2001년 겨울 방지연.

Prologue

사방은 얼음으로 뒤덮인 순백의 세계.

얼음의 단면에 거울처럼 투영되어지는 검은빛의 칼날이 차갑게 관통된 몸에서 뽑혀져 오기 시작한다. 응고된 검붉은 피 위에 붉은 핏방울은 흩뿌려졌다. 그것이 스르릉— 소리와 함께 뽑혀져 나왔다.

검고 반투명한 날의 검.

흔히 볼 수 없는 기괴한 분위기의 피를 먹어 반투명해진 검은 칼날의 검이 가슴과 등을 연계해 주는 싸늘함을 느끼게 했다. 내 눈동자 안에 검의 정교한 손잡이가 비친다.

손잡이에 있는 문양은 장인의 정신이 깃들어 있는 듯 세세해서, 마치 그것이 살아 있는 생명체라는 착각에 빠져들게 된다.

그것은 나의 몸을 관통할 정도로 길고 단단한, 그리고 얇은 검이었다. 그 검이 나를 깊은 잠으로부터 깨우고 있다. 나의 움직임을 막고 있었던 그 검이 아이러니컬하게도 나를 눈뜨게 하고 있는 것인가.

나는 거추장스럽게 느껴진 그 칼날을 양손으로 쥐었다.

똑, 똑, 똑—

이 핏방울이 떨어지는 소리가 나를 눈뜨게 한 것일까.

핏방울 소리는 나의 신경을 날카롭게 고조시키고 감겼던 눈을 뜨게 하고 있다.

이글이글 타오르는 나의 붉은 눈 속에 비치는 검은 날의 검은 증오심을 가중시키기에 충분한 것이다. 붉은 피는 시간의 흐름과 관계없다는 듯, 무뎌짐없는 날카로운 칼날에 나의 심장은 빠르게 뛰었다.

망할! 바닥에 원형을 그리며 떨어지는 이 핏방울은 누구의 피란 말인가.

달콤한 피비린내가 나의 민감한 코를 찌르고 있다.

검고 반투명한 칼날에 비치는 색과 놀랄 만치도 부드러운 몸의 곡선.

저것이 바로 나의 몸이란 말인가.

나는 믿을 수 없다는 듯 눈을 뜨고 나의 모습을 바라보았다.

세월이 흘러도 변함없는 얼음 사이에서 나의 몸은 변할 수 없는 것으로 변해 있었다.

사물을 쉽게 얼려 버릴 것 같은 추운 공기는 아릿하게 몸을 마비시키듯 저려온다. 오랜 세월 딱딱하게 굳어버린 천 조각은 흙으로 만들어진 점토가 부식되듯이 가루가 되어 바닥에 흩어진다. 흩어지는 옷자락 소리와 터질 것 같은 심장의 고동 소리, 그것과 더불어 사람의 목소리가 머리 속을 통해서 들린다.

『나를 도와줘. 너의 힘이 필요해』

이것이 누구에게서 들리는 말일까.

설마 정말로 이 검은 칼이 나를 깨운 것일까. 나는 입꼬리를 치켜 올렸다. 나의 붉은 눈은 사방을 응시한다.

주위는 백색의 세계. 살아 있는 것은 아무것도 보이지 않는다. 손 안에 있는 검은 검의 칼날에 나의 붉은 눈동자가 비쳤다.

예전보다 좀 더 선이 가늘어진 모습.

지금은 낮이던가 밤이던가. 시간을 알 수 없는 때에 나는 나를 우습게 알고 이런 장소에 봉인한 마법사 녀석을 향한 저주의 말을 내뱉는다.

나는 그 마법사 녀석이 봉인의 도구로 썼던 이 검에 의해 눈을 뜬 것이다.

『나와 함께 가자. 그럼, 너를 봉인한 마법사를 만날 수 있을 거야』

검은 칼날의 검은 나에게 이렇게 속삭이고 있었다.

내가 이곳에서 수많은 시간을 보내도록 만든 그 마법사 녀석에 대해 이 검은 검 녀석은 잘 알고 있을지도 모른다는 생각이 들었다.

그렇지 않았다면 나는 내 몸에서 뽑아낸 그런 검 따위는 부숴 버리고 몸을 일으켰을 것이다. 그 검이 내 몸 안에서 빠져나온 순간, 어디에서 나왔는지 알 수 없는 검푸른 날갯깃이 얼음 기둥 사이로 흩날리고 있었다.

Chapter 1

마검의 소유자

나는 그것을 지니고 있었다.
그러나 그것은 나의 것은 아니었다.
내가 단지 그것을 소유하고 있었을 뿐.

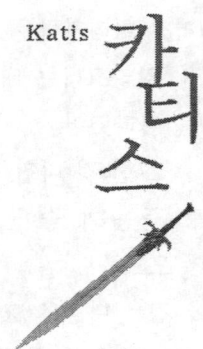

Katis 카티스

터덜터덜 마차가 달리고 있다. 말도 아니라 늙은 노새가 끄는 짐마차 위에 올라타서 하늘을 바라보는 것은 한가한 여행자나 할 만한 일이라고 나는 생각하고 있었다.

수확의 계절이 거의 다 지나갔지만 푸른 하늘과 시원한 바람은 여전히 능청스럽게 내 뺨을 간질이고 있었다.

『알타크나라는 나라를 기억하고 있어?』

머리 속으로 나긋한 목소리가 울린다. 다른 사람에게는 이 목소리가 들리지 않을 것이다. 나는 흐응~ 하는 콧소리를 내며 짚 더미 위에 앉을락 말락 하는 나비를 바라보고 있었다. 곤충은 과연 꽃이라는 식물 외의 다른 생물에게는 관심이 전혀 없는 태평한 존재라는 생각이 들어 샐쭉한 표정이 된다.

"기억할 리가 없잖아."

그런 작은 나라 따위는 기억하지 못한다. 나는 퉁명스럽게 중얼거렸다. 검은 머리카락이 바람의 흐름을 타고 흩날리고 있다. 헝클어진 머리카락은 헝클어진 채로 내버려 두었다.

『알타크나는 네가 미친 듯이 부숴대던 나라의 이웃에 위치한 작은 나라였어』

"그런 것 따윈 관심없어."

『듣는 게 좋아. 네가 나의 로드를 찾아 복수를 하고 싶으면』

으드득!

검은 마검(黑魔劍).

그리고 이 검은 마검의 로드!

그놈을 생각하면 이가 갈린다. 실제로 눈앞이 빨개지는 것을 느낀다. 놈은 나를 차디찬 얼음 기둥 사이에 이 저주받을 마검 놈을 꽂아 꼬챙이로 만든 채, 이 몸을 잠들도록 만들었다.

괘씸한 마법사! 마법이라는 알량한 속임수 따위를 쓰는 주제에 이 몸을 속박하려고 들었다니… 그 용기는 가상하지만 절대로 두고 볼 내가 아니다. 깨어나서 추정해 보니 백여 년의 시간을 봉인이라는 굴레 안에 속박당해 있었던 것 아닌가? 나를 그렇게 만든 마법사 놈을 가만두지 않겠다.

갈가리 찢어 그 살과 내장을 짐승의 밥으로 던져 주겠다!

그렇게 하지 않으면 이 몸의 속이 풀리지 않을 것이다. 나는 손톱이 뾰족해지는 것을 느꼈다.

『너의 마음은 이해해, 카티스. 그러니까 내가 도와준다고 말하는 거잖아』

능글맞은 놈의 목소리가 나를 더 놀리는 것처럼 들린다. 이놈의 마검이 정말로 나를 놀리고 있는지, 아니면 도와주고 있는지 분간하기가 쉽지 않다. 나는 놈을 분질러 버릴까 하는 생각까지 했다.

『그렇게 무서운 표정 짓지 마. 그나저나 빨리 로드를 찾아가지 않으면 너의 저주는 풀리지 않을 테니 어서 가지 않……』

나는 말 많은 놈을 지푸라기 속에 처박았다. 빌어먹을 녀석, 너 같은 놈은 피가 아닌 여물이나 먹어야 하는 법이야.

이놈의 수다쟁이 검은 말도 많다! 한시라도 말을 하지 않는 것을 본 일이 없다. 겨우 검 나부랭이 주제에 나에게 참견하는 것조차 마음에 들지 않는다!

마검이란 귀찮은 존재다. 내가 그 빌어먹을 마법사 놈에게 불시의 습격으로 인해서 당하기 전에 마검이라는 놈들이 상당히 명성을 떨치면서 잘난 척하던 시대가 있었다. 영웅이라는 놈들은 마검 하나 찾기에도 혈안이 되어 있었고, 마검을 가진 집안은 대대로 자랑거리였다.

마검을 가지고 있는 집안은 손에 꼽을 정도로 적어서 한 나라에 얼마나 많은 마검이 있나가 전쟁의 승패를 가르는 중요한 잣대가 되기도 했다.

한마디로 마검이란 못난 인간이나 라그나가 약한 자신의 힘을 커버하기 위해서나 사용하는 것. 종족의 고리타분한 계율을 지켜나가는 마검이라는 생명체를 그들은 손에 넣어 지배하는 것이다. 그러나 강한 라그나나 인간이 고고한 마검에 의해 선택되어지는 경우도 있다.

마검은 일종의 종족이다. 나는 그들이 주인을 섬기는 무기임과 동시에 '지적 생명체'라고 들었다. 달리 표현하자면, 마검이란 마검을 제외한 이종족(異種族)의 피를 먹고 성장하는 생명체인 것이다.

검이 어떻게 생명을 가질 수 있었는가 하고 묻는다면 나로서는 대답할 만한 지식이 전혀 없지만, 나는 더 이상 더도 아니고 덜도 아니다라고 화끈하게 대답해 줄 수는 있다. 마검은 결국 단순한 마검인 것이다

그러나 저 수다쟁이 검은 마검임에도 수다를 떨어가며 이 몸의 정신을 혼란하게 만들 뿐 아무짝에도 쓸모없는 물건이었다. 저놈은 나를 깨운 것 이외엔 지금까지 전혀 쓸모없었다.

이 수다쟁이 검은 아마도 날 봉인한 건방진 애송이의 마검인 것 같았는데…….

『카티, 귀를 기울여 들어! 알타크나는……』

말 많은 놈. 나는 놈을 든 손으로 짚 더미를 휘저었다. 얼마나 나불거리나 보자.

"혼자 중얼거리는 걸 보면 자넨 용병인가? 변방에 전쟁이 일어났다고 들었는데 그곳으로 가려나 보지, 젊은이?"

허탈한 노인의 목소리가 들려온다.

흐응, 그거 나에게 한 말인가?

말을 몰고 있는 노인은 내가 하는 행동에 대해 은근히 관심이 많은 모양이다. 하지만 이 라그나 라그나드 가넬인 이 몸께서 인간의 관심을 받아서 기뻐할 이유는 없다. 인간은 제멋대로 남을 배려하는 척하는 이기적인 동물이므로, 나는 녀석들에게 관심을 받아도 하등 기쁠 것이 없다고 생각한다.

나는 할아범을 향해 최대한 아니꼬운 표정으로 생긋 웃어주며 짚 더미 속에 처박아두었던 검을 뽑아 할아범의 목을 겨누었다.

"이봐, 닥치고 마차나 몰아. 그렇지 않으면 이 칼이 가만있지 않을 테니까."

내가 그 잔소리쟁이 영감의 목에 검을 들이밀자 쪼글쪼글한 영

감은 '히이익' 소리와 함께 두려움에 찬 기색을 드러낸 채 늙은 말을 몰기 시작한다. 주름진 얼굴에 식은땀이 송골송골 맺혀 있다. 그 영감은 굉장히 놀랐는지 식은땀을 멈추지 못한 채, 팔다리까지 떨며 다소 유약한 몸으로 말을 최대한 빨리 몰고 있다.

그렇다. 인간은 늙는다. 오래 살아봐야 백 살을 넘지 못하는 것이다. 그렇다면 내가 잠들어 있었던 기간은 인간이 늙어 죽을 정도는 되었다는 것이다. 나는 봉인되어 있던 나를 깨운 이 건방진 칼에게 '마법사가 인간이라면 벌써 죽었겠지'라고 물은 일이 있었다.

『괜찮아, 그는 인간이 아니니까』

그것이 이 건방진 마검 놈의 대답이었다.

보통의 인간이라면 그 마법사는 이미 죽어 흙이 되어 땅의 영양분이 되어 있겠지. 그러나 나는 그 마법사가 인간이 아니라는 말에 흥분을 멈출 수 없었다. 어차피 마법을 사용할 수 있을 정도라면 인간이 아니라는 것은 알고 있었지만, 마검 녀석의 입을 통해서 확인할 수 있었기 때문에 확신이 선다. 나는 놈에게 복수할 것이다.

내게서 백여 년이라는 시간을 빼앗아간 복수를 철저하게 해줄 것이다.

『알타크나는 너를 봉인한 마법사, 즉 나의 로드의 나라야』

놈의 그 말 한마디가 내가 알타크나로 향한 동기가 되었다.

나른한 날이다. 세월이 흘러감에 따라 서늘한 계절이 찾아오고 있어서 그런지 곧잘 졸음이 쏟아지기까지 한다. 그래서 그런 건지 나도 잠시 선잠이 들었다.

달그닥, 달그닥, 달그닥······.

멀리서 말들이 달려오는 소리가 들린다. 마차가 한 대, 말이 대여섯 마리, 쫓아오는 놈들도 있는 것으로 보아 귀족 나부랭이들이 타고 있을 것 같은 발자국 소리다.

백여 년 전이나 지금이나 신분 제도가 존재한다는 것은 거의 바뀐 게 없는 것 같다. 인간들 사회란 돌고 도는 것이기 때문에 인간은 바뀌어도 제도적인 면에서는 거의 변화가 없다고 해도 과언이 아니다. 그런 생각과 동시에 마차 안에 있는 신분 높으신 분을 보호하면서 말 타고 달리는 슬픈 짐승들의 모습이 시야에 들어온다. 마치 자신이 대단한 일을 하는 것인 양 근엄한 표정을 짓고 있는 자들도 있는가 하면 조바심을 내며 달리는 녀석도 있다. 하나같이 얼굴이 기름진 녀석들인걸 보면 꽤나 잘 나가는 집안 자제들인 모양이다.

"비켜라!"

그리고 저렇게 소리 지를 수 있는 것도 자신들이 지키고 있는 마차에 높으신 분이 타고 계시기 때문이겠지? 오로지 자신의 힘만으로 질서가 좌우되는 라그나들과는 다르다. 쯧, 인간이라는 것들은······.

나는 가느다랗게 실눈을 뜬 채 인간들이 지나가는 것을 바라보고 있다. 내가 타고 있던 짐마차는 멈추었고, 서민들이 보기에는 화려하기 이를 데 없는 마차는 쏜살같이 그 앞을 통과했다.

흐응, 라일락 향기가 났다. 마차 안에 타고 있는 것은 여성이로군.

나는 그렇게 생각하면서 어깨를 으쓱했다. 높으신 집안의 여성이라면 틀림없이 피도 맛있겠지······. 그런 생각이 들어 식욕이 당겨왔지만 바로 얼마 전까지만 해도 식사를 즐겼으니 자중하는 것이 좋겠다는 생각이 들어 다시 눈을 감았다.

내 능력은 본래의 힘에 반도 돌아오지 않았다. 이대로라면 수백만 명의 인간의 피를 마셔도 모자란 법이다. 날 봉인했던 마법사 녀석에게 복수해 주는 것은 이 정도의 힘이면 충분할 테지만, 원래 가지고 있던 힘을 찾지 못하면 이 몸이라고 할 수 없지 않은가?

마차는 다시 달리기 시작했다. 여전히 털털거리는 움직임이 마음에 걸려서 난 그 농부를 윽박질러 보았다. 여하간 농부라는 족속은 참 대범하면서 태평하기까지 하다. 내가 목에 칼을 들이밀어도 금방 잊어버리고 신바람이라도 난 양 콧노래를 흥얼거릴 수 있다니!

"오늘 저녁이 되기까지 도착하지 않으면 목과 몸을 분리시켜 네 목이 콧노래를 흥얼거리는 것을 몸통에게 보게 할 줄 알아!"

다시 노인의 얼굴엔 식은땀이 흐른다.

하지만 그뿐이다. 젠장할! 이 미친 늙은이는 나의 협박도 금방 잊어버리고 그 망할 콧노래를 다시 흥얼거리기 시작한다. 순간 노인네의 목을 쳐서 떨어뜨릴까도 생각해 보았지만 태평스러운 노인네의 행동에 발끈해 죽인다는 것이 별로 내키지 않는다. 의욕상실이라는 것인가, 이런 것이?! 빌어먹을.

결국 그 노인의 계속된 무관심과 흥얼거림으로 인하여 이 몸께서 그 짐마차에서 손수 내렸다고 하면 어떤 라그나가 믿겠는가?! 실제로 그런 문제뿐 아니라 노인의 노새가 이 몸께서 살짝 건드렸다는 이유만으로 죽는시늉을 하는 것을 보니 더 그곳에 있어도 그다지 나에게 도움이 되지 않을 것이라는 결론이 나왔다. 나는 마차에서 내려서 마을로 향하는 길을 걷고 있다. 걷는 것보다 느린 낡아빠진 짐마차를 타고 가고 있었던 내가 바로 어리석은 놈이지, 제기랄.

『카티, 너 아직 제대로 힘이 돌아오지 않았지?』

약이라도 올리는 듯한 말투로 날 놀리는 마검 놈. 이 녀석의 말투는 항상 나의 신경을 거슬렸다.

『하긴 봉인이 풀린 지—아니, 정확히 말해 내가 풀어주지 않았다면 넌 아직도 그 추운 곳에서 꼬치구이 신세겠지만—얼마 되지 않으니 아직 거동이 불편한가 보지?』

이 자식이, 마법사 자식을 만나기 전에 먼저 황천길 가고 싶나?

『여하간 영양 보충 좀 제대로 하고 몸 관리나 잘하는 게 좋을걸? 나중에 로드에게 당하지 말고 말야』

퍽!

킬킬대는 놈의 모습은 보고 싶지 않아서, 나는 놈을 그 길로 바닥에 처박았다.

저 망할 수다쟁이 검 자식, 허구한 날 잔소리에 혀만 잘도 굴린다. 이 수다 검의 이름을 몇 번이나 들었지만 너무 길어서 잊어버렸다. 아니, 역시 넌 수다 검이라는 호칭이 가장 잘 어울려. 거기서 얌전히 땅속의 양분이나 흡수하시지?

『카티스, 정말 너무하는군. 내가 식물인 줄 알아?!』

갖가지로 따지는 놈이다, 저놈은.

해가 뉘엿뉘엿 넘어가려고 한다. 젠장, 놈이 그런 말을 하고 나니 허기가 지긴 했다. 이대로 가다간 해가 져버릴 텐데 하는 불안한 마음도 있었다.

해가 지면 어떻게 되는가라고 나에게 물어도 특별히 변하는 것은 없다. 나는 나인 채다. 하지만 밤이 오는 것이 별로 달갑지 않은 것도 사실이다. 본디 라그나 라그나드인 이 몸은 저급의 라그나인 뱀파이어 따위와는 다르지만 피를 마셔서 그 생기를 빨아들이고 밤에는 더 능력이 강해지는 것이 정상이다. 그러나 지금 상태의 나에게 있어 밤이란 절대 고마운 존재가 아니다.

이건 다 그 망할 마법사 놈이 나에게 기분 나쁜 저주를 걸어두었기 때문이다. 그렇지 않았다면 밤을 두려워하는, 이 카티스답지 않은 일은 없었을 테니까.

『카티! 당장 꺼내줘, 고집쟁이 녀석아!』

나는 놈의 말에 아예 대꾸하지 않았다. 저 빌어먹을 검 놈과 이야기를 하려면 입이 열 개라도 부족하기 때문이다. 가지고 있어도 온갖 짜증과 시끄러운 수다에 대한 저항력만 생성시켜 주는 저 검이, 만일 나를 봉인했던 마법사에 대해서 가르쳐 줄 생각만 없었어도 난 그때 저 녀석을 얼음 사이에 푹 꽂아두고 왔을 것이다. 물론 저놈은 마검이라서 그런지 베고 찌르는 것은 다른 놈들보다 몇 배는 나은 것 같다. 하지만 수다스러운 입에 대해서 생각해 볼 때 다른 검이 저놈에 비해 만 배는 더 낫다는 생각이 든다. 다른 검들은 저런 식으로 입방아를 찧을 리 없으니까 말이다.

*　　　　　*　　　　　*

얼마 동안 간략한 식사 시간이었다. 특별히 먹을 것이나 간식을 싸가지고 다니는 취미는 없었기 때문에 그때그때 대자연의 산물을 이용해서 끼니를 채우는 쪽을 이용하고 있다.

나는 불에 적당히 익힌 물고기를 입에 집어넣었다. 하지만 이런 식으로 먹고 사는 건 별로 마음에 들지 않아서 인간들의 식당이라는 것을 나도 꽤 선호하는 편이다. 날것이 나쁘다고 생각하진 않지만 인간들의 음식은 그럭저럭 내 입에 맞는다.

푸른 하늘이 식사하는 내 머리 위로 펼쳐져 있다. 빌어먹을 날씨, 좋기도 하군.

이런 날씨에 여기서 열심히 다음 마을까지 도보 여행이나 하고 있어야 하다니. 말 타고 지나가는 놈이라도 있으면 그놈을 때려눕히고 갈 텐데 이상하게 마을까지 가는 마차도, 말도 없다. 이곳에 도착한 후 내가 타고 온 짐마차를 제외한 다른 짐마차는 본 일이 없다. 좀 이상한 날이라고 할 수 있다.

나는 물고기 비늘이 묻어 지저분해진 입을 아무렇게나 스윽 닦았다. 민물고기가 충분히 살 수 있을 정도의 냇가가 있는 것을 보면 얼마 가지 않아 마을이 있을 것이다. 나는 자리에서 일어서면서 마을이 있을 법한 곳을 눈으로 대강 찾아보았다.

바람이 세차게 불어오고 있다. 백 년 전이나 지금이나 거의 다를 바 없는 그 바람에 나의 쓸데없이 긴 머리카락이 흩날린다. 허리까지 닿는 긴 머리카락은 아가씨들이 좋아하지 않았더라면 절대 기르지 않았을 것 같은 귀찮은 존재다.

대부분의 인간 여자들은 외모에 치중하기 마련이다. 특히 젊고 어린 여성일수록 그렇다. 그래서 나는 인간의 여성이 좋다. 겉만 번지르르하면 내가 실제로 라그나이든 인간이든 간에 그들은 우선적으로 호감을 가지기 마련이니까. 그러니까 만일 내가 이 아름다운 머리카락을 잘라 버렸다면 그녀들은 실망할 것이다.

나는 다른 인간 놈들보다 가는 내 몸을 보면서 미소 지었다. 그리고 그 망할 놈의 검을 뽑아 들었다. 이제는 일어나서 가야 하니까.

또 수다를 늘어놓겠지? 망할 놈의 검.

『난 두더지가 아니라고. 땅속에 있어도 전혀 반갑지 않아!』

넌 지렁이 취급을 받아도 싸. 네가 그 녀석에 대해서 알고 있지만 않았더라면 난 틀림없이 널 쓰레기통에 처박아두었을 거다. 아니면 비싼 값으로 무기 상에 팔아먹었던가 말이다.

나는 그 검으로 물고기를 구워 먹던 불을 마저 껐다. 검신(劍身)으로 탕탕 타다 남은 장작을 두들겨 주었다.

『정말 너무하는 거 아냐? 불은 저기 있는 저 물로 끄라고!』

정말 말이 많은 놈이다, 마검이라는 것은.

이 녀석이 만일 인간이었다면 물에 빠지면 그 입만 동동 떴을 것이다.

"입 닥치고 얌전히 있으시지. 이 망할 칼. 넌 안내나 잘하도록 해. 정말 알타크나인지 뭔지로 가면 그 망할 마법사 녀석을 만날 수 있단 말이지?"

마검은 나의 물음과는 관계없이 우웅, 소리를 내며 자신의 몸을 진동시켰다. 마검의 울림은 마검의 감정을 표현하듯이 미약하게나마 진동하고 있다. 그것은 아마도 분노를 나타내는 모양인데, 이 놈은 몸이 없어도 각종 자신의 생각과 감정을 나타낼 수 있는 단순한 생각의 검이었다. 유치하긴, 그러니까 네가 검 머리 정도밖에 안 된단 말이다.

『카티! 나에게도 이름이 있어. 이름을 불러달라고』

"쇠 쪼가리 주제에 무슨 이름 같은 소리!"

『마검에겐 항상 이름이라는 것이 존재하기 마련이야』

지치지도 않고 설교하는 녀석 때문에 나는 웃을 생각도 나지 않았다. 나는 더 이상 놈의 설교를 들을 재간이 없어서 그 녀석을 싸구려 칼집에 넣어 입을 막아버렸다. 그 잘난 이름은 한 몇백 번은 들은 것 같은데 도무지 길어서 외울 수가 없다. 별로 외우고 싶은 마음이 없는 것도 기억에 큰 작용을 한 것 같지만.

이 망할 놈의 검아, 넌 그냥 수다쟁이 검이라고 불리는 것이 어울려.

이제 슬슬 마을로 가볼까.

인간의 마을 따위에 전혀 상관하고 싶지 않은 나지만, 인간들 사이에서 인간의 정보를 얻는 것이 가장 쉽다는 것은 누구나 잘 아는 진리이다. 내가 찾는 마법사는 인간들의 세상에 깊은 관련이 있으니, 마법사 녀석이 있다는 알타크나에 대한 정보를 수집하기 위해서라도 마을에 갈 필요성이 있었다.

나는 마을 쪽을 향해 걷기 시작했다. 길이 포장되어 있고, 또 마차가 다닌 흔적이 있으니 이 길로 가면 머지않아 마을에 도착할 수 있으리라는 생각이 들었다.

그 길로 마을이라는 곳으로 향했다. 지도에도 없는 시골 마을일지도 모르지만.

얼마 지나지 않아서 마을에 도착했더니.

"꺄아! 살려주세요!"

라는 소리가 들려오고 곳곳에 연기가 피어 오르는 등 난장판이었다.

마을이라고 하면 사람이 시끌벅적한 그런 거리까지는 아니더라도 조금 한가롭고 평화로운 그런 마을이어야 정상이 아닐까 하는 생각이 드는데 말이다.

통속적인 비명을 지르며 나에게 달려오는 아가씨의 모습과 함께 난동을 부리고 있는 사람들의 모습이 눈에 띈다. 난동을 부린다라고 한다면 틀린 말일지도 모르겠다. 실제로는 무기를 가진 사람들이 약한 마을 사람들을 학살하고 있었다고 한다면 말이 될 것이다.

정확하게 말하자면 약탈하고 있는 산적들 같았다.

"모두 죽이려고 하는 것 같군."

호오, 인간들의 세력 확장도 꽤나 치열하단 말이다.

난 예나 지금이나 변하지 않는 그 모습을 볼 때 코웃음이 나왔다. 싸우는 폼들을 보니 저항하지 못하는 인간을 죽이고 있기는 하지만 그들은 거친 용병 같은 느낌이 강했다. 산적이라기보다는 고용된 자들이라고 말하면 옳을 것 같군.

"목격자는 전부 죽여 버려!"

헤에, 혈투가 계속되고 있군. 한 놈이 유유히 들어오는 나를 발견하고는 죽이려고 눈을 까뒤집고 달려든다.

"이 자식, 운이 없는 줄 알아라."

도끼를 들고 달려오는 폼이 아주 가관이다. 하지만 운이 없다고 말할 수 있는 것은 오히려 네놈이다. 나는 자신있는 스피드로 검을 뽑아 녀석의 머리통과 몸통을 연결하는 부위를 정확하게 절단해 주었다.

이런 식으로 깨끗하게 목을 분리해 낼 수 있는 능력을 가진 자는 절대 많지 않다. 다 이 몸의 기술이 훌륭하기 때문에 가능한 것이라고 할 수 있다.

"저 녀석이?!"

몇 녀석이 주제도 모르고 나에게 달려들었다. 허허, 안 된다니까 그러네. 몇 놈이 달려와도 실력없는 인간들이 라그나 라그나드인 이 카티스를 상대할 수 있으리라고 생각하는가?

나는 가뿐히 뛰어올라 녀석 중 한 놈의 안면을 지그시 밟아주면서 다른 놈의 목을 잘랐다.

피가 튀었지만 나는 살짝 몸을 비틀어 몸에 피가 닿지 않도록 했다. 피를 마시는 것은 좋아하지만 몸에 튀는 것은 그다지 좋아하지 않기 때문에 나는 요령있게 녀석들의 머리를 갈랐다.

"젠장! 저 망할 녀석이?!"

"죽여 버려!"

눈앞의 상대가 강하다는 것을 뻔히 알면서도 녀석들은 만용을 부리며 손 안에 있는 각종 무기를 휘둘렀다. 그래도 무기를 들고 있는 손은 정직한 것인지 부르르 떨리고 있었다. 내가 자신들보다 훨씬 강하다는 것을 잘 알고 있는 것 같다.

"꺄아!"

여자들의 비명 소리가 들려온다. 마을의 여자들이 두려움에 떨며 구석에 숨어 있다가 들켜서 죽임을 당하는 모양이다. 여자들마저 무자비하게 죽이는 것을 보면 이 녀석들은 단순한 마을 약탈 도적단은 아닌 듯싶다. 흐웅, 역시 인간들의 세력 싸움과 관계가 있다고 하면 되는 것인가. 그냥 증거 인멸을 위해 사람들을 학살하는 것을 즐기라고 하면 되겠군. 나는 물론 나에게 덤비는 간이 부은 것들을 모두 처리해 주었다.

"어이, 수다 검. 오랜만의 피 맛은 어때?"

『별로 좋지 않아. 인간의 피 맛은 그저 그래. 없는 것보다는 낫지만.』

그건 나도 그렇게 생각한다. 인간은 일부 여성의 피를 제외하곤 그다지 맛이 없다. 그래서 나도 선호하지 않는다. 죽이긴 해도 검에 묻어나는 피를 혀로 핥는 짓 따위는 하고 싶지 않았다.

『근데 왜 이렇게 소란스러운 거지?』

"인간들끼리의 싸움이겠지. 난 신경 쓰고 싶지 않아."

나에게 덤비는 녀석들을 모두 죽여 버리는 거야 당연지사지만 인간들의 일에는 신경 쓰고 싶지 않다. 내가 신경 써야 하는 것은 오로지 알타크나가 어디에 위치한 나라이고, 그 나라의 마법사라고 하는 존재가 대체 어디에 있느냐는 것이다.

"저기, 저 녀석입니다."

이번에도 싱거운 녀석들이 나타났다. 험상궂게 생긴 녀석들이고, 키는 몰라도 덩치는 나의 두 배쯤은 되어 보이는 녀석들이다. 그 녀석들을 데리고 온 생쥐같이 생긴 녀석은 나의 눈을 피해 달아났던 녀석인 모양이다. 그러나 떨고 있는 녀석과는 달리 우락부락한 녀석들은 나 같은 건 신경도 쓰지 않는다는 듯이 희희낙락거리면서 자기들끼리 이야기한다. 내가 만만하게 보였나 보다.

"이제 거의 정리되어 가는데… 저놈은 왕도의 조무래기인가?"

"별로 강해 보이지도 않는구만."

너희 같은 근육 덩어리에 비해서 그렇게 생각하는 모양인데, 인간들의 기준이 쓸데없다는 것을 하나도 모르고 있는 놈들이다.

"그보다 왕녀는?"

"곧 처리하겠습니다."

자신감이 넘치는 행동을 보이는 녀석들은 날 우습게 알고 있다.

"그보다 저 녀석을……."

"별로 힘도 없어 보이는군. 처리해 버려."

웃기고 있구만. 나는 흥! 코웃음치며 녀석들을 내리깔아 보았다.

"저게 감히 웃어?"

인간은 자신의 허세를 믿는다. 결국 보지 않으면 믿지 않는 특징이 있다. 그런 경우엔 당연히 보여주어야 마땅하다.

"괜히 끼어든 네가 잘못이다!"

『끼어들지 않았어도 죽이려고 했었던 주제에』

나는 녀석들의 만용에 비웃으며 수다 검 녀석을 휘두르기 위해 손목에 가벼운 스냅을 주었다. 놈들이 말은 번지르르하게 해도 결국 내가 검을 몇 번 휘두르기만 하면 곧 이어 비명과 함께 쉽게 나자빠져 버린다. 놈들이 자랑하던 근육은 아무런 도움도 되지 않고 나의 스피드와 정확함에 무너져 내리고 만다. 이 몸에게 덤비려면 라그나 라그나드라도 계약해서 데려오시지. 보통의 인간들로는 절대로 어림없다니까.

『인간들 싸움에 막 끼어들어도 돼?』

"먼저 나에게 덤벼들었으니 죽어야 마땅하지."

나는 마지막으로 달려든 놈의 심장에 수다 검 녀석의 칼날을 박아주면서 대꾸했다. 피가 사방으로 튀었지만 나는 한 방울도 맞지 않았다.

『모처럼 피를 마음껏 마실 수 있어서 좋긴 하지만』

어찌 되었든 싸우는 것은 좋다. 그 순간은 내가 살아 있다는 것을 느낄 수 있으니까.

『그런데 정보를 알려줄 사람이 하나도 없겠는걸?』

아차, 난 알타크나의 마법사에 대한 정보를 얻기 위해서 이 마을까지 왔던 기억이 난다. 알타크나의 국경 쪽으로 가야 한다고 하는데 지금으로서는 지도도 없고, 내가 가지고 있는 지식이란 것도 변변치 않은 데다가 깨어난 지 얼마 안 됐기 때문에 현재의 상식이란 것이 부족한 상태다.

『귀찮지 않으려면 다른 사람이라도 찾아보는 게 좋을 거야, 카티스. 그렇게 마구잡이로 죽여 버리면 아마 곤란할걸?』

수다 검 녀석의 말에 수긍하기는 싫지만 확실히 그랬다. 내 주위에는 시체가 되어 널브러져 있는 사람들의 모습밖에는 보이지 않는다. 붉은 선혈이 대지를 적시고 있다. 이렇게 되고 보니 옛날 생각이 난다. 피가 부족해서 많은 사람들을 죽이고 그 피를 손에 넣었었다. 다소 맛있는 피도 있었고 별로 맛없던 녀석도 있었다. 하지만 역시 인간이란 먹어도 먹어도 그다지 맛이 없다. 여자라면 그래도 먹을 만하다고 생각하지만.

그러다가 그 마법사를 만났었다. 그 마법사는 사람들을 죽이는 나를 용서할 수 없다는 가식적인 말을 하면서 이 몸에게 달려들었었다.

젠장! 옛날 생각하니까 골때리는군.

그 마법사 녀석이 생각나서 열 뻗쳐 온다. 더 죽일 녀석이 있어서 쓸어버리기라도 하면 속이 다 시원해질 텐데.

『사람이 온다!』

손 안에 들려 있는 마검 녀석은 나에게 그 사실을 전했다. 녀석의 말대로 누군가가 조심스럽게 다가오고 있다. 그쪽은 나를 전혀 의식하지 못하고 있는 건가?

발자국 소리가 점차로 빨라져 온다. 수풀이 있는 작은 마구간 뒤쪽에서 누군가 오고 있다! 나는 발소리가 나지 않게 그쪽으로 다가갔다. 아까 그 녀석들 가운데 남은 잔당인지도 모른다는 생각에 나는 화풀이를 할 생각이었다.

"헤에, 덤빌 테면 덤벼보시지?"

나는 발자국의 주인에게 스릉 검을 들어 목을 날리려고 했다.

"꺄아아―!"

난데없는 여성의 목소리가 들려왔다.

"여자?"

여자다. 그것도 이런 시골구석에는 전혀 어울리지 않는 귀족적인 모습을 하고 있는 그야말로 전형적인 아가씨였다. 그녀는 깜짝 놀라 그만 뒤로 넘어지고 말았다.

질 좋은 플라타나 블론드가 엉망이었고 비단 드레스에도 흙이 묻어 있는 것으로 보면 이 난리 속에서 피하기 위해 노력했기 때문인 것 같다. 그녀의 눈은 정확히 나를 향하고 있었다. 그 눈빛은 무의식 중에 나를 향하고 있었던 건가. 그 눈에 빛은 없었지만 나의 존재와 자신의 위험을 느끼고 있었던 것인지도 모른다.

"눈이 보이지 않는 아가씨인가?"

놀랐기 때문인지 그녀는 아무런 말도 하지 못했다. 그렇게 잠시 동안 나를 보는 사이에도 시간은 흘러가고 있었다. 그때 수다 검 녀석이 내 손 안에서 우웅~ 울려왔다.

『이번엔 말 탄 사람들이 오는데?』

수다 검 녀석의 말대로 말을 타고 달려오는 인간을 곧 발견할 수 있었다. 손에는 창을 든 것을 보니 기사는 아니더라도 용병인 모양이다.

"저기 있다!"

어라? 이 여자를 노리고 있었던 모양이로군.

나는 그녀의 손을 잡아 일으켜 주었다. 장갑을 낀 손은 더없이 고왔고 얼굴도 비교적 예쁘장하게 생겼다. 여자들 고유의 화장품 냄새는 나지 않았고 약간의 땀 냄새가 섞인 살 냄새가 나서 호전적이었던 기분이 약간 풀어졌다.

역시 여자는 좋아. 인간이든 아니든 간에 여자란 남자에게 필요한 존재라고 나는 생각한다.

"감사합니다."

"뭘."

하마터면 난 널 죽일 뻔했는걸.

네가 깜짝 놀라 소리치지 않았다면 나는 주저없이 너의 목을 베어버렸을 거야.

"놓치면 안 된다!"

말을 탄 녀석들이 우르르 몰려왔다. 과연 이 여자를 노리고 있는 것 같았다.

"도, 도와주세요."

통속적이라고 한다면 통속적이지만, 난 여자들이 나에게 이렇게 말하는 것을 어느 정도는 즐긴다. 여러 가지로 여자들은 남자를 이용해 먹을 줄 아는 것 같다.

"이 녀석, 뭐냐?! 비⋯⋯."

그게 바로 네 녀석의 유언이다. 나는 마검으로 녀석의 심장을 관통함으로써 놈의 입을 막아주었다. 뒤따라오던 다른 녀석들은 지레 겁을 먹었는지 말을 멈추어 세웠다.

"넌 뭐냐?"

이럴 때 죽을 놈에게는 이름이 필요없다고 하는 거야, 이 바보 녀석.

나는 번개처럼 빠른 속도로 검을 놀려 나에게 당돌한 질문을 한 놈의 목과 몸을 분리시켰다.

"저 녀석은 한팬가?!"

"이런, 놀라지 마라! 놈은 겨우 하나다!"

그런 너희는 겨우 몇 명에 불과하잖아. 몇 명으로 나를 이기려고 한다면 그건 용기가 아니라 만용이라고 하는 거야. 난 무의식 중에 수다 검 녀석의 검신에 묻은 피를 핥아보았다.

퉤, 이 녀석들의 피 맛은 별로 안 좋군.

나는 이어 두 놈의 머리를 쓸었다. 주인이 죽임당한 말들은 아무것도 모른 채 날뛰고 있다. 사방에 피가 튀었고, 내 뒤쪽에 있는 여자 쪽에도 피가 튀었다. 난 우선 주인을 잃은 말들 중 한 마리를 잡았다. 푸르르, 입김을 내며 흥분하고 있던 녀석은 조금 있다가 흥분이 가라앉았는지 내 말에 따랐다. 역시 짐승들은 어리석은 인간들보다 강한 상대를 잘 알아본단 말야.

"젠장, 이렇게 되면 저 여자라도!"

허어, 아직도 조무래기들이 남아 있었군. 여자를 향해 필사적으로 달려드는 녀석의 머리를 수다 검 녀석의 칼등으로 박살내 버렸다. 그 녀석은 더 이상 힘을 발휘하지 못하고 무너졌다. 수다 검 녀석의 검은 날은 태양빛을 받아 빛을 발했다. 녀석도 살판났나 보군.

"검은색의 칼날……?"

어느 누군가가 한 말이었다. 아직 남은 잔당들 중 누군가가 중얼거렸는데 그 말에 대한 파급 효과는 꽤 컸다.

"저건… 마검이다!"

"마검을 소유한 자가 아직 남아 있다니?!"

어라? 마검에 대해 그렇게 놀라다니 의외로군. 이 수다쟁이 검 놈은 그렇게 대단한 검이 아니라고. 수다 떠는 것 이외에 아무것도 할 줄을 모른단 말이다.

"마검이 아직 남아 있었나……?"

내 뒤에 있는 하얀 살결의 여성이 중얼거렸다. 그녀도 마검의 존재에 꽤나 놀란 듯싶었다. 그러나 나에겐 마검을 보고 놀라는 녀석들을 가만히 내버려 둘 자비심이란 존재하지 않았다. 나는 내 특기인 빠른 몸놀림으로 놈들의 심장에 그 잘난 마검을 박아 넣었다. 검을 빼내자 피가 그 상처로부터 터져 나왔다. 남은 녀석들은 두려움에 떨면서 뒤로 물러선다.

역시나 인간의 목숨이란 부질없다. 겨우 한 번의 칼부림에 죽어가야 하다니 불쌍하기까지 한 종족이다. 나는 남은 쓰레기 같은 놈들을 쓸어버렸다.

"정말 감사합니다."

여자는 아직도 두려움에서 벗어나지 못한 것 같았다. 얼굴도 파리해져 있어서 안쓰러워 보인다. 지금 보니 얼굴도 아주 귀엽게 생겼다. 갓 여자 티가 나 보이는 소녀였는데, 옷도 좋은 걸 보니 잘 나가는 집 아가씨일 것이다. 꽤 몸매도 잡혀져 있어서 조금만 더 자라면 미인이 될 듯했다. 물론 지금도 꽤 볼 만한 아가씨이지만.

"괜찮아, 그 대신 은혜는 몸으로 갚아도 상관없거든?"

나의 짓궂은 말에 그녀는 상당히 놀란 눈을 했다.

『카티, 여자에게 그런 말은 실례야』

나는 수다 검 녀석의 말을 무시하고 그녀의 목에 입을 가져다 댔다. 하얀 살결은 비단처럼 부드러워서 식욕을 당겼다. 그녀는 파르르 떨고 있다. 그녀의 몸에 팔을 뻗었다. 아직 어리지만 풍만하고 부드러운 가슴은 나를 만족시켰다. 역시 인간의 여자 쪽은 먹을 만한 것 같다. 여자들은 부드럽거든.

"세레스틸님!"

내 식사 시간을 방해한 녀석이 또 한 명, 아까 그 녀석들의 잔당인가?

"무사하셨군요!"

나이 든 기사로 보이는 녀석이 여기저기 상처를 입은 상태에서 그녀를 찾아 반가운 눈빛으로 다가오고 있다. 수염에도 갑옷에도 피가 물들어 있는 걸로 보아선 싸우느라 꽤나 고생 좀 한 듯했다. 마을 사람들 중에서 살아남은 것은 아무래도 저 녀석 정도인 것 같았다.

"다행입니다."

금방이라도 눈물을 흘릴 것 같은 그 녀석은 식사 준비 중이던 나를 밀치고 그 여자를 맞이했다.

젠장할, 빌어먹을 늙은이 같으니.

"어서 이런 곳에서 피하시는 것이 좋겠습니다! 다행히 이곳에 말이 있군요. 어서 가시죠!"

희희낙락하는 그놈의 늙은이는 나의 존재는 아예 무시하고 내가 길들인 말과 식사에 필요한 여자를 데리고 가려 하고 있다.

"이봐, 늙은이."

"앗, 넌 뭐냐?!"

나의 존재를 참 빨리도 알아차리는군, 이 영감탱이.

"내 여자와 말을 데리고 어딜 가려고. 이건 내 여자야. 내가 구해줬으니 당연히 내 거지. 내가 빼앗았으니 이 말도 내 거고."

나는 수다 겸 녀석을 들어 놈의 목을 겨냥했다. 그러나 늙은 기사는 불호령을 치며 인정하려고 하지 않을 것이 당연지사다.

"감히 세레스틸님을 자신의 여자라고 하다니! 누구신 줄 알고 망언을 하는 거냐?! 세레스틸님은 이미 약혼자가 계시다. 너 같은 건달과는 다르다고!"

간이 크군, 이 늙은 인간.

"그딴 건 모르고 이건 내 여자니까 꺼져, 영감."

조금만 더 지껄이면 바닥에 쓰러져 있는 녀석들과 똑같이 만들어줄 테니까. 난 검을 뽑아 들어 당장이라도 할아범을 죽일 기세로 달려들려고 했었다. 그런데…

"트랜 경, 괜찮아요. 위험한 사람이 아니에요. 우릴 도와줄 거예요."

어디서 그런 말이 나온 건지 알 순 없지만, 그 계집애는 아까보다는 훨씬 당돌해진 것 같았다. 확실히 놀랐을 때는 말을 제대로 못하고 우물쭈물거렸는데 지금은 꽤 정신을 차리고 현실을 직시하고 있다.

"전 세레스티르 알시에나 타리이엘, 당신은?"

음, 한번 말해 줬던 수다쟁이 검보다 더 짜증 나는 이름이군. 도저히 외우긴 무리다. 그냥 세렌이라고 하자.

"카티스다. 카티스 사카디은."

"특이한 이름이군요. 이 나라 사람이 아닌가 보군요."

이 계집애 이상하게 시간이 흐를수록 나에 대한 적대감이 사라진 것 같다. 갈수록 당돌해지는 걸 보면 내가 다른 사람들보다 도움이 된다고 생각하고 있는 모양이다.

"세렌님, 아무나 믿으시면 안 됩니다. 저자는 알타크나의 졸개들 가운데 한 사람일지도 몰라요. 게다가 아까도……."

"절 도와주신 분이에요. 그리고 지금은 한 명이라도 아군이 더 필요하잖아요."

그녀는 나를 향해 빙긋이 웃었다. 나에게 좀 협력해 줄 것을 요구하고 있다. 말은 그렇게 하지만 뭔가 저 여자는 분위기가 이상하다. 당돌하게 말하고 있지만 초점이 없는 쓸쓸한 눈빛은 알 수 없는 어떤 것을 갈구하고 있었다.

"내가 도와주면 내게 뭘 해줄 건데?"

나는 이렇게 말하며 그녀의 허리를 감싸 안았다. 기사 영감은 눈이 휘둥그레지며 일순 말을 잃었고, 세렌은 아무 말 없이 순순히 나의 행동에 따랐다.

푸른 눈동자는 나를 향해 있다. 하지만 정말 나를 향하고 있는 것인지, 아니면 다른 어떤 것을 향하고 있는 것인지 눈이 보이지 않는 그녀를 속단할 수 없었다.

"세렌님, 설마 그 건달 같은 녀석에게……."

"영감, 조용히 있으시지."

나는 오른손에 쥐고 있던 수다 검 녀석의 칼등으로 녀석의 얼굴을 날려주었다. 퍽! 소리와 함께 영감은 나자빠졌다. 지저분했던 몰골이 조금 더 지저분해져 버렸지만 나는 그것보다 세렌이라는 여자 쪽에 좀 더 관심이 갔다. 먹을 만한 피를 가진 인간의 여자라는 점도 그렇고 여러모로 끌리는 맛이 있는 여자다.

게다가 내가 어디가 부족하단 말인가. 누구라도 반할 만한 사내다운 매력적인 얼굴에 지나칠 정도로 검고 긴 생머리, 게다가 약간 가늘다 싶지만 강인하고 단단한 몸은 어떤 여자라도 반할 만하다. 나는 인간은 아니지만 인간으로 치면 20대 초·중반의 외모에 저 늙은 기사 놈보다 머리 하나는 더 큰 장신이니, 외모로 보나 뭐로 보나 수준급이다.

"으으, 세렌님……."

"트랜 경, 이 사람은 절 도와줬어요. 제 실력 잘 아시잖아요?"

그녀는 나의 행동과는 관계없이 트랜이라고 하는 늙은이를 납득시켰다. 그런 늙은이 따위야 나의 장애물이 될 리가 없으니 나는 그녀의 목에 입을 가져갈 생각이었다.

"난 너를 원해, 세렌."

늙은이가 화를 내며 그녀를 야단칠 것이라는 내 예상은 빗나가고 고개를 숙여 그녀의 말에 따랐다. 세렌이라는 여자의 말을 들어야만 하는 이유라도 있는 듯했다.

"알겠습니다, 세렌님."

그래, 진작 그랬어야지. 나는 싱긋 미소를 지었다. 이 여자가 눈이 보이지 않아서 내 잘나신 얼굴을 보여주지 못하는 것이 한스럽지만 하는 수 없지.

나는 자신만만한 미소를 띠면서 그녀의 입술에 손을 가져다 댔다. 멍해 보이는 푸른 눈이 아름다웠다. 투명해서 흐르는 피가 들여다보일 것만 같은 투명한 살결과 그 냄새에 나는 참을 수 없어졌다.

"마음껏 드세요."

나는 내 쪽에서 더 놀랐다. 그녀는 공허한 눈빛으로 나를 바라보고 있었다.

"정말 그래도 돼? 네가 원하는 것을 얻기 전에 네가 죽을지도 모르는데?"

왜 내가 이런 말을 물어봤을까. 그 계집애가 어떤 생각을 하든 말든 나는 알 바가 없었는데.

"후회하지 않아요."

흐응, 그렇다면 상관없지만. 나는 그녀의 허리를 끌어안았다. 풍만한 가슴이 나의 몸에 닿았다. 부드러운 숨소리가 들려왔다. 그녀의 심장은 빠르게 뛰고 있지 않았다. 나와는 다른 의미로 느긋하게 나를 받아들이려고 하고 있었다. 나는 그녀의 목에 서서히 입을 가져다 댔다. 그녀는 죽은 사람처럼 공허한 눈빛으로 하늘을 바라보고 있었다.

우웅—

검이 울리는 소리에 나는 깜짝 놀랐다.

나는 그 바람에 고개를 들었다. 세렌이 바라보고 있던 하늘은 보랏빛으로 물들어가고 있었다. 태양은 언제 그랬냐는 듯이 저 지평선 너머로 넘어가 버린다. 곧 밤이 올 것이란 말인가. 조무래기 녀석들을 해치우는데 이렇게 터무니없이 많은 시간이 지나가 버릴 줄은 몰랐다. 젠장할. 이대로 가다간 틀림없이 금방 밤이 되어 버릴 것이다!

"피는 나중에 받도록 하지!"

나는 세렌이라는 계집애를 몸에서 떼어냈다. 이번엔 세렌이 오히려 놀란 듯싶었다. 갑자기 당황해하는 내가 느껴져서 이상하다고 생각했는지, 내 쪽을 뚫어져라 바라보고—마치 그런 것 같았다— 있었다.

검은색 적막으로 물들어가는 수풀들은 밤이 올 것을 알리고 있다. 그렇다. 밤이 다가오고 있었다. 나도 물론 눈앞에 있는 먹을 것을 두고서 갈 만한 위인은 못 되지만 난 밤을 피해야 할 이유가 있었다.

그 빌어먹을 마법사 놈! 그 녀석의 저주만 없었다면 태양을 두려워하는 뱀파이어 놈들처럼 내가 밤을 두려워하는 얼간이 라그나가 되지는 않았을 것이다. 두고 보자, 알타크나에 가서 철저히 복수해 주마!

*　　　*　　　*

　먼 곳에서 짐승의 울음소리가 들려왔다. 먹을 것을 찾는 야행성 동물들이 활주하는 시간이 깊어감에 따라 밤은 이종족의 시간이 되어간다. 라그나들 역시 마찬가지다. 좀 더 힘이 세지기 때문에 낮보다는 밤에 활동하기를 즐긴다.

　그런 관점에서 볼 때 내가 밤을 두려워할 이유는 없었다.

　짐승들은 먹이를 찾아 무리 지어 다녔다. 맹수들에게 쫓기고 싶지 않으면 어서 밤을 지세울 곳을 찾는 게 좋을 것 같다는 생각이 들었기 때문이다.

　푸르스름한 검은 하늘에는 부담스러울 정도로 많은 별들이 박혀 있었다. 달도 버젓이 하늘의 한구석에 자리 잡고 빛나고 있다. 음산한 밤은 아니지만 석연치 않은 느낌이 드는 밤이다.

　나는 터벅터벅 걸었다. 조금 무거워진 검은 내 어깨를 짓누르고 있다. 내 몸은 아까보다 작아져 있었다. 검이 무거울 정도로 힘은 반감해서 나의 짜증을 불러일으켰다.

　『거봐, 카티. 밤엔 조심하는 것이 좋아. 밤에는 특별히 위험한 것이 늘어나니까 말야』

　수다쟁이 검 녀석이 낄낄거리며 나를 놀렸다.

　놈은 해가 지면 능력이 더 강해져서 자유롭게 의사를 표현할 수 있었다.

　나와는 달리.

　"젠장할. 그 입을 더 놀리지 마."

　밤마다 의기양양해지는 놈을 볼 때마다 속이 끓어오르는 것을 참을 수 없다. 나는 걸음을 빨리 하기 시작했다. 밤에는 낮보다 먹이를 쫓는 귀찮은 것들이 많아진다. 나를 쫓아올 만한 맹수들이 더 늘어난다는 것도 당연한 결과였다.

내가 활동하던 백여 년 전에는 밤은 짐승과 라그나들의 시간이었다. 라그나의 힘이 강해지는 시간이었기 때문에 밤은 인간이나 다른 종족에게 있어서 가장 무서운 시간이기도 했다.

잠에서 깨어난 현재, 밤은 역시 사나운 짐승들의 시간이어서 인간 혼자 다니려면 어지간히 힘이 있는 녀석들이 아니면 곤란할 정도였다.

그래서 그런지 현재의 나는 짐승들의 표적이 되어 있었다. 나는 인간이 아니었지만 라그나 라그나드의 피가 배고픈 짐승들을 불러들이고 있었다. 젠장할. 마법사의 저주만 아니었다면 내가 저따위 짐승들에게 쫓길 이유는 전혀 없다.

나는 팔 안에 있는 마검을 금방이라도 뽑을 수 있도록 힘을 주었다. 놈의 몸이라는 것에 낮에는 느끼지 못했던 무게가 느껴진다. 검의 무게만으로도 발걸음이 더디어져 간다.

크르릉.

짐승의 소리가 가까운 곳에서 들려온다. 더불어 내 발걸음도 빨라진다. 이 긴 마검을 들고 있지 않았다면 발걸음은 좀 더 가벼웠을 테지만, 이런 때일수록 나를 지킬 무기 정도는 필요하다. 내가 빨리 달리면 달릴수록 녀석들은 신이 나서 나를 쫓아온다. 젠장할. 개새끼들 주제에 발 하나는 빠르군.

맹수가 한두 마리였다면 너끈히 처리할 수 있었겠지만, 그 수가 몇십 마리가 넘어서다 보니 섣불리 대면하면 내 몸이 남아나지 않을 것이다. 저 굶주린 놈들이라면 작아진 몸이 너덜너덜해질 정도로 물어뜯겠지.

그렇다. 나는 그 찢어 죽일 놈의 마법사 때문에 밤에는 절벽 가슴의 열네 살 정도의 계집아이가 되어버리는 것이다! 이러니 내가 밤을 두려워하지 않을 수 있겠는가.

『가까이에서 다가오고 있어. 조심해!』

"이 자식, 너불너불거리지 말고 입이나 닥쳐!"

나는 양손으로 수다 검 녀석을 들어 최초로 나에게 덤벼든 늑대 녀석의 목을 향해 휘둘렀다. 생각처럼 쉽게 팔이 나가지 않아서 묵직한 검은 속력을 싣지 못하고 늑대에게 피할 시간을 주고 말았다. 검을 피한 늑대는 한 발자국씩 뒤로 물러섰다가 차례대로 나를 공격해 오기 시작한다. 나는 녀석들이 나에게 다가오지 못하도록 다시 한 번 나선형으로 검을 휘둘러 댔다.

"젠장, 끈덕진 놈들 같으니."

앞의 녀석이 턱뼈가 부러져 나가면 뒤의 놈이 이빨을 드러내고 와서 공격하기 시작한다. 몇 마리는 대가리를 쳐서 쓰러뜨리긴 했지만 덕분에 숨이 차 오르기 시작했다. 팔도 저려와서 이 긴 검이 점점 돌덩이처럼 무거워져 오는 것 같다. 겨우 이 정도 검을 휘두른 것만으로 헐떡거려야 하다니 나로서도 속상하지 않을 수 없는 일이었다.

『괜찮겠어? 너답지 않아, 카티. 겨우 몇 마리 짐승 때문에 숨 가빠하다니 정말로 너답지 않아』

시끄러워 이 수다쟁이 녀석!

이런 곳에서 늑대 같은 짐승들에게 물려 운명을 다할 생각은 추호에도 없단 말이다! 나는 있는 힘껏 늑대들을 휘갈겨 주었지만 녀석들은 지치지도 않고 나에게 달려든다. 온몸이 땀에 젖어버려서 기분이 무지하게 나빴다. 제길, 원래의 몸이었다면 이딴 짐승들 정도는 한 방에 날려 버릴 수 있었을 텐데!

늑대 녀석들은 끊임없이 나에게 달려오고 있었다. 이 자식들은 지치지도 않는구만!

아무리 힘껏 검을 휘둘러도 이 여자아이의 몸에는 한계가 있는 것이다. 더군다나 저런 늑대 녀석들은 집요해서 한번 붙으면 절대 떨어지려고 하지 않는다. 제기랄. 어느 사이에 등 뒤에도 그 굶주린 짐승들이 나타나 나의 목을 노리고 있다.

나는 허리를 꺾어 뛰어드는 늑대를 피했다. 늑대는 침을 흘리며 날아들었다. 수다 검 녀석이 너무 무겁게 느껴져서 속도가 딸렸다. 무기로 사용하고 있는 손톱도 이런 땐 그다지 도움이 되지 않았다.

크르렁!

어금니를 드러낸 한 마리의 사나운 짐승이 왼쪽 등 뒤에서 날아들었다. 제길. 어깨라도 물리는 건가?

앗! 하는 순간 푸르스름한 기운이 마검으로부터 퍼져 나오기 시작했다. 푸른 느낌의 기운이 검에서부터 밀려옴과 동시에 짐승들은 뒤로 물러서기 시작한다. 마치 달빛을 머금은 듯 검은 날의 마검은 은은한 빛을 발했다. 마검으로부터 퍼져 나오는 은은한 기운은 곧 한데 뭉쳐져 인간의 형상을 하기 시작한다. 인간의 형상이 된 녀석의 몸은 야광처럼 투명하게 빛을 발하다가 곧 물질이 되고 생명을 머금은 인간이 되었다.

목을 겨우 덮을 정도의 아마 색 머리카락은 서서히 공중에서 춤을 추며 가라앉았고, 이내 녀석은 검은 코트를 입은 인간으로서 형상화되었다. 늑대들은 이빨을 드러내면서 녀석을 경계하다가 녀석이 완전히 인간의 모습을 갖추었을 때 꼬리를 내리고 슬금슬금 그 녀석을 피해 도망갔다.

본래의 나보다 약간 더 큰 장신의 남자, 20대 초, 중반의 젊은 남자로 변신한 것은 다름이 아닌 그 수다쟁이 마검이었다. 마치 카사노바 같은 수려한 얼굴을 한 녀석은 앞머리를 찰랑 흔들면서 생긋 웃었다. 느끼하다, 이놈아.

"이거, 밤에는 나 없으면 아무것도 못하는구나, 카티."

"닥쳐. 그 망할 마법사만 아니었어도 저런 놈들은 내 사냥거리도 안 된다고."

이 자식은 그 잘난 면상을 내게 보이면서 딱 드러나 보일 정도로 비웃었다. 쳇, 나도 본래의 모습은 190에 근접한 장신에다가 힘 좋은 미남이라고, 너같이 느끼한 게 아니라. 나야말로 훨씬 잘생긴 몸이야. 그런데 밤이면 이런 계집아이의 몸으로 변하는 저주를 걸어놓다니, 망할 녀석. 그 마법사 놈, 틀림없이 어린 여자아이를 좋아하는 변태였을 것이다. 나에게 이런 절벽 가슴 꼬마 계집애가 되는 저주를 걸다니. 정말 피를 다 뽑아버리겠다.

"시끄러, 이 수다쟁이 쇠붙이 놈아."

나는 화가 나서 다시 한 번 그렇게 소리쳤다.

놈은 나와는 달리 밤이 되면 힘이 강해진다. 해가 짐과 동시에 놈의 힘은 증폭되니 놈은 틀림없이 밤이 훨씬 좋을 것이다. 내가 밤마다 꼬마 계집아이로 변하는 것처럼, 녀석은 밤에는 인간으로 형상화할 수 있으니 말이다. 하지만 저 녀석들은 자신의 검체에 손은 대도 절대 그것을 들거나 만질 순 없다. 그것이 마검이 인간으로 형상화했을 때에 인간과 다른 점이다. 즉, 놈이 인간이 되었다고 해서 이 무거운 녀석의 몸통을 들어주지 못한다는 것이 된다. 도움 안 되는 자식.

지금까지 밤은 남자들의 시간이었고 라그나의 시간이었다. 나도 밤을 남자답게 즐겼기 때문에 밤을 좋아했지만, 지금의 이 꼴이 되고 나니 밤보다는 낮이 오기만을 갈망하게 되어버렸다. 옷도 맞지 않아 헐거워진 바지 등은 벗어버려서 작은 가방에 쑤셔 넣고 다녔다. 으, 신경질 나. 내가 왜 밤마다 절벽 가슴 계집애가 되어야 하냐구!

"제길, 이따위 저주 너무 마음에 안 들어!"

"괜찮아, 너같이 문란한 녀석은 밤에 도를 닦아보는 것도 나쁘지는 않을 거야. 이게 다 로드의 뜻 아니겠어?"

난 힘껏 놈의 정강이를 걷어찼다.

"이 자식, 또다시 그 마법사 자식 이야기하면 가만 안 놔두겠어!"

"너무해. 그리고 내 이름은 따로 있어."

밤이 되면 저 녀석은 꼭 날 놀리는 재미에 사는 것 같다. 그 아니꼬운 얼굴을 생글생글거리면서 내 신경 긁는 소리만 한다. 제기랄. 그렇다고 마음껏 두들겨 패줄 수도 없다. 꼬마 계집애의 몸은 너무 힘이 약하기 때문에 내가 그놈을 쉽게 땅에 박아 넣을 수도 없고 놈에게 복수하기도 힘들다.

"너 따위의 이름을 기억할 리가 없잖아!"

"너무하는군."

녀석이 절레절레 고개를 저었다. 녀석을 바라보려면 고개를 들고 위로 쳐다봐야 할 정도로 키 차이가 나서 참 기분이 나빴다. 처음 계집애로 변했을 때, 내 시야가 낮아진 것을 알아차렸을 때는 괴로웠다. 하필이면 남자의 시간인 밤에 계집애가 되어버리다니. 그것도 꼬마에 절벽 가슴 계집애라니 말도 안 되는 일이었다. 우선 밤에 마음에 드는 여자를 고를 수도 없고 놀 수도 없는 것이 불리했고, 여자는 힘이 약한 것이 그 다음으로 불리했다. 심지어는 이 망할 놈의 칼을 드는 데도 양손의 힘을 전부 사용해서 힘들게 들어야 한다는 것에 화가 나지 않을 리가 없지 않은가.

"이 상태로는 마을에 가는 데도 상당히 걸릴 것 같은데? 다음 마을까지도 꽤 멀 것 같고⋯ 내가 알아보고 올까?"

"흥!"

그 녀석은 내 말은 무시하고 고개를 갸웃거렸다. 길이 닦여져 있는 것으로 보면 이 길이 마을로 가는 게 확실한 것 같은데 조금 걷다 보니 양 갈래 길이 나왔다. 어디로 가야 하는지 확실히 알 수 없는 상황이다. 지난 마을에서 구하려고 했던 지도를 구하지 못했기 때문에 조금 막막했다. 간판이나 표지판도 본 일이 없는 걸 보면 이곳이 시골 영주의 영지인 모양이다.

"그럼, 마을이 어디에 있는지 알아보고 오지."

"마음대로 해."

녀석은 어디론가 사라져 버렸다. 유령처럼 발걸음 소리를 내지 않는 녀석이다. 바스락거리는 소리도 없이 녀석은 수풀 속으로 사라져 버렸다. 그 녀석이 사라진 자리에서 바람이 불어왔다. 또 귀찮은 짐승이 달라붙는 건 아닐 테지. 수다 검 녀석이 인간으로 형상화했다는 것만으로도 그런 짐승들이 가까이 다가올 수 없다는 것이 재미있다.

그 녀석이 사라진 후 동쪽에서 미풍이 불어오고 있었다. 땀으로 번졌던 얼굴을 시원하게 감싸준다. 검은빛의 숲은 불길함을 자아내고 있었다. 아까 피를 보아서인지 검은 하늘이 음울한 기운을 펼쳐 내고 있었다. 달이 떠 있지만 그것은 오히려 푸른 기운을 내뿜고 있어서 밤을 밝혀주기는커녕 음산한 기운을 더하고 있다. 이 불길한 밤에 나는 걷고 있다. 오늘 같은 날은 라그나의 힘이 더 강해지는 날이다. 완전한 밤이 되면 그들은 날뛰게 될 것이다.

난 좀 짜증이 났다. 무거운 검을 가지고 노숙을 해야 할 판에 놓인 것이다. 현재 신발도 헐렁헐렁하고 옷도 사이즈가 맞지 않는다.

"젠장, 노숙해야 하는 건가."

나는 길가에 풀썩 주저앉았다. 여하간 이 유약한 몸으로 마을까지 가기는 무리다. 이 계집애 몸은 보폭이 좁아서 어디에 써먹을 수도 없을 것 같다.

"지겨워. …내 몸이나 씻고 싶군."

차가운 공기에 땀이 식었지만 왠지 몸을 깨끗이 하고 싶다는 생각이 들었다. 낮보다 밤에 땀을 흘릴 일이 더 많아서 그런지도 모른다. 이왕 여자로 변할 거면 쭉쭉 빵빵 늘씬한 미인으로 변한다면 좋았을 법하지만 그것도 별로 일 거라는 생각이 들어서 이가 벅벅 갈렸다. 그 마법사가 건 저주만 생각하면 치가 떨린다.

수다 검 녀석의 목소리를 듣고 난 후 100여 년 만에 눈을 떴을 때는 달이 뜬 밤이었다. 그리고 내 몸은 계집애의 몸이 되어 있었다. 그 상태에서 만일 그 녀석을 만나지 않았더라면 계집애의 몸으로 이도 저도 못하고, 이 세계에 대한 상식 부족으로 오랫동안 고생했을 것이 틀림없다. 더구나 그 오랜 옛날 친구라고 할 수 있는 녀석이 나에게 옷과 이 나라 말에 대한 여러 가지를 가르쳐 주지 않았다면 적응하는 데 오랜 시간이 걸렸을 것이다. 그런 면에서 나는 운이 좋았다고도 할 수 있다.

수다 검 녀석이 돌아올 때까지 잠시 앉아 있다 보니 멀리서 말 달리는 소리가 들려왔다. 말이 한 마리가 아니고 질서 정연하게 달리는 것으로 보아서 마차를 몰고 지나가는 사람일 것이다.

나는 조심스럽게 몸을 일으켰다. 느낌은 정확했다.

얼마 지나지 않아서 먼 곳에서 마차가 달려오는 모습이 보였다. 나는 수다쟁이 검을 챙겨서 품에 안고 그쪽을 응시했다. 가넬의 상징인 루비와 같이 붉은 눈은 밤길도 환히 비쳐 주고 있었다.

확실히 달려오는 것은 마차였다. 귀족들이 타고 달리는 호사스러운 마차가 아닌 일반 평민의 짐마차 같아 보였다. 서둘러서 말에게 채찍질을 하는 소리도 간간이 들려와서 좀 급한 상황이라는 것을 알 수 있다.

좋아, 저걸 빼앗으면 밤엔 귀찮게 걷지 않아도 되겠지. 흥! 젠장할. 아까 세렌의 옆에 잡아두었던 말 한 마리는 챙겨오는 거였는데. 머리가 안 돌아가면 평생 고생이라는 말이 사실이다.

나는 마차가 달려오는 곳으로 뛰어나가 그것이 달리는 것을 가로막았다.

갑자기 뛰어나온 꼬마 여자아이 때문에 깜짝 놀란 말들은 당황해서 날뛰었고 마부는 성급히 말을 멈추어 세웠다.

"뭐야? 이 꼬마 계집애! 간 떨어질 뻔했잖아?!"

나는 수다쟁이 검을 들어 올렸다. 저 녀석을 해치우고 말을 내가 접수할 생각이었다.

"무슨 일이죠?"

마차 안에 탄 놈이 머리를 드러냈다. 잘됐다. 함께 저승길에 동무해라.

하나 그 녀석은 나를 발견하고는 마차에서 내려 정중하게 사과하기 시작했다. 면상을 보면 그다지 정중하고 예의 바를 것도 없는 얼굴이었지만, 내가 예쁘장하게 생긴 것을 보더니 놈은 갑자기 어떤 생각이 떠오른 것 같았다.

"죄송합니다, 아가씨."

미끈하게 생긴 놈이었다. 붉은 머리카락에 허여멀건 하고, 귀족 티가 나는 것이 좀 있는 집의 자제인 것 같았다.

"하지만 저 계집애가 먼저 뛰어들었는데……."

"아뇨, 저희의 탓이죠. 죄송합니다, 아가씨. 몸은 괜찮으신가요?"

마부의 불만 섞인 말을 가로막으며 그놈은 머리를 숙이면서 인사했다. 내 직감이지만 이놈은 바람둥이인 것 같았다. 미끈하게 생긴 길고 갸름한 얼굴에 하얀 분을 바르고는 있지만 기름이 흐르고 있었다. 그렇다고 여자처럼 생긴 것은 아니었고 다부진 코와 작은 눈, 굳은 입술은 녀석이 아무리 때 빼고 광내도 거친 남자의 선을 드러내고 있었다. 잘 정돈된 머리카락에 별로 나이 들지도 않았으면서도 코에 콧수염을 기르고 있는 별로 잘난 것도 없는 녀석이었다. 그러나 늑대는 늑대를 알아본다고 하지 않았나? 여자들에게만 잘해주는 그런 놈임에 틀림없다. 나는 수다쟁이 검을 뒤로 숨겼다. 지금 저 녀석을 치는 것보다는 그냥 이용해 먹는 게 좋을 것 같았다.

나는 붉은 눈을 빛내면서 고개를 끄덕였다. 내 성미에 맞지 않는 꼬마 여자 역할은 하기 힘들 것 같다. 그래도 이쪽이 편할 것 같아서 가만히 있는 거지만, 저놈을 낮에 만났다면 그냥 죽이고 마차를 빼앗았을 거다.

"어디까지 가시죠? 제가 모셔다 드리겠습니다. 이 밤은 당신 같은 아름다운 여성이 홀로 여행하기에는 너무 위험합니다."

그놈은 호의를 베푸는 척하고 있었다. 저 말 뒤로는 어떤 흑심이 있는지도 모른다. 아니, 십중팔구 그렇겠지. 귀족이라는 것들은 길 가던 여자 알기를 우습게 아는 데다가, 안타깝게도 난 지금 여자의 몸을 하고 있는 것이다.

녀석은 은근히 음흉한 눈으로 나를 바라보고 있었다. 하지만 인간 따위를 두려워할 내가 아니었다. 지금으로써는 인간은 이용할 수 있을 만큼 최대한 이용해야 한다는 생각이 들었다. 그래서 나는 그 인간의 흑심을 정면으로 받아들이는 척하며 고개를 끄덕였다. 말했다가는 나의 순수한 생각이 드러날 것 같았기 때문이다. 기름 낀 바나나 얼굴이라고 생각하는 나의 생각이.

그 남자가 보기에 나는 벙어리로 보일 테지만, 입을 뻥긋하면 무슨 소리를 할지 알 수 없었기 때문에 가만히 있는 것이 상책이었다.

"그럼 모셔다 드리지요."

남자는 자기 딴에는 최대한 상냥한 미소를 띠며 나를 안심시켰다. 나는 녀석의 본심 따윈 모른 척하면서 마차에 올라탔다. 확실히 아늑하고 밖에 비해서 따뜻했다. 마차 안에 다른 사람은 없었다. 오직 그 바나나 얼굴의 남자만이 마차에 타고 있는 것 같았다.

"그런데 저녁에 왜 이런 곳에 계시는 겁니까?"

바나나 얼굴 남자는 심심했던지 나에게 말을 걸어왔다. 동시에 마차는 흔들거리면서 다시 출발하기 시작한다. 그냥 데려다 주려면 곱게 데려다 주기나 할 것이지 또 뭘 물어보려고 하는 건지.

나는 그 녀석을 말없이 빤히 바라보기만 했다.

놈은 나의 시선이 무안한지 머리를 긁적였다. 흥, 나한테 감사해. 지금은 기분이 별로 좋지 않아서 너 따위의 말장난에 놀아나고 싶지 않으니까.

"제 이름은 로나스 젠텔이라고 합니다, 아름다운 아가씨."

넌 이 꼬마가 아가씨로 보이냐?

대꾸해 주고 싶은 마음이 굴뚝같았지만 참고 난 쌜쭉한 표정을 지었다. 내 이름을 묻고 있는 것 같지만 별로 대답해 주고 싶지는 않았다. 게다가 녀석은 내 몸에 손을 대고 싶은 듯 가까이 다가오고 있었다.

"저기 말을 못하시는 겁니까?"

바나나 얼굴의 로나스 놈은 나에게 끊임없이 물어보았다.

마차가 달그닥대는 것이 아주 기분 좋았다. 거기다 따스하기까지 해서 잠이 잘 올 것 같았다. 옆에 거치적거리는 바나나 얼굴만 없었다면 벌써 잠들어 버렸을 것이다.

내가 있던 곳에서 마을은 그다지 멀지 않은 것 같았다. 마차는 전속력으로 달렸고, 마차 밖을 보니 이제 마을에 가까이 간 것 같았다. 그다지 크지 않은 마을인데 불빛이 반짝거려서 꽤나 예쁜 그림이 되었다.

"불편한 것이 있으면 말씀해 주세요."

"닥치고 좀 조용히 있어."

내가 입을 열자 놈은 깜짝 놀란 것 같았다. 난 내 어깨에 댄 그 놈의 손을 탁 쳐서 밀쳐 냈다.

그 녀석은 자신을 거부한 나에 대해 놀랐는지 입을 뻐끔거린다. 그만 좀 해라. 붕어 같다. 뭐라고 입을 열려고 하는데 생각이 소리가 되어 목구멍 밖으로 나오지 않아서 고생하고 있는 듯했다.

그때 마차가 멈추고 마부의 목소리가 들렸다.

"로나스님, 알휀 마을에 도착했는뎁쇼……."

"아, 알았다."

로나스라는 놈은 체통을 지키기 위해서 가능한 아무렇지도 않은 척을 하며 콧수염을 쓰다듬으면서 근엄하게 말했다. 내게 찰싹 붙였던 엉덩이도 뗴었다. 마부의 눈이 신경 쓰였나 보다. 그것보다 우선 마을에 도착했다는 말이 반가웠다. 이제 여관을 찾아서 몸도 좀 씻을 수 있을 테고 맛있는 술도 마실 수 있겠지.

여자 보폭보다는 빨리 도착할 수 있어서 마음에 들었다. 알륀 마을이라고 했나? 이곳에선 알타크나에 대한 정보를 모을 수 있을 것이다. 언뜻 듣기로는 알타크나에 가려면 국경도 넘어야 하고, 국경을 넘으려면 신분증과 통행증이 있어야 한다고 하던데.

"이제 마을인데 어떻습니까? 묵으실 데가 없으시면 저희와 함께 성에서 묵으시는 것이."

자기가 타고 있는 마차의 수수함과는 달리 귀족인 것을 뽐내면서 묻는 바나나 얼굴의 말에,

"됐어, 난 내린다."

라고 무시하며 허락도 받지 않고 마차 문을 열었다. 아침이 되면 본래의 내 모습으로 돌아갈 텐데 지금 내가 너희 성에 묵게 생겼냐, 병신 같은 놈아.

"앗, 아가씨!"

난 폴쩍 하고 뛰어내렸다.

잘 가라, 이 바람둥이 놈. 얼굴이 딱 결혼 사기꾼 인상이라 내가 거기 계속 있다가는 놈이 날 겁탈하려는 모습을 보게 될까 봐 두려웠다. 인간이 덮친다고 해서 두려운 건 아니지만, 본디 남자인 내가 남자가 덮치는 것을 보며 기분 좋을 리가 없지 않은가. 나는 덮치는 쪽이 좋지 덮쳐지는 쪽은 싫다.

내가 뛰어내리자 상당히 아쉬운 눈을 한 로나스의 얼굴은 마차와 함께 멀어져 버렸다.

나는 놈의 마차에서 멀리 떨어지도록 걸어가기 시작했다. '알 휀'이라는 마을은 아까 내가 세렌을 만났던 마을에 비해 좀 더 크고 번화한 곳인 듯했다. 작은 마을과는 달리 시골 영주의 성도 있는 것을 보면 지방에서 유명한 마을, 도시 지역쯤 된다고 해야 하나?

마을은 밤이라 조용했다. 조금 시끌벅적한 곳이 있다면 그곳은 주점이나 여관일 것이다. 나는 한적한 길을 걸었다. 군데군데 만취한 남자들이나 밀회하는 연인들을 볼 수 있었다.

조금 더 걸어 골목의 안쪽으로 들어가자 시끄러운 소리가 나는 주점이 있었다. '여행자들의 쉼터'라는 여관 겸 주점인 듯싶은 곳이 보여 그쪽으로 발길을 옮겼다. 일단 잠 좀 자고 목도 마르니 술도 좀 마시고 알타크나의 마법사에 대한 정보를 얻어볼 생각이었다.

그러다가 아침에 남자가 되면? 그건 그것 나름대로 얼버무리면 되는 것이다.

딸그락 소리와 함께 노란 불빛으로 가득한 여관의 문을 열고 한 발자국 들어섰다. 여관에 있던 여행객들의 시선이 온통 나에게 집중되어 있는 것 같았다.

왜 남의 얼굴을 뚫어지게 보는 거람, 저 녀석들은.

"손님, 뭘 원하세요?"

일하는 여자가 나에게 와서 상냥한 얼굴로 묻는다. 아무리 어린 계집애라도 손님은 손님이라는 의식이 이 사람에게는 배어 있었다. 나도 환경 적응력이 좋았는지 처음에는 잘 알아듣지 못하던 이 지역의 방언도 잘 알아듣게 되었고, 안타깝게도 이 몸에도 이제 익숙해져 가고 있는 것 같다.

"방 하나 부탁해. 그리고 식사도."

여관은 작지 않은 편이었다. 나무로 만들어진 포근한 느낌이 드는 곳으로 누구나 편히 쉬어갈 수 있도록 되어 있었다. 2층은 숙식용으로 제공되어지는 공간이고, 이곳은 누구나 쉽게 술을 마실 수 있고 식사를 즐길 수 있도록 되어 있는 공간이었다.

나는 구석에 있는 빈 테이블에 앉았다. 여행객들이 적지는 않았지만 다행스럽게 한 테이블이 남아 있었다. 나를 바라보고 있는 의아한 시선이 오가는 것이 느껴졌지만 나는 상관하지 않고 점원이 건네준 음료수로 목을 축였다.

"어이, 꼬마 아가씨. 꼬마가 이런 술집에는 웬일이야?"

"보호자가 필요하지 않아?"

만취한 놈들이 술병을 들고 나에게 다가왔다.

나는 대꾸하지 않고 무겁디무거운 수다쟁이 검을 들어 그놈의 머리를 꽝! 소리 나도록 때렸다. 검집째 쳤으니까 죽지는 않겠지.

"이 계집애가?!"

술이 깼는지 다가왔던 놈들 중 맞지 않은 놈이 소리쳤다. 그 녀석은 몹시도 화가 났는지 그 굵직굵직한 팔을 들어 나를 치려고 했다. 그 팔은 마치 지금의 내 허벅지와도 맞먹는 굵기여서 맞는다면 곤란할 것 같았다.

나는 녀석의 움직임에 따라 피할 준비가 되어 있었다. 그 녀석이 팔을 휘둘러 그 주먹으로 나를 치려고 했다. 나는 살짝 고개를 숙여 그것을 피했다. 덤비려면 덤벼보시지, 이 주정뱅이들아. 나는 편한 마음으로 이 녀석들을 상대해 줄 생각이다.

"여자를 상대로 그렇게 행동하시면 안 됩니다."

이렇게 말하면서 두 번째로 나에게 향한 그 팔을 강하게 붙잡는 손이 있었다.

"뭐야, 너는?!"

술에 취한 그 남자가 성난 얼굴로 고개를 돌렸을 때 뒤에 있었던 것은, 다름 아닌 수다 검 녀석이 형상화한 모습이었다. 그 녀석은 생긋 웃으면서 그 술 주정뱅이의 팔을 잡고 놓아주지 않았다. 멋 부리는 것은 여전하군, 저 수다쟁이 검 녀석.

"이 자식!"

라고 말하며 팔을 빼려고 했지만 수다 검 녀석의 힘이 생각보다 셌는지 그는 팔을 뺄 수 없었다. 팔을 빼기 위해 버둥거리는 당황한 모습이 익살스럽게 비쳐졌다.

"이게!"

이번엔 그 무리들 중 다른 녀석이 주먹을 휘두르려고 했으나, 퍽! 소리와 함께 둔탁한 것에 맞은 듯 그 녀석은 뒤로 넘어져 버리고 말았다. 수다 검도 나도 아닌, 제3의 인물이 그 귀찮은 녀석을 정리했던 것이다.

"아직 여기까지밖에 못 온 건가, 카티스?"

아마 빛 머리카락의 장신의 수다 검 녀석과 거의 맞먹을 정도의 큰 키의 남자는 내가 처음 눈을 떴을 때 우연히 만나 나를 도와준 여행자였다. 100여 년 전부터 알던 사이인 이 녀석도 인간은 아니다. 그 녀석이 이 여관에 나타난 것이다. 우연이라고 하기에도 좀 그렇고, 내가 녀석의 행로를 무의식 중에 따라온 것 같다.

"이 자식들이?!"

"아직도 용건이 있으신 가요, 아저씨?"

수다 검 녀석이 흰 이를 드러내며 살짝 웃어준다. 남자의 팔을 잡았던 손은 가볍게 남자의 팔을 꺾어주었으며, 그 남자는 아픔에 못 이겨 소리를 질렀다. 결국 꽁무니를 빼고 도망가야 했던 것은 어린 여자애에게 추파를 던졌던 그 주정뱅이 녀석들이었다.

"흥, 괜히 끼어들기를 좋아하는군."

"네가 약하니까 그런 거야."

수다 검 녀석은 어깨를 으쓱였다.

"단지 내 눈앞에서 신경 쓰여서 손봐준 것뿐이야."

이렇게 말한 것은 그 붉은 머리의 여행자였다. 하나같이 이기적인 녀석들이다. 두 녀석 모두 인간이 아니니 아무리 한 덩치 하는 녀석이 나타나도 이길 수 없는 것이 당연한 일이다. 저 붉은 머리의 녀석은 천성이 여행자다. 어째서 여행하고 다니는지 잘은 모르지만 녀석은 내가 처음 녀석과 만났을 때도 여행하고 있었고, 백여 년 전에 만났을 때도 여행하고 있었다. 그러니 내가 봉인된 후처음 눈을 뜬 그날에 녀석을 만난 것은 결코 우연이 아니었을 것이다.

흔히 볼 수 없는 붉은 머리카락은 그가 인간이 아니라는 증거이기도 했다. 녀석은 내가 앉아 있던 테이블에 함께 앉았다. 더불어 수다 검 녀석도 동석했다.

"알타크나에 대한 정보는 아직 모으지 못한 건가?"

"네 녀석이 아무런 정보도 주고 가지 않았으니까 그렇지."

녀석을 탓할 생각은 없었지만 약올리듯이 그런 식으로 말하는 녀석에게 대꾸하려다 보니 이런 식으로 말할 수밖에 없었다. 라그나 라그나드인 이 몸과는 다른 의미에서 녀석은 신비했다. 이상하기로 따지면 이 세계에 거의 없다고 하는 마검과 비슷하지만 녀석은 거의 사라져 버린 종족인 아시르처럼 우아해 보이기도 하고, 태고의 종족처럼 고고해 보이기도 했다. 그러나 그의 행동 패턴은 일반 여행자와 별반 다를 것이 없었다. 단지 정처없이 여행하고 있다는 것이 특징이라면 특징이랄까. 즉, 녀석은 이상하지만 평범한 여행자의 몰골을 하고 있었다.

"그 정도는 알아서 해야 하잖아, 라그나 라그나드라면."

그 녀석이 대꾸하면서 메뉴를 보고 식사를 골랐다. 수다 겸 녀석 역시 이게 좋거니 저게 좋거니 옆에서 잔소리를 해댄다.

"에즈 씨는 여전히 여행하고 있나 봐요. 그때 만난 덕분에 카티나가 적응을 할 수 있어서 다행이에요."

주문을 한 후 불쑥 꺼낸 수다 겸 녀석의 인사말이 그거였다.

"이 자식! 누가 카티나라는 거냐?!"

"당연히 너잖아. '카티스'라고 하기엔 너무 남자 같은 이름이고, 역시 여자는 여자다운 이름이 좋은 거지."

이 자식이 같지도 않은 센스로 내 이름에 대해 왈가왈부해서 난 녀석의 발을 힘껏 걷어차 주었다. 녀석은 쓰읍 소리를 내며 정강이를 움켜쥔다. 인간으로 형상화한 마검은 아픔도 느끼는군. 거, 참 편하다.

"이제 익숙해진 모양이로군."

에즈는 내가 처음 눈을 뜬 후에 만난 녀석이다. 옷도 입지 않은 채 멍하니 일어서서 걸어나왔을 때 그곳을 지나고 있던 것은 에즈였다. 이상한 것은, 녀석은 여자인 채인 나를 알아봤다는 거다.

"네가 카티스?"

이런 식으로 물어봤던 것으로 기억한다. 그리고 녀석은 나에게 옷과 먹을 것을 주었다. 몸이 굳어져 제대로 움직이기까지는 며칠이나 걸렸던 기억이 난다. 내가 녀석에게 '내가 깨어날 것을 알고 있었어?'라고 물었을 때 녀석은 간단하게 대답했다.

"어떤 느낌이 들어서 가봤더니 네가 있더군."

그럼 나인 걸 어떻게 알았는지 물어보았더니.

"여자로 변하든 아이가 되든 너는 너야. 원래 그런 모습은 아니었어도 결국 너는 너잖아. 너라는 것에는 변함이 없어."

라고 대답해서 내 단순한 골을 한층 꼬아주었다. 저 붉은 머리의 여행자 녀석은 말이 없기도 하지만 필요할 때 나와주는 좋은 아이템 같은 녀석이다. 물론 그렇기 때문에 더 변환 요소가 많은 녀석이기도 하다.

"여하간, 알타크나의 마법사에 대한 제대로 된 정보는 못 들었어. 젠장, 오늘도 좋은 식사거리를 놓쳤다고."

빌어먹을 저주 때문에! 라고 소리치고 싶었지만 그래봐야 나만 손해일 듯싶어서 관두었다.

"식사 나왔습니다."

언제 소동이 있었느냐는 듯 방긋방긋 웃는 여점원을 볼 때마다 상인이란 쓸 만한 존재인 듯싶다. 차가운 맥주는 속을 진정시켜주었다. 시키면 남자 녀석들 둘이라 더 이상 나에게 시비를 거는 녀석은 없었다.

"그런데 자네는……."

"'미드가르드'입니다, 에즈 씨."

그 녀석은 자신의 이름을 말하며 의기양양해했다. 세상에 저렇게 긴 이름을 나더러 외우라는 거냐?

'미드가르드'라고 자신을 밝힌 수다 검 녀석은 실실 웃으며 에즈에게 자신의 존재를 어필했다.

"자네는 아직도 카티스와 함께 있는 건가?"

"그는 절 로드에게 데려다 줄 수 있는 유일한 인물이니까요."

"누가 널 그 마법사에게 데려다 준다고 했냐? 난 그놈에게 복수를 하려는 것뿐이야!"

내가 녀석의 말을 정정했다. 그러나 안색 하나 바꾸지 않고 미드가르드는 빙그레 웃으며 말했다.

"그러니까 적격이라는 거지. 넌 복수심을 가지고 로드를 찾을 테니까. 난 그럼 덕분에 편하게 로드에게 돌아갈 수 있게 되는 거지."

저 혀 잘 굴러가는 녀석과 이야기를 하려고 한 내가 어리석었다. 나는 입을 다물고 식사로 나온 빵과 물고기에 포크를 가져다 댔다.

녀석은 옅은 머리카락에 수려한 외모를 자랑하며 머리카락을 오른손으로 밀어 올렸다. 놈의 버릇인 것 같은데 정말 아니꼬워 보였다. 놈은 지금 나보다 머리 두 개는 더 있는 것 같은 장신의 몸이었다. 내가 보통 때 같기만 했어도 아마 그놈과 나는 키가 비슷했을 것이다.

잠시 식사 시간이 계속되었다. 수다 검 녀석은 자신이 얻었다는 지도에 대해 나불나불 늘어놓기 시작했고 에즈는 말이 없었다.

"어디서 잘도 구해오는군."

"여기서 조금 떨어져 있는 마을의 상점에서 얻은 거야. 쓸 만한 것 같아. 최신 지도라고. 이제 로드를 찾아가는 건 어려운 일이 아니지."

"그런데 빨리도 마을에 도착했네?"

"네가 여기 있으니까. 네가 내 본체를 가지고 있잖아. 난 본체가 있는 곳은 어디든 갈 수 있다고."

의기양양하게 들떠서 중얼거리는 녀석은 마치 사춘기 소년 같았다. 20대 초·중반의 얼굴에는 어울리지 않았지만 녀석은 상관하지 않고 말을 계속했다.

"그런데 요새 이 나라가 이상하긴 한 것 같아. 그렇지 않아요, 에즈 씨?"

수다 검 녀석이 자신이 손에 넣었다는 지도를 펼쳐 보이면서 에즈에게 묻는다.

"인간들의 일은 항상 그러니까."

그러나 알타크나든 어떤 나라든 상관없이 여행을 주 업으로 하는 여행자 에즈에게 그것은 흥밋거리가 되진 못했다. 그러나 에즈가 맞장구쳐 주지 않는다고 해서 이야기하지 못할 수다 검 녀석은 아니었다.

"이 나라가 합병된다는 말도 있나 봐요. 알타크나가 그렇게나 세력을 뻗친 듯한데… 그래서 나라가 어수선해요. 여기저기 산적들의 소행인 척하고 한 마을을 전멸시키기도 하고, 여러 가지로 좀 그런 것 같더라고요."

"아이고~ 말도 말아요."

수다 검의 수다에 응한 것은 카운터에 있다가 녀석의 말을 어렴풋이나마 듣고 있던 아줌마였다. 그 아줌마는 좀 심심했든지, 아니면 자기가 아는 화제가 나와서 반가웠든지 수다 검 녀석의 이야기에 신이 나서 큰 목소리로 떠들어대기 시작했다.

"안 그래도 말이 많답니다. 얼마 전에 세레스티르 왕녀님께서 알타크나에 다녀왔지만 이 나라가 어떻게 돌아가고 있는지도 잘 알 수 없고요. 에구에구, 게다가 합병에 반기를 드는 녀석들이 있으면 몰래 척살한다는 소문도 많아서 요새 인심도 흉흉하다고요. 그러니까 여행하는 손님들이거들랑 조심하는 게 좋아요. 언제 반역으로 몰려 개죽음당할지도 모르는 상태라고요, 지금은. 쯧쯔, 세상 말세야……."

"그렇군요. 조심할 게요, 주인장."

쉴 새 없이 떠들어대는 아줌마에게 수다쟁이 놈은 실실 미소를 띤다. 그녀는 그놈의 미소에 넘어가서 얼굴이 붉어져 버렸다. 젊은 총각이 웃는 것을 보면 나이 든 여자도 가슴이 두근거리는가 보다.

"아이고, 젊은 사람들이 어쩌다가 어린 여자애를 데리고 여행을 하는진 모르겠지만 조심하세요. 요즘은 노예 상인도 판을 치고 있어서 여자애들은 특히 조심해야 한다구요, 게다가 말이죠……."

수다, 수다, 수다… 는 끊일 줄 모른다. 아마 저들은 밤새도록 수다로 때울 수 있을 것 같은 느낌이 든다. 수다쟁이 겸 녀석과는 아주 적당한 말 상대라고 할 수 있다. 나는 아줌마의 말 상대가 되어 있는 녀석에겐 관심을 끊고 식사하기 시작했다. 에즈 역시 묵묵히 식사만 하고 있다.

"그런데 세렌이라면… 이 나라의 왕녀였단 말야?"

그 눈이 안 보이는 계집애가? 비교적 맛있을 것 같은 피를 가지고 있었다. 게다가 그 여자의 눈엔 어딘지 모를 회의와 후회, 미련도 느껴지지 않았다. 살아 있어도 살아 있지 않은 느낌이어서 선뜻 손이 가지 않는 계집애이기도 했다.

"이 나라의 왕녀지. 알타크나에 대해서라면 뭔가 알고 있을지도 몰라."

에즈는 내가 하고 있던 생각을 읽기라도 한 듯이 혼잣말을 했다. 그 여자가 알타크나에 대해 알고 있다면 도움이 될지도 모른다. 덧붙여 통행증이 필요하다는 말도 들었으니 왕녀인 그 여자에게 받아도 나쁘지 않을 것 같다는 생각이 들었다.

"넌 어디로 갈 거야? 여전히 여행에 특별한 이유는 없는 거야?"

그건 예전도 지금도 마찬가지다. 녀석의 말에 의하면 자신은 여행하며 눈으로 확인해야 한다라고 말한 일이 있었는데 그 이유를 잘 모르겠다. 나와는 관계없는 일이니 상관없다. 녀석은 대답없이 식사를 계속했다. 녀석은 항상 얼굴이 거의 보이지 않을 정도로 둘둘 싸매고 다니기를 좋아하는데, 특이한 붉은 머리카락이 아니었다면 절대 그 녀석을 알아보지 못했을 것이다. 그 녀석이 가지고 다니는 것 중에 하나가 칼과 피리인데, 그 칼은 언뜻 보기에도 고풍스럽고 고급스러워 보여서 마검이 아닐까 하는 생각까지 드는 신비한 물건이었다. 불꽃 문장이 새겨진 칼집은 천으로 싸두지 않았더라면 노리는 자가 상당히 많았을 것이라는 생각이 들 정도다.

"일단 이곳에서 묵을 생각인가 보군."

"그래, 세렌을 만나면 그 여자에게서 알타크나의 마법사에 대해서 들어야겠어."

"마법사에 대해 듣지 않고도 찾아갈 수 있을 텐데. 설마, 마법사를 다시 만나길 두려워하는 건가?"

"내가 두려워하다니! 누굴 우습게 보는 거야? 난 그 녀석에게 철저한 절망을 안겨주고 말겠어. 날 이 꼴로 만들어주었으니까!"

"목소리는 줄이는 게 좋겠군."

다소 흥분하는 나에 비해서 저 녀석은 침착하게 대꾸하기만 한다.

"두려워도 가야 하는 때가 있는 거야."

그 녀석은 알쏭달쏭한 소리를 해댔다. 그게 저 녀석의 특기이기도 했지만 언제나 귀 기울여 들은 일은 없었다. 녀석은 목표없이 떠도는 여행자였고 나는 해야 할 일이 있는 라그나였다. 그러니 놈의 말에 신경 쓰고 싶지 않았다.

곧 들어가서 몸이나 씻고 잠이나 자련다. 더 이상 생각해 봐야 골치 아플 뿐이다. 모든 것은 태양이 뜨고 난 다음에나 생각하자고.

밤에 잠들어 있는 시간은 아주 짧았던 것 같다. 내 몸은 조금 피곤함을 느끼고 있어 깨어나고 싶은 생각은 없었다. 틀림없이 밤은 계속되고 있었을 것이고, 나는 아직도 여자아이의 몸일 것이다. 그 시간에 일어나는 것은 싫었다.

"카티스!"

그런데 나를 깨우는 목소리가 있었다. 누구라고 할 것도 없이 그 능글맞은 수다 검 녀석이다.

"어서 나가자."

녀석은 아직도 인간의 모습을 하고 있었다. 그 녀석은 내가 잠자는 얼굴 앞에 서서 심각한 얼굴로 나를 깨우고 있었다. 밖은 밤인데도 불구하고 이상하게 환한 것 같다. 놈의 엷은 머리카락에 불빛이 비쳤다. 밖으로부터 새어 들어온 빛 때문에 녀석의 머리카락이 타오르는 것처럼 보였다.

"빨리 일어나, 카티. 이 마을, 불바다가 되어버렸어."

"뭐?!"

나는 몸을 일으켰다.

놈의 머리카락이 불타오르는 이유를 알았다. 그건 타오르는 불길이 치솟는 바람에 창 틈으로 그 빛이 반사되어 비쳤기 때문이었다.

"대체 무슨 일인 거야?"

나는 옷을 주섬주섬 입고 장화를 신었다. 그러고 보니 피 냄새도 조금 났다. 이대로 있으면 그다지 좋을 것 같지 않았다. 서둘러야겠다.

"도적들의 소행일지도 몰라."

녀석은 쓴웃음을 지었다. 나는 옆에 챙겨두었던 수다 검 녀석을 들었다. 시간이 얼마나 되었을까. 언제쯤이면 나는 원래의 모습으로 돌아올 수 있을까? 나는 마검을 뽑아 검날을 확인했다.

"에즈 녀석은?"

마검의 검신은 깨끗한 검은색으로 빛나고 있었다. 손질하지 않아도 자연적으로 빛나는 마검은 검고 반투명함을 자랑하고 있다. 나는 다시 그것을 칼집에 넣어 양팔로 안고 밖으로 나갈 준비를 했다.

"없어. 이미 사라졌어."

"그런 건 빠른 녀석이로군."

언제 만날지 알 수 없는 녀석이지만 여행하다 보면 만날 수 있을 것이다. 지금까지 그래왔으니까.

"아무래도 약탈을 가장한 반란인 것 같아. 알타크나와의 합병 세력에 의한 일인 것 같은데, 이 나라는 지금 분열될 조짐이 보여."

"낮의 그놈들과 관련이 있는 건가?"

사람들의 비명 소리와 말 발자국 소리가 들려왔다. 그 녀석들이 원하는 것은 약탈에 의한 피해라는 명목 하에 반란자를 처단하는 걸까.

"아마도."

검 녀석은 그렇게 말했다. 이 일은 그 여자, 세렌과 관계있는 일인 것 같았다.

"세레스티르 왕녀와 관계있는 일일지도 모르지. 그녀는 약간이지만 예지의 힘이 있고 알타크나와의 합병을 원치 않으니까."

세렌을 생각하니 그녀의 피가 생각나서 군침이 흘렀다. 아아, 그러고 보니 제대로 된 피를 먹어본 적이 거의 없었다. 그걸 생각하니 또다시 피가 고파졌다.

"입에 침이나 닦고 어서 여기서 빠져나가자."

무거운 수다 검의 본체를 안아 들고 난 방을 빠져나왔다. 복도에는 옷도 제대로 챙겨 입지 못하고 도망가는 녀석이 있는가 하면 혼란한 틈을 타 금품 같은 것을 챙기는 놈들도 있었다. 나는 무시하고 밖으로 나섰다. 아직 여관은 타오르지 않았지만 마을에 있는 상당수의 집들이 불타올라 아직 새벽임에도 불구하고 낮처럼 밝았고, 도망치는 사람들이나 울고 있는 어린애들의 목소리가 들려왔다. 마치 인간들이 자주 일으키는 전쟁터를 방불케 했다.

과연 생각했던 대로 밖은 아수라장이었다. 피 냄새와 화약 냄새가 코를 찔렀고, 여기저기에서 굴러다니는 피투성이 시체들과 신체의 일부는 보통 인간들이 보기에 매우 역겨웠을 듯싶었다.

나는 수다 검이 지시하는 곳으로 발을 옮겼다. 아직도 약탈자를 가장한 용병들이 남아 있을 테고, 덕분에 마을은 소란스러웠다.

"어떻게 할까, 카티?"

"우리와는 상관없는 일이니까 상관 말고 대강 빠져나가자."

"알았어."

이 마을에는 더 이상 볼일이 없다. 수다 검 녀석이 그동안 없어서 고생하던 지도를 손에 넣었고, 이제 그 길로 마법사를 찾으러 가기만 하면 된다.

이 마을에는 여러 가지 명목 하에 사람들을 죽이는 한 무리의 인간들이 있다. 약탈자로 지칭될 그들은 집에 불을 지르고 어른, 어린아이 할 것 없이 학살하고 있다. 살인 자체를 즐기고 있는 라그나도 아니면서 라그나 같은 녀석들이었다.

툭, 소리와 함께 내 눈앞에 녀석들이 베어버린 여성의 팔이 어디선가 날아와 떨어졌다. 피가 철철 흐르는 것이 꽤 맛있게 보였지만, 놈들은 서서 그것을 지켜보고 있는 나를 발견했다. 놈들 중 하나가 나에게 달려들었다. 그놈들에게 목표 따위는 없다. 그냥 무조건 아무나 죽이는 것이다. 어제 낮과 같은 상황이 계속되고 있는 것인가.

난 마검을 양손으로 들어 놈의 머리를 두 동강으로 날렸다. 마검에 무게가 있어서 스피드만 붙으면 녀석의 머리를 쪼개는 것 정도는 어렵지 않은 일이었다. 뇌수와 함께 피가 터져 나왔지만 역시나 내 몸에는 튀지 않았다. 난 어떻게 죽이면 몸에 피를 뒤집어쓰지 않을지 잘 안다.

내가 한 놈을 어렵지 않게 쓰러뜨린 것을 보고 또 다른 녀석들이 달려들었지만 내가 힘들게 휘두른 한칼에 넉 다운됐다. 비록 내가 꼬마 계집아이의 몸을 하고 있지만 저런 잔당들보다야 몇 배는 더 강할 것이다.

"어이, 카티. 살살 다뤄! 내 몸은 연약하단 말야."

별로 도움도 안 되는 주제에 잔말 말아라. 멀리서 나에게 잔소리를 퍼붓는 수다 검 녀석은 그다지 나를 도와줄 생각이 없는 듯싶었다.

하지만 몇 번 칼을 휘두르면서 헉헉 숨이 차올라 그다지 기분은 좋지 않았다.

"일단 피하는 것이 좋겠어. 얼마 안 있으면 태양이 뜰 테고, 그럼 지금보단 나아질 테니까."

그 녀석의 말이 맞다. 아무리 내가 저 녀석들보다는 나아도 여러 명이 오면 어젯밤의 그 늑대들에게 당했을 때와 다를 바 없다. 게다가 이 몸은 아직 익숙하지 않기 때문에 오랜 싸움도 무리다.

"수풀 쪽에 가 있는 게 좋겠어. 그곳이라면 몸을 숨길 수 있으니까. 그러면서 마을을 빠져나가자!"

나는 녀석의 말에 동의했다. 일단 마을 어귀에 있는 수풀 쪽으로 달리기 시작했다. 수다 검 녀석은 나보다 앞서 그쪽으로 달렸다. 앞을 가로막는 얼간이들이 있었지만 보기보다 무거운 마검을 들어 놈을 쳐서 쓰러뜨렸다. 마검의 힘이란 인정하고 싶지 않아도 대단하다. 계집애의 몸으로 휘두르더라도 단숨에 목숨을 빼앗을 수 있다.

일단 수풀 쪽으로 몸을 숨겼고, 곧 마을을 빠져나오는 것은 어렵지 않은 일이었다. 몸을 숨길 데가 많아지자 한시름 놓았다는 생각이 들었다.

"이제 태양이 뜬다."

때맞춰 아침도 와주고 있다. 나는 고개를 들었다. 수다 검 녀석의 몸이 반쯤 투명해져 있었다. 수다 검 녀석의 몸이 마검과 교차되어 사라짐과 동시에 나의 몸은 조금씩 커졌다. 어린아이에서 소년, 그리고 본래와 같은 장신의 몸으로 돌아갔다. 태양빛은 내가 받은 저주를 무마시켜 주려는 듯이 나에게 축복을 내린다. 그리고 나는 본래의 라그나로 돌아왔다.

과연 나는 이 모습이 가장 어울리고 가장 멋지다.

『돌아와 버렸군. 이제부터는 또 아침인가』

아침이 되어서 즐겁다. 나는 챙겨왔던 내 몸에 맞는 옷을 입었다. 계집애의 몸이었을 때는 너무 커서 맞지 않았던 옷들이 맞춤옷처럼 들어맞는다.

『밤은 너무 짧아, 카티』

나에게 그 밤은 너무 길다. 축복받은 태양이 내 머리에 내리쬔 다음에야 비로소 나는 다시 태어나는 것이다.

"좋아, 이제 마법사를 잡으러 가볼까나."

낮이 되니 흥겨워졌다. 다시 피가 마시고 싶어졌고 모든 것을 때려 부수고 싶었다. 약한 여자의 몸인 밤과는 달라서 기분이 좋다.

『그런데 또 사람이 오는데?』

수다 검 녀석이 이렇게 말한 것은 마을에서 빠져나와 수풀 속을 걷고 있을 때였다. 조금 조용하다 싶었는데 말 발자국 소리와 고함 소리가 들리는 것으로 보아선 먼 곳이 아니었다. 난 기척을 잘 느끼는 편인데… 무언가를 쫓고 있는 사람들인가? 일단 나를 노린 녀석들은 아니다.

"놓쳐선 안 된다!"

남자들의 목소리가 들려오고 있다. 이곳이 수풀이 무성한 곳이라 말이 잘 들어올 수 없기 때문에 약간은 애먹고 있는 듯싶었다.

검은 망토를 머리까지 둘러쓰고 달려오는 여성이 있었다. 숨이 넘어갈 듯이 헐떡이며 그들에게서 몸을 피하고 있었다. 이 피 넘새를 보아하니 세렌이 틀림없다.

　세렌은 헐레벌떡 달리면서 우연히도 내가 있는 방향으로 달려오고 있었다. 하지만 우연이 아니었을지도 모른다. 수다 검 녀석의 말에 의하면 그녀는 예지 능력이 있다고 하니까.

　몸을 감싸고 있는 검은 망토 사이로 보이는 플라티나 블론드가 막 떠오르는 태양빛에 반사되어 아름답게 비쳤다. 세렌은 나를 감지하곤 땀으로 범벅된 얼굴에 미소를 띠었다.

　나 역시 맛있는 피를 지닌 아름다운 여성을 나 몰라라 할 리는 없다. 나는 세렌을 쫓아오는 놈들의 목을 하늘 높이 날리고 피를 흩뿌려 대지에 생명을 주었다. 그렇게 되기까지의 시간은 얼마 걸리지 않았다. 세렌을 쫓고 있던 남자들은 몇 명 되지 않았던 데다가 나에 비해 터무니없이 약한 인간들이었기 때문이다.

　"헉헉, 고맙습니다, 카티스 씨."

　세렌은 헉헉거리면서 가슴을 진정시켰다. 이 여자는 눈이 보이지 않아서 그런지 내가 아무리 잔인하게 사람을 죽여도 기절하지 않아서 여러모로 편한 점이 있다. 용병이나 전사가 아닌 대부분의 여자들은 사람을 죽이는 것을 보고 꺅~ 소리를 지르면서 기절해 버린다.

　심한 경우에는 피만 보고도 어지러움을 느끼며 기절하는 여자들이 많다는 것이다. 하지만 여자니까 그 모습도 나름대로 귀엽게 보이는 것은 사실이다.

　『세렌을 만났구나. 그럼 잘해봐. 난 간밤에 잠을 못 자서 좀 자야겠어』

　마검 놈은 밉살맞은 목소리를 내 뇌리에 남긴 채 쿨쿨 잠들어 버렸는지 더 이상 말이 없다. 역시나 이 마검 놈은 마음에 안 든다.

"세렌, 역시 내가 그리워서 날 찾아온 거야?"

이곳에 내가 있다는 것을 예지했기 때문에 그녀는 이곳에 왔을 것이다. 아직 그녀의 심장은 쉴 새 없이 뛰고 있었다. 그녀가 쓴 검은 망토를 손수 벗기자, 그녀의 희고 탐스러운 살결이 드러났다. 그녀의 맑은 푸른 눈이 불안을 말하고 있었다. 그러나 나는 그녀의 맛있는 피 냄새에 취해서 그녀의 목에 입을 가져다 댔다.

"저기다! 잡아라!"

"방해하는 놈은 죽여라!"

성가신 놈들이 지치지도 않고 또 나타났다. 수풀을 헤치고 나와 세렌이 있는 곳으로 달려들었다. 그 녀석들은 세렌을 죽이려고 하고 있다. 나는 혀로 입술을 핥았다. 기분 나쁠 때의 버릇이다.

흐응, 수다쟁이 겸 녀석, 잘됐군. 오늘 넌 포식할 거야. 비록 맛은 별로 없는 피일지언정 마시는 것은 도움이 될 것이다. 피를 먹지 않는 마검은 무뎌지고 약해지지만, 많은 피를 마실수록 마검이라는 녀석들은 더 강해지는 것이다.

나는 손쉽게 달려드는 놈들을 하나하나 해치우기 시작했다. 끈질기게 다가오는 것이 찰거머리 같은 놈들이었지만, 현재의 나에겐 방해물조차 될 수 없는 존재들이었다. 잠시 후 대지는 놈들의 피로 젖고 놈들의 살덩이가 굴러다녔다.

좋아, 간편하군. 나는 세렌을 데리고 다른 으슥한 곳으로 갔다. 세렌은 남자의 무서움을 모른 채 날 졸졸 쫓아왔다. 이 여자, 이 나라의 왕녀라고 했던 것 같은데… 하지만 난 인간의 지위 같은 덴 관심없다.

"내가 그리웠던 거로군, 세렌?"

나는 그녀의 허리를 안아 들었다. 좋은 감촉이었다. 피도 틀림없이 맛있을 것이다.

"카티스 씨, 부탁이 있어요."

"뭔데?"

나는 그녀의 목을 부드럽게 핥았다. 그녀는 저항하지 않았다. 혀 끝으로 달콤한 맛이 느껴졌다. 게다가 기분도 좋아졌다.

"절, 알휀하임의 성으로 데려다 주세요. 이곳에서 그다지 멀지 않은 곳에 위치하고 있어요."

"흐응, 그럼 뭘 해줄 건데?"

나는 그녀의 목에 키스하면서 말했다. 부드럽고 감미로운 피의 향기는 사람을 미치게 한다.

"내 몸을 드릴게요. 저의 모든 것을 당신께 드릴 수 있어요."

"그래? 난 지금이라도 널 어떻게 할 수 있어."

나는 그렇게 말하면서 그녀의 입술에 부드럽게 키스했다. 내가 지금 원하는 것은 피이기도 했지만 겨우 그런 걸 가지고 귀찮은 일을 부탁받고 싶지는 않았다.

"당신은 마검 미드가르드의 지배자잖아요? 전 그 힘을 빌리고 싶어요."

미드가르드는 그 망할 마검 녀석의 이름이었지. 내가 맨 처음 눈을 뜨고 자기 소개를 했을 때 녀석은 자신의 풀 네임을 미드가르드 뭐뭐뭐라고 했었는데 그 이름은 잘 기억 안 난다. 너무 긴 이름을 기억할 정도로 나는 한가롭지 못하다.

"난 그놈의 지배자가 아니야. 그놈을 소유하고 있을 뿐이지."

나는 그렇게 대꾸하며 그녀의 목에 깊게 키스했다. 미드가르드의 본래의 주인은 마법사이고, 나는 그 녀석이 쓸모가 있기 때문에 가지고 다니는 것뿐이다. 음, 그녀의 심장의 고동 소리가 느껴진다. 이제 숨도 거의 진정되어서 편안해졌다. 역시 심장 고동 소리를 들으면 마음마저 편안해진다.

"당신이 절 그곳까지 데려다 주신다면 마법사에 대해 아는 것을 다 가르쳐 드릴게요. 전 어릴 적에 알타크나의 왕실에 볼모로 잡혀 있었으니까요."

그녀는 보이지 않는 눈의 시선을 내 쪽으로 향했다. 그녀의 푸른 눈은 빛이 없는 데도 불구하고 마치 거울처럼 모든 것을 반영하고 있는 것 같았다. 그녀의 눈동자에 비치는 내 붉은 눈은 피와 같이 붉었다. 마법사에 대한 이야기를 들으니 피가 끓어오르고 있었다. 나는 나도 모르게 손톱을 세웠다. 그 때문에 잡고 있던 그녀의 어깨에 그 손톱이 파고들었다. 아마 아팠겠지만 그녀는 신음 소리조차 내지 않았다.

"넌, 나에 대해 어디까지 알고 있는 거지?"

나는 매서운 눈으로 그녀를 노려보았다. 하지만 눈이 보이지 않아서일까? 그래서 예지 능력을 가지고 남의 과거나 미래를 볼 수 있는 것이 아닐까라는 생각이 들었다. 내가 약간 흥분한 상태에서 질문을 했음에도 불구하고 그녀의 얼굴은 침착하기만 했다

"당신이 이그드라실의 마검 미드가르드의 소유자라는 것, 그리고 또 하나는 사라져 버린 흡혈 종족, 가넬의 한 사람이라는 것. 그리고 당신을 봉인했던 그 마법사에게 원한이 깊다는 것. 그것밖에는 몰라요."

"과연."

그녀는 예지할 수 있는 능력이 있다고 들었었다. 예지라는 것은 미래만이 아니라 한 사람의 과거까지도 꿰뚫을 수 있다는 것을 의미하고 그것이 당연하다. 나는 무의식 중에 짓눌렀던 그녀의 어깨

를 풀어주었다

"좋아, 널 보호해서 수도의 성까지 데려다 주겠어. 대신 넌 나의 것이 되고, 나는 너에게 마법사의 정보를 들을 수 있다 이건가?"

나는 검고 긴 머리카락을 쓸어 올리면서 그렇게 말했다. 나의 검고 긴 머리카락은 태양빛을 흡수하여 반짝거렸다. 허리까지 닿을 듯한 머리카락은 거추장스럽기는 하지만 나의 심벌 같은 존재였다. 세렌은 수줍은 듯한 얼굴로 고개를 끄덕였다.

"수도에 알륀하임의 타크란가(家)의 성까지만 안내해 주시면 됩니다. 빨리 가면 반나절이면 갈 수 있을 거리라고 들었어요."

"좋아, 당장 출발하자고. 해 지기 전에 도착할 수 있는 거리라면 어서 빨리 해결해 버리는 것이 좋겠군."

이 알륀 마을은 알륀하임에서 가까운 곳에 위치하고 있다고 들었다. 오늘 해 지기 전까지 들어가지 않으면 저주 걸린 내 모습을 세렌에게 보여줄 수밖에 없게 된다. 여자에게는 내가 약한 존재라는 인식을 별로 심어주고 싶지도 않았고, 또 남자는 여자에게 항상 기대어도 좋은 존재라고 여겨지는 쪽이 당연하기 때문이다. 물론 이 여자의 제안 따위는 무시해 버리고 가면 좋겠지만 마법사에 대한 정보는 나에게도 중요한 것이었다. 세렌의 제안은 내겐 매력적인 것이었다. 알타크나에 대한 마법사의 정보와 위치만 알 수 있으면 녀석을 이기는 것은 어렵지 않을 것이다. 더불어 피를 흡수하여 이 '나'라는 존재를 예전과 같은 강력한 힘으로 회복시킬 수 있다면 더할 나위 없이 바람직한 일이 아닐 수 없다.

"믿겠어요, 카티스 씨."

"아무나 믿지 마, 세렌."

믿는다는 말을 함부로 한 그녀에게 나는 충고해 주고 싶었다.

"특히 남자는 말야, 여자 앞에서는 거짓말을 하고 싶어지거든?"

나는 그녀의 허리를 껴안고 키스했다. 달콤한 숨결이 나의 입술과 맞닿았다. 가는 허리도 적당한 가슴의 감촉도 마음에 들고, 그 피 냄새도 마음에 든다.

일단 세렌을 부탁을 들어주기로 마음먹은 나는 우선 주인을 잃고 날뛰는 말 한 마리를 잡았다. 그 말에 세렌을 태우고 나도 그 뒤에 앉았다. 눈이 안 보여도 예지력을 가지고 있는 세렌이라면 길은 잘 알고 있을 것이다.

*   *   *

내가 잡은 말은 회갈색 말이었는데 윤이 흐르고 혈기가 왕성한 걸 보면 전 주인이 신경 써서 길렀던 모양이다. 게다가 주인을 잃은 말 치고는 말을 아주 잘 들어서 잘 달려주고 있었다. 얼마나 시간이 지났던가. 처음 태양이 떠올랐을 때 출발했었는데 지금은 이미 머리 위로 그 위치를 옮겼다. 세렌의 말에 따르면 이대로 아무 장애만 없다면 얼마 지나지 않아 그곳에 도착할 것이다.

일단 약속을 한 이상 난 세렌을 그 알훼하임의 성에 데려다 줄 것이다.

"힘들지 않으세요?"

쉴 새 없이 말을 모는 내가 걱정스러웠는지 세렌이 조심스럽게 물었다

"전혀."

말이 지칠 때가 되었다는 것만 제외하고 나는 멀쩡하다. 세렌은 내게 안긴 채 더 이상 별다른 말은 하지 않았다. 한다고 해도 바람

소리에 가려 거의 들리지 않는다는 것을 잘 알고 있기 때문이었다.

그러나 곧 손님이 찾아왔다. 세렌은 쫓기고 있었고, 덕분에 나까지 표적이 되고 있었다. 나는 나를 따라오는 녀석들의 기척을 느끼고 있었다.

"온다!"

나는 혀를 핥아내면서 수다쟁이 검, 미드가르드를 뽑아 들었다.

내가 지나가는 길의 수풀 속에 잠복해 있던 녀석들을 발견했다. 놈들은 내가 세렌을 안고 달려오는 것을 확인하자 기다렸다는 듯이 달려나왔다. 그들은 복면을 하고 있는 자객들이었다.

그러나 이 몸께서 너희들이 나오기까지 기다려 줄 것 같았나?

나는 놈들의 목을 겨냥하기 시작했다. 내가 팔을 휘두름과 동시에 녀석들의 목이 하늘로 치솟아 올랐다. 피가 왈칵 쏟아져 흘렀고, 수다쟁이 검 미드가르드는 그것을 흡수했다.

"카티스, 조심해요."

알아. 알고 있어, 세렌.

나는 뒤쪽에서 말을 타고 달려오는 놈의 턱을 왼쪽 주먹으로 강타했다. 말이 히잉~ 소리를 내며 물러섰고, 그 인간 놈은 그대로 균형을 잃고 나가떨어졌다. 그와 동시에 오른손으로는 마검을 휘둘러 앞에 다가온 녀석의 목을 날려 버렸다. 마검에 베여 녀석의 목은 쉽사리 굴러 떨어졌다.

인간들이라면 낮의 이 몸에게 섣불리 덤비지 않는 것이 좋을 것이다. 인간은 절대로 라그나 라그나드를 이길 수 없다. 나는 즐거워졌다. 피를 즐기는 것은 라그나들의 특징이었고, 나도 그것을 좋아했다. 마음껏 인간의 피를 볼 수 있다는 것이 매우 즐거웠다.

그러는 도중에도 세렌은 내 몸을 꼬옥 붙잡고 있었다. 내가 타고 있던 회갈색의 말이 피의 축제 속에서 미친 듯이 날뛰었지만 나는 균형을 잃지 않았다. 더욱이 세렌의 부드러운 몸이 접촉되어 나는 기분이 좋아졌다.

"당장 그 여자를 내놔라!"

내 눈앞에 다른 녀석들보다 깡다구가 세 보이는 놈이 모습을 드러냈다. 그 녀석 역시 얼굴을 가리고 있어서 볼 수는 없었지만 틀림없이 별로 실력이 없는 놈일 것이다.

"웃기지 마라, 어리석은 인간."

나는 씩 웃으면서 수다쟁이 검을 들어 나에게 달려 들어오는 다른 녀석들의 목을 날려주었다. 그러자 그 녀석이 당황한 얼굴로 나에게 창을 들어 반격해 왔다.

어이, 소용없다니까 그러네. 인간의 힘으로는 절대 나를 이길 수 없다.

나는 놈의 창을 살짝 피하고 녀석의 목을 겨냥했다. 아무리 반사 신경이 뛰어나도 인간은 결국 인간이다. 결국 그놈의 목도 굴러 떨어졌다.

그러자 다른 녀석들이 나라는 존재에 두려움을 깨달았는지 도망가려고 했다. 하지만 나는 한번 덤볐던 녀석들이 도망가는 것을 봐주는 착한 성격은 아니라서 그놈들의 뒤를 하나하나 좇아 목을 쳐주고 심장의 피를 흩뿌려 주었다.

세렌은 내 몸을 끌어안은 채로 아무런 소리를 지르지 않고 있었다. 역시 눈이 보이지 않는 여자는 편하다라는 결론이 나온다. 놈들을 모두 해치워 버린 후, 나는 세렌의 어깨를 왼손으로 감쌌다.

"이제 끝났어."

나는 무뚝뚝하게 말했다.

나는 시체들을 발길로 걷어차면서 미처 달아나지 못한 말을 한 마리 잡았다. 회갈색 말은 이제 지쳤다. 그놈은 풀어주고 나는 내 칼부림에 의해 주인을 잃어버린 하얀 말로 갈아탔다.

"사람에게와는 달리 동물에겐 자비로우시네요."

"내가 불편하니까 그런 것뿐이야."

게다가 짐승은 죽여도 그다지 재미없어. 나는 흰 놈의 등에 타고 세렌을 안아 올렸다. 아무리 아무렇지 않은 척을 했어도 그녀는 긴장을 했는지 몸이 땀으로 젖어 있었다.

"걱정 마, 약속한 이상 널 반드시 그곳으로 데려다 줄 테니까."

나는 씨익 웃었다. 내 말에 좀 안심이 되었는지 세렌은 내 어깨에 얼굴을 기대었다. 그리고 곧 하얀 말은 달려가기 시작했다.

알휀하임에 도착한 것은 오후가 꽤 지나서였다. 그간 쉬지도 않고 달려왔기 때문에 나도 세렌도 조금 피곤한 상태였다. 알휀하임은 시골 구석과 같았던 알휀과는 정반대였다. 사람도 많고 좀 더 번화되어 있었다. 알휀하임으로 들어서려면 신분증이 필요했는데, 세렌이 가지고 있던 반지는 어떤 곳이든 통과할 수 있어서 편했다. 처음에는 세렌이나 나나 지저분한 몰골을 하고 있었기 때문에 수상한 사람 취급을 했으나, 세렌의 반지는 그녀의 신분을 증명해 주고 있었기 때문에 더 이상 말이 필요없었다.

알휀하임의 성을 지키고 있던 문지기는 세렌이 끼고 있는 반지를 보자마자 영주께 알려야 한다면서 허둥지둥 서둘러서 알리러 갔다.

알휀하임의 성은 크고 웅장했다. 이 나라의 국왕이 사는 곳보다야 덜하겠지만 꽤나 돈 많은 성주가 살고 있을 것이다. 세렌과 아는 사이라면 상당한 지위에 있는 자이겠지만, 그것보다 난 어서 이 일을 끝내고 싶다.

『아함, 잘 잤다. 어? 여긴 어디지?』

내 손 안에 있던 수다쟁이 검 녀석은 공기가 바뀐 것을 느끼고 중얼거리기 시작한다.

『왠지 배가 부른데? 덕분에 편히 잤어』

당연하지. 내가 네놈에게 인간의 피를 잔뜩 먹였으니까. 오늘 여기까지 오는 동안 죽인 인간으로 따지면 과장해서 산 하나를 쌓아도 될 정도다.

"이게 미드가르드인가요?"

미드가르드 녀석의 목소리를 들었는지 세렌이 고개를 갸웃거렸다. 저 여자에게는 수다 검 녀석의 목소리가 들리나 보구나. 수다 검 녀석은 낮에는 힘이 부족하기 때문에 나에게 들릴 정도로밖에는 말할 수 없는데, 감이 뛰어난 세렌에겐 그 목소리가 생생하게 전해진 모양이었다. 하지만 듣지 않는 것이 좋았을 것이다. 저놈은 이 세계 최고의 수다쟁이 검이니까.

『제 이름은 미드가르드입니다』

자기 소개를 좋아하는 수다 검이 즐겁다는 듯이 그녀에게 말했다. 세렌은 수다 검 녀석의 말이 재미있었는지 실소를 터뜨렸다.

『아가씨, 카티를 조심해요. 저놈은 이 세상 최고의 늑대니까』

이 자식이 가만히 있자니까 할 말 못할 말 고르질 못하는구만.

나는 놈을 칼집에 넣어 입을 봉해 버렸다. 놈은 이제 내가 칼집에서 빼내지 않는 한 말하지 못할 것이다.

"굉장히 재치있는 검이로군요."

세렌은 이렇게 말하면서 아직도 웃고 있었다. 내가 고의로 한 것은 아니었지만 세렌의 얼굴에 미소가 번졌다는 것만으로도 흐뭇해졌다.

"아니, 세계 제일의 수다쟁이 놈이지."

이곳 알뢴하임은 더할 나위 없이 평화스러워 보였다. 내가 어제 머무른 여관의 수다쟁이 아줌마가 한 말이 믿어지지 않을 정도였다. 하지만 느낌은 좋지 않다. 어디선가 피 냄새가 난다. 너무 평화스러워서 의심스럽다고 할 정도였다.

"오래 기다리게 해서 죄송합니다. 어서 들어오세요!"

곧 이어 한 놈이 나와 그동안 기다리게 한 것이 미안했던지 급히 성안으로 안내했다. 게다가 내가 누구인가가 상당히 궁금한 듯했다.

"저 남자 분은?"

남은 녀석이 날 가리키면서 세렌에게 물었다. 나는 한 손으로 수다쟁이 검을 쓰다듬었다.

"동행입니다. 함께 들어가겠어요."

그놈은 날 이상한 눈으로 바라보는 것 같았다. 나는 긴 머리카락을 쓸어 올렸다. 내 잘난 미모 때문에 그럴 것이다. 아니면 난 라그나니까 아무래도 인간과는 느낌부터가 다르기 때문이겠지. 겉으로 보기엔 인간과 비슷해 보일지도 모르지만 근본은 확실히 다르다.

나는 앞장서는 세렌을 뒤따라갔다. 세렌이 입고 있던 드레스는 지저분해져 있었지만, 그녀의 몸짓이며 행동은 그녀가 왕족임을 알리는 것 같았다. 몇 명의 사람들이 성안으로 그녀를 안내했다.

덩달아 나도 콧노래를 부르면서 그녀를 따랐다. 원래 나는 그녀를 데려다만 주면 되는 것이었겠지만, 그녀는 일이 해결될 때까지 내가 자신을 도와주길 바라고 있었다. 그 정도의 일이라면 약간 기다려 줘도 되겠지 싶어서 가만히 그녀를 따라갔다.

성안은 고풍스럽지 않고 현대적 감각으로 디자인되어 있었다. 성의 주인의 취향인지 비싼 것들이 즐비하게 있었지만 그다지 디자인 감각은 없는 편이어서 오히려 밸런스가 맞지 않는다는 느낌이 강했다.

나는 원래 성의 모양이나 디자인 감각 같은 인간들이 따지기 좋아하는 면을 보는 데는 별로 자신이 없었지만, 이곳은 좀 맞지 않는다는 생각이 들어서인지 거북한 느낌이 강했다.

그녀가 인도되어 간 곳은 큰방으로 통하는 문이었다.

그녀가 그 안으로 들어서려고 할 때 나도 그녀를 따랐다. 무슨 일이 있으면 세렌의 몸을 받을 수 없게 되니까 잘 보호해야 한다고 생각하고 있었다.

"세레스티르 왕녀님!"

방 안에 들어서자마자 낯익은 남자의 목소리가 들렸다.

틀림없이 들었던 목소린데 잘 기억나지 않았다. 역시 남자에 관한 것은 기억하기가 힘든 법이다. 그는 약 20대 후반으로 보이는 평범한 남자였다. 입은 옷이 고급스럽다는 것을 제외하고는. 길고 기름이 흐르는 미끈한 얼굴과 콧수염만이 특징이라면 특징이라고 할 수 있었다.

"로나스 경."

그녀는 로나스라고 불린 바나나같이 미끈한 얼굴을 가진 놈에게 다가갔다.

저 얼굴도 확실히 근래에 봤던 것 같지만 별로 신경 쓰고 싶지 않았기 때문에 나는 응접실과 같은 곳에 있던 소파에 털썩 앉았을 뿐이다.

"왕녀님께서 어찌 이런 곳에 계신 겁니까? 그 나라로 가신 것 아니었습니까?"

"로나스 경, 일이 있어서 빨리 돌아올 수밖에 없었답니다."

세렌의 얼굴에 슬픈 빛이 감돌았다. 그녀의 볼을 타고 맑은 눈물이 흘러내렸다. 그녀가 어찌 된 경위로 저런 얼굴을 하고 있는지는 모르지만 그녀는 그동안 억지로 참고 있던 눈물을 흩뿌렸다. 보이지 않는 눈이어도 눈물은 흐르는구나.

"어째서 그런 모습으로… 오신 겁니까? 하인들이 세레스티르 왕녀님께서 오셨다는 말을 들었을 때 반신반의하여 직접 맞이하지 못한 점 사과드리옵니다."

여기저기 찢어진 세렌의 드레스를 보면서 그 녀석이 말했다.

"저의 목숨을 노리는 자가 있었습니다."

"왕녀님께서는 평화 조약 때문에 이웃 나라에 가신 것이었을 텐데… 어째서 목숨을 노리는 자가 있었던 것인지……."

의아한 듯이 중얼거리는 녀석의 목소리는 가느다랗게 떨리고 있었다.

웃기고 있네. 목숨은 언제 어디서든 노릴 수 있는 거야. 이 허여멀건 한 멍청아.

그 중얼거린 소리를 들었는지 그 바나나 같은 얼굴을 한 놈이 날 바라보았다.

"왕녀님, 이자는 누구입니까? 왕궁의 기사나 다른 호위병들은 아닌 것 같습니다만, 함께 갔던 다른 사람은 어떻게 된 겁니까?"

"그는 제가 고용한 사람이에요. 제가 여기까지 오도록 도와주신

분이시기도 하고요. 다른 분들은 모두 저를 지키려 하시다가……."

말을 이어 나가는 그녀의 목소리가 쓸쓸했다.

젠장, 짜증난다. 저런 이야기를 계속 듣고 있으려니까 말이다.

"저런, 얼마나 마음 고생이 심하셨는지 눈에 선하군요! 어서 이일을 국왕 폐하께 알려야 합니다!"

"안 돼요, 로나스 경. 그렇기 때문에 당신을 찾아온 겁니다. 당신은 제가 가장 믿을 수 있는 분이니까요."

망할. 정치 관련 이야기는 듣고 싶지 않았다.

나는 졸려서 소파에 걸터앉았다. 응접실에는 길다란 소파가 있었다. 폭신폭신해서 아주 기분이 좋아졌다. 이 방 안에는 값나 보이는 물건이 많았지만 성과 비교해 보면 덜 화려한 편이었다.

"이 나라를… 알타크나 왕국은 우리 나라를 제압할 완벽한 계획을 세우고 있었어요. 이미 상당수의 지배 계층 사이에서도 첩자가 있는 것 같았고요. 전 그걸 발견할 수 있었어요. 더 이상이 평화 조약은 단지 형식상에 불과해요. 하지만… 그걸 국왕 폐하께 알릴 수는 없어요. 제가 그곳에서 본 것이 아무리 불길한 것이었더라도 그걸 알릴 수 없어요."

세렌의 목소리는 가느다랗게 떨리고 있다. 그녀의 가슴을 짓누르는 어떤 것이 그녀의 행동에 제약을 주고 있다. 그건 불 보듯 뻔한 일이었다.

"그분, 알타크나의 리프님 때문입니까?"

세렌은 고개를 끄덕였다. 그녀는 뭐든지 알 수 있는 눈을 가지고 있었다. 다른 사람처럼 사물을 볼 수는 없었지만 그녀의 눈은 가까운 미래를 볼 수 있는 힘을 가지고 있었던 것이다. 그런 그녀의 눈에서 눈물이 흐르고 있었다.

"알겠습니다. 제가 그 일을 알아서 처리하도록 하겠습니다."

"로나스 경, 어린 시절부터 친구였던 당신을 가장 믿고 있어요. 부탁드리겠습니다."

세렌은 그에게 의지하고 있었다. 사랑이 관여되면 여자는 약해지는 것일까? 아니, 반대로 강해진다. 그녀는 사랑을 지키기 위해서라면 어떤 것이라도 불살라 버릴 자신이 있을 것이다.

"그렇다면 그들은 왕녀가 그 사실을 알고 있기 때문에 쫓고 있는 것이군요."

로나스 공이라고 하는 녀석은 고개를 끄덕이면서 진지한 표정을 지었다.

"왕녀께서는 그곳에서 어떤 것을 느끼신 겁니까?"

세렌은 대답하지 않았다. 그러나 그녀가 말한 침묵은 긍정을 뜻하고 있었다. 그 나라를 합병할 계획을 세우는 적국과 자신이 사랑하는 적국의 사람과의 사이에서 갈등한 여성이 나라에 거짓된 정보를 흘린다는 이야기는 소설책에나 나올 법한 이야기였다. 하지만 그것이 사실이기도 했다. 사랑에 빠진 여자는 강해지는 것이다.

그래서 그녀는 모든 것을 버릴 수 있었던 것인가. 자신의 모든 것과 맞바꾸어 사랑하는 사람의 야심을 채워주려고 하는 걸까. 여자라는 존재는 알다가도 모르겠다.

"이제 좀 쉬십시오. 저에게 맡겨주십시오. 왕녀님께서는 지금 너무 피로하십니다."

"고마워요, 로나스 경."

세렌은 드레스 소맷자락으로 자신의 눈을 닦았다. 그녀의 눈은 피로해 보였다.

이제 지겨운 저 신파극은 끝난 건가?

나는 마검 녀석을 만지작거렸다. 본디 성에 들어올 때 무기 반입은 금지였겠지만 지금의 상황이 급한지라 아무도 내가 마검을 들고 들어온 것에 대해서 신경 쓰지 못했던 것 같다.

"자, 왕녀님을 편안한 곳으로 모셔라. 그리고 이 일이 절대 새어나가지 않도록 해라."

로나스라고 하는 그 미끈하게 생긴 놈은 손을 들어 자신의 시종을 불렀다. 시종은 그의 말에 따랐다.

나는 소파에서 일어나서 세렌 쪽으로 다가갔다. 세렌은 안심하고 있었을 테지만 나는 느끼고 있었다. 이 녀석들은 내가 들고 있는 검이 마검인 것도 알고 있을 테고, 그들은 세렌이 이곳에 도착하리라는 것을 알고 있었을 것이다.

그런데도 세렌은 믿고 싶었을 것이다. 그러나 세상은 그렇게 쉽지 않았다. 굳게 믿고 있던 존재에게 배신당했을 때의 그 참담한 기분은 당해보지 않은 사람은 모를 것이다.

1초도 지나지 않아 갖가지 무기로 무장한 녀석들이 방을 에워쌌다. 그들은 사람을 죽이는 데 익숙한 병기들이었다.

세렌은 그들이 이 방 안에 들어선 것을 느끼고는 그 자리에 털썩 하고 주저앉으려고 했다. 만일 내가 그녀의 팔을 잡아주지 않았다면 정신을 잃어버렸을지도 모른다.

로나스라는 콧수염 달린 바나나 얼굴의 남자는 쿡쿡쿡, 웃어대기 시작했다. 세렌이 알타크나에 가서 알게 된 것이 무엇인지 그 녀석은 이미 알고 있는 것 같았다. 그 녀석은 아까 전과는 상반된 태도로 기괴한 표정을 지었다.

"왕녀님, 죄송합니다. 그동안 잘도 도망치셨더군요."

로나스 놈은 이렇게 말하면서 킬킬킬 웃었다.

"하지만 왕녀님은 느껴서는 안 되는 것까지 느끼셨습니다. 이그드라실의 일부를 느끼셨으니 절대로 살려둘 수가 없지요. 아무리 다른 사람에게는 말하지 않겠다고 하셔도 곤란합니다."

기억났다! 어제저녁 날 마을까지 태워줬던 잘난 척하던 놈이었다. 이놈은 세렌이 올 것을 예상하고 그 마을에 미리 진을 쳐두었던 것일지도 모른다.

"역시 잘난 척하는 놈들은 믿을 수 없다니까."

나는 기분이 나빠져서 윗입술을 혀로 핥아 내렸다.

세렌은 앞날을 볼 수 있는 힘을 가지고 있었다. 그렇다면 세렌은 이 로나스라는 녀석이 배신할 줄도 알고 있었을 것이다. 그런데도 찾아온 것은 설마 혹시나 하는 인간들의 정이라는 것 때문인가.

"죽여라! 살려보내선 안 된다."

로나스 놈이 손을 들어 명령을 내렸다.

그러나 내가 있는 한 그렇게 될 리가 없었다.

『또 싸움인가?』

녀석의 중얼거림과 동시에 나는 그것을 휘두르기 시작했다. 세렌의 몸에 힘이 없어서 나는 그녀를 들쳐 업고 달려드는 인간들에게 반격했다. 로나스라는 녀석은 나를 그냥 강한 인간 정도로 생각했던 것 같은데 그건 오산이다.

나는 수다쟁이이긴 하지만 마검을 가지고 있고 라그나 라그나드이다. 라그나들 중에서도 뛰어난 이 몸을 인간들이 감히 이길 수 있다고 생각하는가?! 나는 세렌을 어깨에 멘 채 달려드는 녀석들을 모두 베어버렸다. 순식간에 방 안에서는 죽어버린 놈들의 목만이 굴러다니고 피가 흥건히 고였다.

그 모습을 본 로나스 놈은 입을 쩍 벌린 채 도망도 가지 못하고 있었다. 너무 놀라면 그 자리에서 얼어버린다는 말이 사실인 것 같다.

"겨, 경비병!"

놈이 이렇게 소리쳤을 때 난 이미 그놈의 얼굴 앞에 서 있었다.

로나스는 공포로 몸을 부르르 떨었다. 내가 강하다는 소리를 못 들었나 보다. 이 자신감에 넘치던 녀석이 무너지는 꼴을 보니까 상당히 즐겁다.

"저리 가, 이 살인자⋯⋯. 이 검은 날의 검이 설마 마검⋯⋯?"

"네놈도 살인자잖아? 네 손에 피를 묻히지 않았을 뿐이지."

나는 놀란 붕어같이 되어버린 녀석의 얼굴을 힘껏 갈겨주었다. 놈은 으악! 소리치면서 벽에 메다꽂혀 버렸다. 한 방에 기절이로 군. 죽여 버리고 싶지만 한번에 죽이는 거라면 속이 풀리지 않을 것 같다.

『왠지 화난 것 같아, 카티』

수다 검이 중얼거린 대로 나는 나도 모르는 사이에 조금 화가 나 있었던 것 같다.

수다 검 녀석을 박아 이 콧수염 바나나 얼굴을 죽여 버릴까도 고려해 봤지만 그러는 시간조차 이놈에겐 아깝다.

나는 세렌을 짊어지고 그 성을 나왔다. 나에게 아무것도 모르는 녀석들이 덤볐지만 결과는 뻔했다. 마검의 밥이 되었다.

"카티스⋯⋯."

"정신이 들었군, 세렌."

나는 그녀의 몸을 내려주었다. 그녀의 몸에는 힘이 전혀 없었지 만 그래도 내 말에 고분고분히 따랐다. 그녀의 눈은 어느새 눈물로 범벅되어 있었다.

"저, 저는⋯⋯."

나는 내 입술로 말을 하려는 그녀의 입을 부드럽게 맞추었다. 그녀의 입에서 달콤한 라일락 향기가 났다. 역시 여자라는 종족은 좋다.

"약속대로 저를 드릴게요."

"원래부터 죽을 작정이었던 거야?"

나는 그녀에게 물었다. 그녀는 대답하지 않았다.

하지만 나는 그녀를 만났을 때부터 눈치 챘던 것 같다. 그녀는 이미 삶을 포기하고 있었다는 것을. 자신이 해야 할 일에서 그녀는 영원히 떠나가고 싶었던 것이다.

"해야 할 일이 있으면 돌아가는 게 좋아, 세렌."

내가 이런 말을 할 처지는 아니지만 눈물 흘리며 죽음만을 바라고 사는 여자에겐 관심없다. 나는 생기있고 발랄하며 어느 정도 내숭도 떨 줄 아는 그런 여자가 좋다.

그녀는 이런 나를 바라보았다. 정확하게 말해서 날 바라보고 있는 것 같았다.

"난 그 후에 널 받도록 하지. 삶을 포기한 사람의 피는 맛이 없어."

나는 고개를 돌렸다. 눈물을 흘리며 삶을 포기한 세렌을 보니 어떤 여자가 떠올랐다.

그녀와 똑같지는 않았지만 세렌이 자신을 희생하는 그런 모습은 도저히 용서가 되지 않았다.

"카티스⋯ 전⋯⋯."

"너라면 혼자 돌아갈 수 있겠지?"

난 이죽거렸다. 원래대로의 나였더라면 틀림없이 이 여자의 피를 마셔 버렸을 것이다. 세렌은 미래를 예견할 수 있는 여자였고, 자신이 해야 할 일을 잘 알고 있었을 것이다. 그 나라에서 무엇을 알게 되었고, 두려워하고 도망을 쳤는지 나는 알 바 없었지만, 그것은 그녀가 해야 할 일이었을 것이다. 그리고 또, 그것을 회피하려고 했었겠지. 젠장.

"카티스……."

어느덧 태양이 기울었다. 붉은 노을이 아름다웠다.

나는 그녀가 있던 곳에서 멀어졌다.

아마도 세렌은 자기가 가야 할 길을 갈 것이다.

*　　　　　*　　　　　*

난 그다지 감상적이고 싶지는 않았다. 처음부터 이렇게 될 줄 알았다면 세렌의 부탁 따위는 무시하고 그냥 알타크나를 향하는 것이 좋았을 것이라는 생각이 들었다.

『이상하네, 카티스답지 않아. 여자를 마다한 것도 그렇고 알타크나의 정보나 그녀의 몸을 받지 않은 것도 이상해. 이왕이면 통행증 같은 것도 만들어달라고 했으면 좋았을 텐데, 머리가 안 돌아간다니까……』

수다 검 녀석은 불만이 많았다. 나도 나름대로 내 행동에 대해 불만을 갖지 않는 것은 아니었다.

"시끄러워, 이 수다쟁이 검아."

『왜 그녀에게 마법사, 내 주인에 관한 일은 묻지 않았어?』

잊어버린 것뿐이야, 젠장할.

"그런 정보쯤은 어디서든 들을 수 있어."

『왠지 오늘따라 센티멘털한데, 카티』

"입 닥쳐. 너의 수다를 들어줄 기분 아냐."

정말 인간처럼 센티멘털해져 버린 건가, 이 내가? 우습군.

『너에게 인간의 정과 같은 것이 남아 있다니… 이해가 안 가는구나, 라그나 카티스』

인간의 정? 그런 것은 모른다. 난 정 따윈 가지고 있지 않으니까. 그러나 과거를 가지고 있는 것은 사실이다.

나는 더 이상 녀석의 말에 대꾸하지 않았다. 노을이 하늘 아래로 아름답게 펼쳐져 있었다.

『봐, 아름답잖아? 피와 같이 붉은색이야. 네놈이 미치도록 좋아하는 색깔이야. 기분 풀어. 이젠 밤이 올 거야』

시끄러워! 이 망할 놈의 검. 망할 놈의 인간들.

정에 치우치는 인간들 따위에게 얽매이게 되어버린 나 자신도 싫다.

두고 보자, 날 이 지경으로 만든 그 빌어먹을 마법사 녀석!

Chapter 2

망자의 검

그것은 애타게 나를 부르고 있었다.

원하는 것을 할 수 있는 힘을 주겠노라고 목청을 높여

나를 갈망하고 있었다.

나는 그 매력적인 검에 손을 대지 않을 수 없었다.

나는 꿈을 이루고 싶었다. 그러나 나에게는 힘도 재주도 없었다.

나는 강해지길 원했고, 그 때문에 그 매혹적인 호명(呼名)에 응했다.

그러나 흙으로 돌아간 자에게 주어진 이름은 없었다.

이름없는 자의 검은 나를 받아들였고, 그것은

'나'라는 존재를 지워 버렸다.

나는 나라는 인간이 아닌 사검(死劍)의 망령이 되었다.

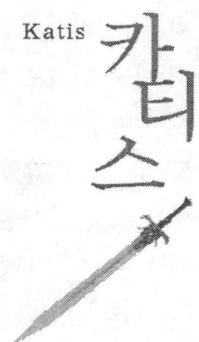

Katis 카티스

그 녀석을 다시 만난 것은 결코 우연이 아니었을지도 모른다.

여행자인 에즈를 다시 만난 것은 격투 대회가 열린다는 영지에서였다. 귀족들은 심심하면 대회를 열어 상금 같은 것을 주길 좋아한다. 돈이 없는 여행자나 용병들을 끌어들이기도 쉽고 볼거리도 되기 때문에 그런 것을 여는 것 같았다.

그렇다고 해서 내가 그렇게 귀찮은 것에 참가했느냐고 한다면 결코 그런 것은 아니었다. 우연히 구경을 하게 되었을 뿐이었다. 때마침 에즈 녀석이 격투 대회에 참가하고 있었고, 그래서 우연하게 그 붉은 머리의 여행자를 발견하게 된 것이다.

나는 여전히 마법사를 쫓는 여행을 계속하고 있었다. 마법사에게 복수하기 위한 여행을 계속하고 있다고는 하지만 잠에서 깨어난 이후로 마법사를 만났던 경험도 전혀 없어서 속이 상하던 참이었다. 나 혼자 열을 내는 듯한 느낌이 들었던 것이다. 그런 와중에 보게 된 것이 이 격투 대회였다. 콜로세움에서 펼쳐지는 격투 경기는 용병이나 기사들의 잔치와 같은 것. 자신의 힘을 뽐내고 돈도 받고 인정도 받을 수 있는 좋은 기회이기도 했다.

이런 촌구석에 있는 영지에서 기사가 되어봐야 좋을 것이 하나도 없을 것 같았지만 인간들은 지위와 명예를 따지기 마련이다. 내가 그를 알아본 것은 여행객 에즈가 자기보다 두세 배의 덩치가되는 녀석을 단칼에 쓰러뜨리는 모습 때문이었다. 마치 검무(劍舞)를 보듯이 흐르는 듯한 동작이 눈에 익었던 것이다.

"그때 눈에 띄었던 건 역시 우스꽝스러웠던 검사였지. 촌구석에서 올라온 것 같았어도 그럭저럭 예쁘장하게 생긴 녀석이 제대로싸우지 못하고 웃음거리가 된 거 말야."

수다 검 녀석이 말했을 때 나는 그 일이 기억났다. 에즈와의 대결은 아니었다. 일반 기사와의 대결에서 촌티 흐르고 예쁘장하게생긴 사내자식이 특별할 것도 없는 롱 소드를 들고 나왔다. 그런데 너무 긴장한 바람에 넘어져 자기 팔에 상처를 입고 탈락되었던것이다.

"참 속상했을 거야. 인정받으려고 나왔던 걸 텐데 말야."

"속상했긴. 얼간이 주제에 놀림감이 되지 않으려면 나오지나 말았어야지."

나는 그 얼간이가 낙심해하는 모습이 생각나서 비꼬았다. 인간에겐 그 일을 할 수 있는 능력을 가진 경우도 있고 가지고 있지않은 경우도 있는 법이다.

"그래도 그날을 위해 열심히 노력했을 텐데 불쌍하잖아."

그러고 보니 그 다갈색 머리 꼬마에게 이 몸께서 직접 '너 같은바보 놈은 빨리 고향으로 돌아가서 농사라도 짓는 게 좋을 거다'

라고 친절하게 말해 주었다. 물론 실컷 비웃어준 것도 이 몸이다.

"카티나가 그렇게 웃지 않았다면 그렇게까지 비웃음을 사진 않았을 거야."

내 웃음소리를 들은 관객들도 따라 웃었고, 그 녀석은 홍당무처럼 얼굴이 빨개진 채 피를 철철 흘리며 도망가 버렸다. 그 생각을 하니 지금도 웃음만 나온다.

"닥쳐. 벌써 며칠이나 지난 일을 아직도 생각하고 있는 거야? 네가 늙은이냐?"

나는 수다 검 녀석에게 핀잔을 주면서 입술을 삐죽이 내밀었다. 그게 벌써 일주일 전의 일이었다. 그 대회의 우승은 당연히 에즈 녀석이 했고, 그 녀석은 상금만 받아 챙기고 다시 여행을 떠났다. 나는 녀석이라면 틀림없이 알타크나로 가장 빨리 가는 방법을 알고 있을 법 싶어서 그를 쫓았고, 지난 일주일 동안 그 녀석과 함께 행동하고 있었다.

"그런데 에즈, 정말 대단하던걸요? 그런데 왜 허리에 차고 있는 검은 쓰지 않는 건가요?"

우리들의 수다를 듣는 둥 마는 둥 저녁 식사를 하고 있던 에즈에게로 미드가르드는 화제를 돌렸다.

"이 검을 쓸 필요가 없었으니까."

에즈의 대답은 간단했다. 항상 저 녀석의 대답은 간단하다. 그래서 듣는 사람이 곤란할 때가 많았다. 하지만 그렇다고 가만히 있을 수다 검 녀석이 아니었다.

"그런데 오늘 참 음산하네요. 마을 사람들 말에 따르면 얼마 전부터 괴물들이 나타나기 시작했다던데, 그 녀석들이 나오려고 하는 걸까요?"

에즈 역시 나처럼 수다 검 녀석의 말에 대꾸하지 않았다. 내가 지금까지 여러 가지로 도움을 받아서 호감을 가지고 있는 녀석이긴 하지만 지나치다 할 수 있을 정도로 말이 없는 녀석이다.

나는 장작불이 잘 타도록 검 끝으로 불꽃을 쑤셨다. 쑤실 때마다 불꽃이 맹렬히 타오르기 시작한다. 이 마검은 무겁긴 했지만 불쏘시개로는 안성맞춤이었다.

"내 몸을 가지고 뭘 하고 있는 거야?! 소중하게 생각하라고 했잖아, 카티나!"

지금의 난 오랜 잠에서 깨어난 후의 여느 밤과 마찬가지로 계집애의 모습을 한 채다. 사방은 수풀과 나무로 메워져 있었지만 하늘은 뚫려 있어서 별들이 반짝이는 것이 보였다. 지나칠 정도로 고요한 밤이어서 수다 검 녀석의 말만 없었다면 쓸쓸한 느낌이 들었을 것만 같다.

모닥불을 피워둔 채 저녁 식사를 하고 노숙을 할 생각이었다. 식사는 별반 특별할 것이 없었다. 수다 검 녀석이 우겨서 가지고 온 건식과 근처에서 잡아온 토끼고기가 전부였다. 에즈 녀석도 나도 노숙에는 익숙해져 있었기 때문에 그다지 불편한 것은 없었다. 불침번은 수다 검 녀석에게 맡기고 잠을 자둘 생각이다.

"알타크나로 통과하려면 통행증이 있어야 할 텐데."

"힘으로 밀어붙이면 되잖아."

난 통행증 같은 종이 쪼가리엔 관심이 없었다. 우선 알타크나의 마법사라는 녀석만 찾으면 된다는 생각이었기 때문에 인간의 법률 따위에 스스로를 구속하고 싶진 않았다.

"여러 가지로 귀찮아질 텐데."

"맞아요, 라그나라고 해도 알타크나에선 통하지 않을 테니까요."

대체 마법사 녀석은 어떤 나라에 살고 있는 거람. 현재 사람들은 라그나에 대한 인식이 거의 없는 것 같던데 알타크나에선 가능하단 말인가.

"로드는 보통 인간이 아니라고 했잖아."

"하긴 마법사를 해치우려고 하는 거라면 통행증을 가지고 가더라도 별 도움이 되지 않겠지. 잘해봐."

에즈는 식사를 마치고 여행에 필요한 물건들을 정리하기 시작했다. 긴 밤이 시작되었다. 확실히 오늘은 더 이상 걷기보다는 자리 잡고 쉬었다가 내일 아침에 다시 출발하는 것이 더 나을 법했다.

"그런데 왜 에즈 씨는 말 같은 거 안 타고 다녀요? 그럼 여행은 좀 더 빨라질 텐데요. 카티 녀석은 험해서 말을 몰면 계속 죽어버리니까 못 타고 다닌다고 쳐도……."

"필요없으니까."

수다 검 녀석도 이번엔 입을 다물었다. 어느 누구도 저 녀석의 무뚝뚝함에 대해서는 더 이상 말을 이을 재간이 없을 것이다.

"그런데 이곳은 원래 아나리드의 땅이었죠? 이미 전설이 되어버린 그 땅의 수도였다고 들었어요."

그러나 녀석은 화제가 떨어지지도 않는 듯했다.

"카티스는 아나리드에 대한 전설을 들어본 일 있어?"

"뭐가 전설이냐? 그다지 오래된 것 같지도 않던데!"

"인간들의 기준으론 전설이 될 정도로 오래되었다고. 너의 기준으로 생각하지 말란 말야."

수다 검 녀석은 검지손가락을 치켜 올리며 열변을 토했다. 인간이 아닌데 어떻게 인간의 기준으로 생각하냐, 멍청아.

"이 근처에는 아나리드의 유적이 있을지도 몰라. 아나리드는 짧지만 인간들이 불사의 왕 다음으로 강하다라고 할 정도로 유명한 왕, 유디엔이 있었다고."

그 이름은 들어봤던 기억이 난다. 하지만 흥분할 정도는 아니다. 결국 망했다는 것은 왕이라는 작자가 잘못했기 때문이 아닌가.

"이곳에 그런 유적이 있을지도 몰라. 멋지잖아, 옛날 것을 다시 본다는 것은."

수다 검 녀석은 지나치게 흥분해 있었다.

"닥쳐, 잠이나 자자."

"혹시 죽음의 검이라고 불렸던 검이 아직 남아 있을지도 몰라! 궁금하지 않아?"

마검 이야기를 하니까 수다 검 놈의 초록색 눈이 초롱초롱하게 빛난다. 사검이라… 이 세상에 얼마 남지 않았다는 그 마검의 일종이냐.

"그 검도 너같이 나불거리냐?"

내가 진지하게 묻자 수다 검 녀석은 나를 노려보았다. 말 많은 검을 어디다 쓰냐?

이건 나에게 있어서 중요한 문제였다.

"사검 이질리스가 잠들어 있다는 소문이라……."

에즈도 검에 대한 것에는 약간 흥미가 동했는지 사검의 이름을 중얼거렸다. 불꽃이 타탁 튀는 소리가 들려왔다. 그 녀석이 입을 엶과 동시에 밤의 음산한 분위기가 한층 더해가는 것이 아닌가 하는 착각을 불러일으킨다.

"맞아요, 그 이름은 이질리스Izilis였어요. 사검(死劍)이라고 불리는 녀석이었다고 하죠?"

에즈가 모처럼 맞장구쳐 주자 수다 검 녀석은 신이 나서 침을 튀면서까지 아는 척했다.

"이곳에 아나리드의 유적지가 있다는 말은 들은 것 같군."

"그런데 사검이라고 하는 마검은 어떻게 되었는데?"

내가 묻자 미드가르드는 잠시 고뇌하더니 손바닥을 탁 쳤다.

"이건 전설인데, 사검은 어딘가 봉인당해 잠들어 있다고 해. 강한 마검이었던 이질리스는 어떤 사건으로 인해 주군이었던 왕, 유디엔을 죽이는 데 사용되게 되었고, 그 이후 그 어떤 주인도 섬기지 않은 채 잠들어 버렸다는 전설이 남아 있지."

수다 검 녀석은 언제 저런 것을 들었는지 신나게 말한다. 인간들에게 전설이었던 것이 대부분 실제로 있었던 일이라는 것을 감안해 보면 아나리드의 왕 유디엔의 이야기는 사실이었던 것 같았다. 그러나 지금은 관계없는 이야기가 아닌가.

"아나리드의 유적지라면 거기에 이질리스가 잠들어 있을지도 모르잖아? 그렇죠, 에즈 씨?"

"그럴지도 모르지."

에즈는 별 흥미 없는 목소리로 대꾸했다. 그러나 저 녀석이 대꾸를 한다는 자체가 실은 흥미가 있다는 증거라고 나는 생각한다.

탁탁, 불꽃이 튀는 소리가 들려왔다. 주위는 매우 고요했다.

"카티, 저녁 먹고 할 짓도 없을 텐데 근처에서 유적이라고 할 만한 것이라도 찾아볼까?"

"그렇게나 할 짓 없냐, 미친놈아? 난 잘 거야."

"먹고 자면 뚱뚱해진다고! 게다가 유적지에서 뭔가 주우면 여비에라도 보태 쓸 거 아냐? 넌 돈 벌 생각도 전혀 없잖아."

"닥쳐. 대강 훔쳐 쓰면 될 거 아냐?"

지나가다 덤비는 녀석들이 있으면 그 녀석들 것을 빼앗아 써도 되고.

나는 수다 검 녀석의 말을 무시하고 수풀 뒤로 벌러덩 누웠다. 날씨가 조금 쌀쌀하긴 하지만 모포를 잘 덮고 자면 별로 나쁘지는 않겠군. 마른 수풀도 침대처럼 푹신푹신했다.

"유적지라… 가볼까?"

나는 귀를 의심했다. 그렇게 말한 것이 에즈였기 때문이었다. 에즈는 이상한 데서 호기심이 동했다. 다른 것들에는 그다지 신경 쓰지 않는 주제에 꼭 그런 데만 관심을 보였다. 하긴 녀석이 혼자 관심 있는 것은 상관없다.

"그럼 가자. 잠깐 돌아보고 오는 것도 나쁘지 않겠지."

자기만 가면 상관없겠지.

"좋아요. 우리 그러면 보물이라도 찾아올까요?"

수다 검의 신난 목소리가 귓가를 울린다.

"잠깐, 누구 마음대로 우리라고 하는 거야? 난 안 가!"

"그럼 이곳에 있든지. 마음대로 해."

저 자식들, 멋대로군. 별로 중요하지 않은 곳에 신경 쓰다니, 한가한 녀석들 같으니라고. 난 한시라도 바삐 마법사가 있는 곳으로 가고 싶다고.

"혹시 알아? 로드의 흔적을 찾을 수 있을지도 모르잖아."

수다 검 녀석의 말에 나는 짜증내며 일어섰다. 수다 검 녀석의 페이스에 말려든 느낌이 들지만 사검이라는 마검에 관심이 가지 않았던 것은 아니었다. 아주 약간이었을 뿐이지만. 사검은 그만큼 강한 마검이었고, 누구라도 가지고 싶어하는 그런 검이었으니까 마법사 퇴치에 도움이 될지도 모른다는 생각이 들었기 때문이다.

절대로 수다 검 녀석의 페이스에 말려들었다고는 할 수 없다.

암, 암. 그렇고 말고.

*　　　*　　　*

유적지는 무슨 망할 놈의 유적지냐? 나는 한 시간 내내 돌아다니며 수풀 속을 걷고 있는 두 녀석들 때문에 짜증이 났다. 주위는 고요했고 인기척조차 느껴지지 않는 곳이었다. 쌀쌀한 바람이 불어왔다. 어딜 가도 우거진 수풀과 나무밖에는 보이지 않는데 아나리드의 유적지를 찾겠다고 하는 녀석들이 한심해졌다. 에즈와 미드가르드는 열심히 찾아다니고 있었다.

"찾아도 아무것도 없잖아. 괜히 헛수고하는 거 아냐?"

"좀 인내를 가지고 찾아봐. 유적지가 그렇게 금방 찾아지면 무슨 보물이 있겠어?"

수다 검 녀석이 성난 나를 달래며 주위를 살핀다. 녀석은 마검인 주제에 이따위 유적지라고 하는 곳도 한번에 못 찾는 거냐?

"특별한 기운이 느껴지는 곳은 없는데……"

"젠장할. 얼마나 찾으려고 하는 거야?"

헛수고하면서 이렇게 있는 것보다는 괜찮은 곳을 찾아서 여독을 푸는 편이 좋다고 생각했지만, 이 힘이 남아도는 녀석들은 아직도 유적지라는 곳에 관심을 두고 있는 듯싶었다.

"함께 찾는 것보다는 각자 나누어서 찾는 것이 좋긴 할 텐데, 뭐, 찾지 못해도 하는 수 없지. 이건 그냥 흥미를 가지고 있는 것뿐이니까."

"너의 그 흥미로 나까지 말려들게 하지 마, 수다 검."

나는 지쳐 있었다. 익숙해지고 있다고는 해도 이 계집아이의 몸은 너무 빨리 지쳐 버리는 것이 마음에 들지 않는다. 내가 투덜거리고 있을 때 수다 겸 녀석이 그 자리에 멈추어 섰다.

"쉿."

"응?"

에즈도 그 자리에 멈추어 섰다. 고요함 속에서 조금씩 발자국 소리가 들려오고 있었다. 그것은 인간의 발자국 소리가 아니었다. 짐승들이 무리 지어 한곳으로 달려가고 있었다. 늑대도 아니고 여우도 아니었다. 늑대보다는 좀 더 크고 입맵시가 좀 더 뾰족했다. 몸은 가늘고 앙상했는데 눈은 야광처럼 빛나고 있었다.

"뭐지, 저것들은?"

왠지 기분이 나쁜 녀석들이었다.

"시체를 먹는 짐승들이로군."

에즈가 중얼거렸다.

"이 근처에 죽은 사람들이라도 있는 건가. 많은 사람들이 죽지 않는 한 저렇게 급히 달려갈 이유는 없을 텐데."

과연 음산한 밤이 맞다니까. 그것들은 무리 지어 일렬로 나와 에즈가 가고 있던 반대편으로 몸을 옮기고 있었다.

"숫자가 굉장히 많군."

짐승을 두려워할 이유는 없겠지만 어쩐지 기분이 나빴다.

"그래도 별거 아닌데… 마검을 두려워하지 않다니 이상한 녀석들이군."

"사검의 힘이 미치고 있기 때문일까?"

에즈가 들리지 않을 정도로 조그맣게 중얼거렸다. 사검이라면 아나리드의 국왕, 유디엔의 마검이었다는 그 이질리스를 말하는 건가?

나는 그렇게 생각하면서 한 발자국 내디뎠다.

"엣?"

움푹 들어가는 곳이 있다. 나는 꽉꽉 그것을 밟아보았다. 이상하게 그것은 움푹 들어간다.

"이상한데?"

에즈와 미드가르드가 이쪽으로 다가왔다. 에즈는 발 밑을 손으로 만지더니 요령 좋게 수풀을 헤치고 그것 잡아당겼다. 파삭 소리와 함께 옆에 맞은편의 땅이 움푹 패였고, 그 안에는 문과 같은 통로가 열렸다. 마치 비밀 통로처럼 이어져 있는 곳 같았는데…….

"유적지로 통하는 길인가?"

설마 아나리드의 유적지라고 하는 곳이 이런 식으로 되어 있을 줄은 몰랐다.

"이건 후대에 만들어진 것 같은데?"

별로 오래되어 보이지 않는다는 말이었다. 에즈는 그런 것을 묘하게 잘 알고 있었다. 그 녀석이 먼저 앞서서 그 안으로 들어갔고, 수다 검, 나 순으로 따라 들어갔다. 음산한 공기 때문에 느낌이 이상했다. 계단을 내려가 안으로 들어가 보니 복도가 펼쳐져 있었다.

복도는 그다지 넓지도 좁지도 않았다. 세 명이 나란히 서서 갈 수 있을 정도의 폭인데다가 높이도 꽤 된다. 나와 다른 녀석들은 그쪽으로 걸어가 보았다. 돌로 만들어진 곳이었는데 그다지 오래된 것 같아 보이지는 않았다.

"아무것도 없는 것 같은데?"

나는 고개를 이쪽저쪽으로 돌리면서 말했다. 값나가 보이는 물건도, 별다른 것도 없어 보이는 곳이었다. 하지만 길은 계속 이어져 있었고 다른 녀석들도 말없이 그쪽으로 향했다.

얼마 지나지 않아 커다란 철문이 나왔다. 원래 열쇠로 걸어 잠겨져 있는 곳 같았는데, 이미 누군가가 고심해서 연 흔적이 보였다. 덕분에 힘들이지 않고 안으로 들어섰을 때는 평방 10미터 정도 되는 방이 나왔다. 한쪽 구석에는 화려하지만 쇠사슬이 얽혀져 있는 곳이 보였고, 다른 곳은 평범한 귀족의 저택과 같은 장식이 되어 있었다. 에즈가 횃불을 가지고 비추어 본 결과 그 안에는 인간으로 추정되는 종족의 뼈가 굴러다녔고, 적게는 라그나의 뼈도 보인다.

벽을 장식하고 있는 것은 고풍스럽게 보이는 은 촛대였는데, 값이 꽤나 나가 보이는 것이었다. 그러나 그 이외에는 그다지 특별한 것이 없었다.

"역시 전설은 전설이었던 모양이다."

미드 녀석은 팔짱을 끼고 턱을 만지작거리며 심각하게 현실을 직시했다. 안은 퀴퀴한 곰팡 냄새로 가득 차 있었다.

"……"

에즈 녀석은 아무 말 없었다. 모든 것을 그 눈에 기억해 두려는 듯이 꼼꼼하게 안의 모습을 살폈다.

"그럼 이만 돌아갈까?"

나는 하품을 쩍쩍 하면서 제의했다. 난 이 무거운 검을 들고 온 데다가 잠이 부족해서 피곤한 상태였다. 그때 수다 검 녀석이 여기저기를 두리번거리다가 벽면에 있는 쇠사슬이 잔뜩 얼기설기 있는 쪽의 벽면을 주먹으로 탕탕, 두들겨 보았다.

"뭐지, 그건?"

무언가 발견한 듯해서 에즈와 나는 그쪽으로 가보았다. 벽면에는 글씨가 쓰여 있었다.

"뭐라고 쓰여 있는 것 같은데… 난 아나리드의 글자를 읽을 줄 몰라."

수다 검 녀석은 안타깝게 말했지만 에즈는 대답없이 쇠사슬 중 하나를 잡아당겼다. 달칵, 소리와 함께 한쪽 벽면의 뚜껑이 열렸다. 쇠사슬이 있던 뒷 벽면이 무너져 내리듯이 사라졌던 것이다.

"열렸다."

"응."

철컥, 소리와 함께 벽면이 열렸을 때 이상한 분위기를 느꼈다. 나는 그뿐이었지만 미드가르드 녀석은 다른 것을 느꼈는지 얼굴이 창백해졌다.

"윽, 기분이 나빠졌어."

수다 검 녀석의 안색이 좋지 않았다. 마검인 그 녀석에게만 느껴지는 어떤 것이 있는 건가. 벽면에는 푸른 색 쇠사슬이 걸려 있었다. 그러나 검과 같은 것은 아무 데도 없었다.

"쇠사슬……."

에즈가 중얼거렸다.

"이곳에 사검이 있었던 걸까?"

"하지만 녹슬어 있어. 이미 오래전에 누군가가 가지고 간 모양이야. 아아, 아쉽다."

나의 말에 미드가르드는 고개를 절레절레 흔들면서 자신의 의견을 말했다. 푸른 색의 청아하게 빛나는 쇠사슬은 마치 새것처럼 빛나고 있었다. 에즈는 그것을 물끄러미 바라보고 있었다.

"아직 기운이 남아 있군."

에즈는 그것을 유심히 바라보고 있었다. 나는 굴러다니는 뼈들을 발로 찼다. 푸석푸석해져서 부스러지는 것들도 있었다.

"그런데 이 뼈들은 역시 사검을 노린 자들인가 보군."

"사검 이질리스를 원하는 자들은 많았을 테니까."

미드가르드는 어깨를 으쓱했다. 흐음, 수다 검의 안색이 이미 괜찮아진 걸로 보면 잠시 이상한 느낌이 들어서 그런 것뿐인가, 저 녀석은.

"사검 이질리스가 있기나 했을지도 의문이다. 그것보다 돈이 될 만한 것들이나 챙겨가자."

곳곳에 해골들이 굴러다니고 있다. 이곳에 들어온 사람이 없지는 않았나 보다. 하긴, 몇백 년이 지났다고 하면 인간들은 냄새를 잘 맡으니까 못 찾을 이유는 없겠지.

수다 검은 돈이 될 만한 것을 찾아다니고 있었다. 밤눈이 밝은지 녀석은 횃불이 없어도 사물을 볼 수 있는 것 같았다.

"여기 쓸 만한 잔이 하나 있네. 이것도 있고. 에즈 씨도 챙겨두시는 게 어때요?"

에즈는 수다 검의 목소리에는 신경 쓰지 않고 검이 있었던 자리에서 눈을 떼지 않는다. 반짝이던 쇠사슬은 에즈가 손가락을 대려고 하자 시간의 흐름을 이기지 못하고 바스락 소리를 내며 재가되어 무너져 버렸다. 그는 눈을 가느다랗게 떴다.

"일단 나가는 게 좋겠군. 이곳은 곧 무너져 버릴 거야."

"넷?!"

미드가르드 녀석이 에즈의 말에 깜짝 놀랐다. 녀석은 고개를 갸웃거렸다. 에즈는 간단한 말로 우리를 설득했다.

"이미 결계도 깨어졌고 그전에 손님도 있었던 것 같군. 어서 나가자."

"잠시만요. 챙길 건 챙겨야죠. 카티스의 무신경함과 함께 있다간 언제 길거리로 나 앉게 될지 모른다고요. 있을 때 확실히 챙겨야… 와, 이곳에 괜찮은 보석이 있네. 피로 만들어진 것 같은 혈석 펜던트야, 카티스."

저 녀석, 태평하게도 잘도 찾는군. 유적지의 물건들은 비싼 값에 팔릴 수 있다고 좋아하는 꼴이 우스웠다. 에즈는 고개를 돌렸다. 어디서 나타났는지 알 수 없는 하급 라그나들이 나타나 우리들을 노리고 있었다.

"돌멩이 따위에 어쩌니저쩌니 주저리할 시간에 어서 나가자. 하급 라그나들이 더 에워싸기 전에."

라그나들은 이 뼈만 남은 망령과 같이 희미한 모습으로 우리를 공격하려고 하고 있었다. 수다 검 녀석은 그래도 정신을 못 차리고 이것저것을 챙겨서 여행용 주머니에 집어넣었다. 나는 수다 검 녀석의 본체를 휘두르며 하급 라그나의 망령을 갈랐다. 한두 마리라면 금방 해치워 버렸을 테지만 상대의 수가 많았다. 그 검은색 짐승의 형태를 띄고 있는 것들은 쉴 새 없이 우리들에게 달려들고 있었다.

"알았어, 알았다고. 챙길 대로 최대한 챙겨두도록 하지. 이것도, 저것도 쓸 만한걸?"

그 녀석은 넣을 수 있는 대로 넣다가 생각났다는 듯이 손뼉을 쳤다.

"그런데 이렇게 쓸 만한 것들이 많았는데도 불구하고 그걸 가지고 빠져나간 사람이 없다는 건 심각하다는 증거잖아?"

"이 아래 있는 뼈들이 증명해 주겠지. 꽤 많은 숫자야."

에즈도 객관적으로 말했다. 젠장할 놈들, 그러게 유적지 따위에 오는 게 아니었잖아?!

"그럼, 어서 가죠."

수다 검 녀석의 옆얼굴에 식은땀이 흘렀다. 이제야 비로소 사태의 심각성을 파악한 듯이 보인다.

에즈가 자신의 허리에서 뽑지 않던 검을 뽑아 한 번 크게 휘둘렀다. 베여 나간 것들도 있고 그렇지 않은 것들도 있었는데, 베이지 않은 녀석들도 쉽사리 우리들에게 다가오지 못했다. 에즈의 저 검은 마검일까?

일단 들어왔던 길 쪽으로 달렸다. 수다 검 녀석의 마력의 기운이 검 끝으로 퍼져 나와 하급 라그나들이 다가오지 못하도록 만들었다. 에즈와 수다 검이 없었다면 영원히 매장되어 버렸을지도 모른다.

얼마의 시간이 걸리지 않아 나와 수다 검, 에즈는 밖으로 나왔고 밖까지 따라오는 녀석들을 처리하는 데도 상당한 시간이 걸렸다.

"헉헉, 살았다."

나는 숨을 헐떡이면서 우리들이 나온 통로를 바라보았다. 그것은 수명을 다한 고렘처럼 부서져 내리기 시작한다. 처음에는 미세한 진동과 함께 땅이 흔들리다가 조금씩 가라앉기 시작했다.

"이로써 아나리드의 흔적이 사라져 버렸군."

그것을 쓸쓸하게 바라보고 있던 에즈는 혼잣말하듯이 중얼거렸다. 그 녀석은 과거의 것들이 무너져 갈 때마다 항상 저렇게 허탈한 듯한 목소리로 중얼거린다. 수다 검 녀석도 그것을 바라보고 있었다.

아나리드의 유적진지 뭔지 해도 별것 아닌 방이었고, 그것이 사라진다고 해도 나에겐 별다른 감흥이 없었는데 그 두 녀석들은 유난히도 호들갑을 떨었다.

"아나리드는 그래도 역사에 남을 거예요."

그래도 수다 검 녀석은 수입이 좋았다고 생각해서인지 밝은 얼굴이었다.

아함, 하품이 나오기 시작했다. 역시 밤에 움직이는 것은 마음에 안 든다. 저따위 돌 쪼가리 속으로 고생하러 들어가서 사검도 무엇도 발견하지 못했다니 한심하기만 하다. 젠장.

"그럼 눈 좀 붙이고 출발하죠."

미드가르드는 배실배실 미소 지으면서 힘차게 말했다. 젠장할, 기운 좋은 녀석.

확실히 긴장된 상태가 지나가니 피곤해졌다.

밤에 나를 너무 혹사시키지 말아라. 이렇게 피로를 빨리 느끼는 몸은 싫다.

어젯밤에 잠을 제대로 못 잔 것이 화근이었는지 머리가 좀 아파 오고 있었다. 잠만큼은 꼬박꼬박 자야 그날의 일을 제대로 할 수 있다고 생각하던 나이기에 이 피로는 아침까지도 이어져 오고 있었다.

"리드 마을이 괴물에게 당해서 모두 사라져 버렸다고 하더라고요."

"무서워 죽겠어요. 나라 꼴도 말이 아닌데 짐승들도 날뛰니……."

흔히 들을 수 있는 말이 들려오고 있었다. 아침부터 노숙하던 자리를 출발하여 도착한 마을은 아주 작은 마을이었다. 식당에서 식사를 하면서 나는 피곤한 눈을 부라리며 에즈에게 물었다. 에즈는 어느 때와 마찬가지의 모습으로 냉정을 유지하고 있었다.

"에즈, 넌 어디로 갈 거야? 난 이대로 알타크나로 직행할 생각이야."

"······."

오늘 아침부터 에즈는 말이 없었다. 망국 아나리드의 잔재가 사라져 가는 것을 보고 심란한 기분이 든 걸지도 모른다. 지도를 보니 내가 가던 길로 가기만 해도 알타크나의 국경에 도착하는 것은 어렵지 않은 일일지도 모른다는 생각이 들었다. 그 녀석은 말없이 술잔을 기울였다. 이 지방의 포도주는 썩 맛이 괜찮았다.

에즈는 한 모금 들이키더니 처음으로 입을 열었다.

"그런데 곧장 알타크나로 가긴 할 생각인가 보군."

"다, 당연하잖아. 마법사 녀석에게 복수해 주려고 이 망할 여행을 계속하고 있다고!"

"두 번 지는 것이 두려워서 더딘 게 아니라?"

"누가 진다는 거야? 그때는 그 연약한 마법사 녀석에게 방심했기 때문이라고."

그 마법사는 절대 내가 질 만한 상대가 아니었다. 난 그 녀석보다 훨씬 강했다.

"아시르인의 마법사는 강하지. 하지만 넌 더 강했을지도 몰라. 그래서 두 번 지는 것이 두려운 거야."

에즈는 톤없는 목소리로 말했다. 왜 저 녀석이 그런 말을 하고 있는지는 전혀 알 수가 없다. 내가 왜 아시르인의 마법사를 두려워하고 있다고 말하느냔 말이다.

"젠장, 그 아시르인이 뭐길래!"

"네가 아무리 얼버무려도 져본 일이 없었던 넌 두렵겠지. 그렇기 때문에 망설이고 있어. 네가 처음으로 진 상대를 만난다는 것에."

날 제대로 알지도 못하는 주제에 그렇게 말하는 녀석이 싫다.

그러나 에즈는 내가 당황하고 있다는 것을 알면서도 말을 이었다. 그 녀석은 시간이 멈춘 것처럼 무표정한 얼굴로 술잔을 바라보고 있다.

"하지만 가려면 갈 수 있겠지. 결국 시간은 흘러가기 마련이니까."

녀석은 수수께끼 같은 말을 즐겨했다. 자기 자신이 멋있어 보이라고 그러는 건 아닌 것 같았고 단지 녀석의 말버릇 같았다. 하지만 어떤 것이라도 확실하게 결정지어 말하지 않는 것은 자기 자신은 편할 지 몰라도 듣는 나로선 상당히 기분 나쁘다.

"난 먼저 갈게."

그 녀석은 기분이 상한 나를 피하기 위해서인지 먼저 일어섰다. 나에게 저런 식으로 말할 수 있는 것은 현재 저 녀석뿐일 것이다. 녀석은 자신의 식대를 지불하고 뒤도 돌아보지 않은 채 떠났다. 저 녀석은 항상 뭐가 그렇게 급한 걸까. 녀석은 한곳에 머무르기를 싫어했다. 그래서 나는 녀석을 여행자라고 불렀다.

"또 보자."

네 녀석은 정말 그렇게 만나게 될 것 같은 느낌이 든다. 다시 만날 약속 따윈 굳이 할 필요도 없는 것이다. 그 녀석은 뒤도 돌아보지 않고 사라져 버렸다.

『에즈 씨는 항상 급하구나. 천성적인 여행자라는 걸까?』

내가 녀석을 처음 알았을 때도 그는 여행자였다. 어쩌면 어느 누구보다 오랫동안 여행해 온 것이 아닐까 싶을 때가 많았다. 그 적갈색 눈동자는 시공을 넘어선 다른 차원의 존재를 바라보고 있다는 착각 속으로 보는 이를 끌어들이니까.

『근데 카티, 너 정말 로드가 두렵니?』

닥쳐. 그럴 리가 없잖아!

나는 녀석을 벽에 박아 넣어주었다.

"저기… 손님, 기물을 파손하시면 곤란해요."

곤란해하는 식당 주인의 목소리가 들려왔다.

*   *   *

알타크나의 마법사를 만나는 것은 두렵지 않았다.

전에 졌다고 해서 지금 또 지라는 법은 없다.

에즈가 말한 것처럼 난 그 마법사를 두려워하고 있는 걸까. 아니, 틀리다. 나는 절대 그렇게 생각하지 않는다. 난 그 녀석에게 복수해 줄 것을 다짐했고, 그것 때문에 지금 여행을 하고 있는 거다.

난 마음속으로 중얼거리고 있었다. 심각하게 생각하는 것은 내 적성에 맞지 않았다. 그러나 에즈의 말은 내 골을 뒤흔들어 놓기에 충분한 것이었는지도 모른다.

그렇게 생각하니 기분이 나빠져 버렸다.

『그것 때문에 기분 상한 거야? 남자가 속 좁게 굴면 곤란하지』

수다 겸 녀석이 나불나불 중얼거렸다. 아무리 녀석에게 화풀이를 해도 소용이 없다. 나는 자리에 멈춰 섰다.

마을을 떠난 지도 꽤 되었는데 어떤 무리가 달려오고 있었다.

『어제의 그 시체를 먹는 짐승들이다!』

그들은 내가 달려온 쪽으로 달려가고 있었다. 내가 아침에 거쳤던 이름도 없는 작은 마을을 노리고 있는 것인지도 모른다.

『저것들은 특별한 일 없이는 절대 살아 있는 사람은 노리지 않을 텐데……』

크르르르……

그 이름도 모르는 짐승들의 소리가 들려왔다. 짐승들이 피 냄새를 맡고 있었다. 사체만을 노리는 짐승이라고 들었었는데 한 놈이 그곳에 있는 나를 발견하고 나에게 달려들었다.

"저 자식, 난 죽은 자가 아니란 말이다!"

난 오른쪽 손톱을 세워 녀석의 목을 날려 버렸다. 한 마리가 나의 일격에 죽자 다른 녀석들은 죽은 녀석에게 달려들어 순식간에 그 살과 피를 먹어치워 버렸다. 그러고는 나에게 또 달려드는 것이다. 내가 달려드는 녀석들을 모두 처리해 버리려고 했을 때였다.

"꺄아—!"

여자의 비명이 귀를 때렸다.

혹시 숲에 나물이라도 캐러 온 계집애가 저 기분 나쁜 짐승들에게 당하기라도 한 건가.

그 여자의 목소리가 들려온 것은 멀지 않은 곳이었다. 내가 달려가 보니 어떤 계집애가 넘어졌는지 다리에 피를 흘리면서 짐승들에게 둘러싸여 있었다.

그 계집애는 소리를 빽빽 지르면서 그 기분 나쁜 짐승들에게서 피하려고 하고 있었다. 놈들은 계집애에게 달려들 기세다. 별로 예쁜 계집애는 아니었다. 변두리에 사는 만큼 얼굴은 그저 그랬지만 몸매는 꽤 괜찮아 보였다.

나는 몸소 나서서 맹수 놈들을 마검으로 베어버렸다. 놈들의 머리를 가르자 쏟아져 나온 피가 대지를 흥건히 적셨다. 계집애는 나를 구원자라도 보는 것처럼 뚫어지게 바라보고 있었다. 하기사 소설에 나오는 것처럼 나쁜 녀석들을 대신 해치워 주는 얼간이는 아무 데서나 만날 수 있는 것은 아니니 신기하긴 했을 것이다.

짐승들을 처리하는 데 시간은 별로 걸리지 않았다. 짐승은 사람보다 솔직하기 때문에 몇 마리는 도망쳐 버렸다.

계집애는 내가 그 짐승들을 해치워 버리는 것을 보지 않으려고 눈을 가리고 있었다. 아직 소녀 티를 벗지 못한 여자는 고개를 숙인 채 두려움에 떨었다. 더 이상 걸을 수 없을 정도로 다리가 부어 있었다.

"이제 끝났어."

난 검을 칼집에 쑤셔 넣으면서 그 여자에게 말했다. 여자는 그 말에 흠칫 놀라 다시 나를 돌아보았다.

"가, 감사합니다."

그 계집애는 이렇게 말하면서 일어나려고 했다. 하지만 그 다리로 무사히 일어날 리 만무하지. 난 그녀의 허리를 안아 균형을 잡아주었다. 계집애의 얼굴이 붉게 물들었다. 순진한 계집애인 것 같았다.

"정말 감사합니다."

나는 그녀의 대답은 듣지 않고 그녀의 목에 입을 가져다 댔다. 아직 어려서 매끄러운 피부에 남들보다 괜찮은 살결이 마음에 들었다.

"뭐, 뭐 하는 거예요?"

계집애가 긴장을 했는지 발버둥쳤다.

뭘 수줍어하는 거야? 난 지금 기분이 좋지 않아서 피라도 흡수하지 않으면 미쳐 버릴 것 같단 말이다. 나의 붉은 눈이 빛났다. 그럭저럭 먹을 만한 피의 냄새가 났다.

그녀는 나의 어깨를 밀었다. 나는 그녀를 번쩍 안아 들었다. 아무도 보지 않는 곳에서 좀 마셔도 상관없겠지.

보아하니 이 계집애는 지체 높은 귀족의 자손은 아닌 것 같았다. 그냥 평민으로서 평범하게 자란 그런 여자겠지. 평범하게 자라

난 집안, 어떻게 보면 가장 불행하고도 가장 행복한 그런 집안 말이다.

"자, 잠시만요."

나는 그녀의 목에 깊게 키스하면서 그 향기를 힘껏 빨아들였다. 여성 특유의 향기. 역시 이 향기는 좋다. 젊은 여성의 감미로운 피가 마음에 들었다. 그녀의 몸이 화끈하고 달아올랐다.

"네 이름이 뭐지?"

나는 그녀의 귀에 대고 속삭이듯이 중얼거렸다.

"제… 제나라고 해요."

평범한 이름이군. 그냥 어느 도시든 하나는 있을 이름이다. 나는 대답없이 그녀의 입술에 키스했다. 제나는 특별히 저항하지 않았다. 오히려 나를 받아들일 준비가 끝난 것 같았다.

"제나!"

멀리서 사람의 목소리가 들려왔다. 제나의 이름을 부르고 있었다.

"할아버지?"

제나는 퍼뜩 정신 차려서 그 부름에 답했다.

내가 방심한 사이에 제나는 내 품 안에서 뛰어내렸지만 다리를 다쳤기 때문에 그 자리에 풀썩 주저앉았다. 나는 그녀를 다시 안아 들었다. 이번에도 그녀는 저항하지 않고 내 팔에 의지했다.

"제나!"

늙은 인간의 목소리가 울려 퍼진다. 점점 가까이 다가오고 있었다.

"할아버지!"

그녀는 큰 목소리로 말했다.

"제나!"

늙은 인간은 멀리서 나와 그녀를 알아보고는 이쪽으로 달려왔다. 내가 제나를 납치하려고 한 것처럼 보였나 보다. 엄밀히 말하면 틀린 말은 아니었지만 그 인간은 지나치게 흥분하고 있었다.

늙은이를 보니 인간은 나이 들면 들수록 추해진다는 생각이 들었다. 이 어린 나이의 여자도 몇 년만 있으면 쭈글쭈글해지고 금방 저 인간처럼 늙어 죽어버릴 것이다. 역시 너무 짧은 삶을 사는 존재다, 인간은.

"이 녀석이! 내 손녀에게 무슨 짓을……?!"

할아범은 지팡이를 휘두르며 덤빌 듯이 눈을 부릅뜨고 나에게 달려오고 있었다. 내가 강간범 정도로 보였던 듯했다.

"아니에요, 할아버지. 이분은 절 구해주셨어요. 제가 다리를 다쳐 들짐승에게 습격받는 것을……."

본의는 아니었지만 그런 셈이었다. 제나가 그런 식으로 말하자 그 노인의 얼굴에 안도가 번져 나왔다.

"저의 할아버지세요. 도와주셔서 감사합니다."

제나는 순진하게 미소 지었다. 괜찮은 피를 가지고 있다고 생각했는데… 여차하면 노인을 죽이고 여자를 손에 넣으려고 했었지만 제나의 태평스러운 미소를 보니 그럴 생각이 사라져 버렸다. 그냥 내 자신이 한심하게 느껴졌던 것이다.

그 제나라는 계집애와 할아범은 이곳에서 멀리 떨어져 있지 않은 숲의 작은 오두막에서 살고 있었다. 할아범이 이 아무것도 없는 숲을 지키는 늙은 숲지기라서 마을과는 좀 외딴 곳에 살고 있다고 제나는 설명했다. 노인이 감사의 뜻으로 식사를 대접해야겠다고 고집을 부려서 나는 어쩔 수 없이 그들의 집으로 따라갔다. 사실은 할아범이 다리를 다친 자기 손녀를 들고 갈 자신이 없어서 날 단지 짐꾼으로 이용하려고 하는 듯싶긴 했지만.

"카티스 사카디은, 카티스라고 부르면 돼."

"특이한 성이네요."

제나는 나에게 나무 열매로 만든 술을 대접해 주면서 그렇게 말했다.

"하지만 정말 당신에게 어울리는 이름인 것 같아요. 뭐랄까, 어감이 그런 것 같은데요?"

제나는 건강을 염려한 탓인지 할아버지의 잔에는 술 대신 차를 따르며 그렇게 말한다.

"아까는 정말 고마웠어요, 카티스 씨."

수줍은 듯이 제나가 말했다. 피를 마시지 못한 것은 상당히 아쉽지만 기회라면 또 있을 테니 나는 일단 가만히 있기로 마음먹었다. 그들의 오두막은 겨우 셋이 살 수 있을 정도로 작은 집이었다. 살림살이라고는 식탁과 침실의 침대와 선반이 전부였다.

선반 위의 액자에는 낡은 초상화가 담겨져 있었다. 제나의 어릴 적 모습으로 추정되는 사진이 선반의 한구석에 자리 잡고 있었다.

"오빠가 있었다면 감사의 사례를 해야 한다고 그랬을 텐데……."

제나는 쓸쓸하게 말했다.

"제나, 이제 그런 놈은 잊어버려라. 그놈은 돌아오지 않을 거야."

늙은 인간은 쿨럭거리면서 기분이 나쁘다는 듯이 그렇게 말했다. 역시 인간은 나이를 들면 약해지는 것 같다.

"하지만 할아버지! 오빠는… 젠은 돌아올 거예요."

제나는 침울한 얼굴로 그렇게 대꾸했다. 두 사람 사이에 어색한 분위기가 흘렀다.

"가출한 손자 놈 따위는 돌아와도 받아주지 않아. 이 숲은 내가 오래오래 지킬 거다."

가출한 제나의 오빠가 말썽인 모양이로군.

하긴 한창 나이 때의 젊은 놈이 이런 숲지기를 이어받으려니까 싫어서 도망간 거겠지. 인간들은 이상하게 자기가 하던 일을 아들에게 시키려고 하는 버릇이 있으니까 말야. 혈기왕성한 놈이 이런 일을 물려받는 것은 별로 달갑지 않았을 것이다.

"못난 놈, 지 애비는 지원병으로 죽고, 그놈은 가출을 해서… 뭐, 기사가 되겠다고? 숲지기의 손자가 무슨 기사냐, 염병할."

그 할아범은 툴툴거리면서 작은방으로 들어가 버렸다. 제나는 그런 분위기가 미안했던지 나에게 난처한 얼굴을 보였다.

"미안해요, 카티스 씨. 저의 오빠, 젠 때문에 그런 거랍니다."

그다지 신경 쓰고 싶지 않아서 나는 입을 다물었다.

흔히 있는 일이다. 젊은 시절의 혈기로 자신의 한계를 시험해 보기 위해 가출하는 녀석들이 있다. 그런 놈들은 살아 있으면 반성하고 돌아오거나 혹은 대성해서 돌아오기 마련이다.

제대로 돌아오기만 하면 신경 쓸 일이 못 된다.

제나는 곧 나에게는 쉬라고 말을 하고는 간만의 손님이 기쁜 듯이 저녁 식사를 만들겠다고 호들갑을 피웠다. 나는 수다쟁이 겁을 한구석에 세워놓은 채 나른한 오후를 즐기고 있었다.

"카티스 씨는 어째서 혼자 여행을 하는 거죠?"

"누군가에게 복수할 일이 있어서."

술잔을 비운 후에 제나가 가져다 준 식사에 숟가락을 대면서 나는 대수롭지 않게 대답했다. 그러나 나의 그런 태평스런 대답에도 제나는 흠칫 놀라 사색이 되었다.

"미, 미안해요."

미안하긴 뭐가 미안하다는 걸까.

"별거 아냐. 그냥 아직 여기저기를 돌아다닐 뿐이지."

잠에서 깨어난 건 몇 달 되지 않는다.

"한잔 더 따라드릴까요?"

비어 있는 술잔을 보고 제나는 조심스럽게 말했다. 나는 물론이
라고 대답하면서 그녀가 만든 음식을 입에 넣었다. 잔은 채워졌고,
얼마 지나지 않아 작은방으로 들어갔던 그녀의 할아범이 다시 나
와서 식탁에 앉자 꽤나 오붓한 분위기가 되었다.

"그럼 혹시라도 젠, 나의 오빠를 만나면 집으로 돌아와 달라고
말씀해 주시겠어요?"

세상은 넓고 인간은 많다. 그런 젠이라는 녀석을 내가 어떻게
알아보고 집에 돌아가라고 하겠냐? 촌에 살아서 그런지 제나는 지
나칠 정도로 순진한 것 같았다. 그러나 그 계집애는 자기 오빠에
관한 이야기가 나오자 아련한 추억 속에라도 있는 것처럼 자기 오
빠에 대해 줄줄이 늘어놓기 시작했다.

"젠은 검사가 되어 궁정 기사가 되는 것이 꿈이었어요."

제나가 그렇게 말하자, 식사하던 도중에 숟가락을 놓아버리고
성이 난 듯 할아범이 툴툴거리면서 밖으로 나갔다. 손자 놈이 못
마땅한가 보다.

제나는 밖으로 나가는 할아버지를 보고 푹 한숨을 내쉬었다. 제
나의 시선은 선반 위에 있는 액자로 고정되었다.

"저 그림 있잖아요? 젠이 그린 거예요. 잘 그렸죠? 모두 숲지기
가 아니면 화가가 될 거라고 그랬어요. 그런데 어느 날인가 기사
가 되겠다고 내게 그러더군요."

궁정 기사라… 인간들은 지위와 명예에 쓸데없는 신경을 쓴다.

"하지만 그 후로 소식이 없어요. 벌써 집을 나간 지 2년이나 지났는데… 카티스 씨처럼 가끔 만난 여행자에게 물어봤지만 소식을 알 길이 없더라고요. 어디서 무얼 하는지……."

"알았어. 전해줄게, 제나."

여자가 찔찔 짜는 건 별로 보고 싶지 않았다. 제나는 내 말을 듣자 희색이 만연해져서 사춘기 소녀처럼 폴짝폴짝 뛰었다.

"정말 고마워요, 카티스 씨."

내가 그 녀석을 만날 수 있을 리가 없잖아, 얼굴도 모르는데. 과연 이 계집애는 순진한 건지, 아니면 멍청한 건지…….

나는 이렇게 생각하면서 식사를 마친 후 그곳에서 일어섰다. 제나가 자리에서 몸을 일으키는 나를 보고 당황했다.

"벌써 가시려고요? 이곳에서 하룻밤 묵고 가셔도 괜찮은걸요. 곧 밤이 올 테고, 밤에 혼자 여행하는 건 너무 위험해요."

나도 더 있고 싶지만 그럴 순 없을 것 같군. 또 밤이 되어버리면 계집애가 될 테니까 이곳에 있기가 곤란했다. 게다가 난 빨리 알타크나로 가야 할 이유가 있었다. 또 내가 결코 마법사를 두려워하고 있지 않다는 것을 에즈에게 가르쳐 주고 싶기도 했다.

나는 한쪽 구석에 세워둔 수다 겸 녀석을 집어 들었다. 신발을 고쳐 신고 나는 제나의 집을 나섰다.

"그럼."

제나는 상당히 아쉬운 표정으로 나를 지켜보고 있었다.

그녀는 나에게 다시 확인하려는 듯이 반복했다. 쌀쌀한 바람이 제나의 머리카락을 날렸다.

"네, 꼭 여행 중에 젠을 만나면 그에게 집으로 돌아와 달라고,

동생과 할아버지가 걱정하고 있다고 전해주세요."

"알았어."

어김없이 밤이 다가오고 있다.

나는 절대로 계집애가 되어버리는 모습을 어떤 여자에게든 보이고 싶지 않았다.

＊　　　＊　　　＊

나는 숲길을 따라 걷고 있었다.

밤이 다가옴에 따라 서서히 수다 검의 힘이 강해지고 나의 힘이 약해지고 있었다. 수다 검 녀석의 힘이 강해질수록 나는 힘이 약해져서 계집애의 모습으로 변하게 된다. 오늘도 예외는 아니었다. 그 저주받을 마법사의 마법력은 저 달빛과 같이 나에게 영향을 끼치고 있었다.

『네가 무슨 수로 그녀의 오빠에게 그런 말을 전해줄 수 있다고, 안 그래?』

그 말에는 나도 동감한다. 여행하다가 물론 우연히 만날 수는 있다. 하지만 내가 그놈을 알아볼 길이 없다. 혹여 제나와 같은 체취와 피 냄새를 가진 사람이라면 찾을 수 있을지도 모르지만.

『카티, 넌 정말 부탁을 많이 받는 것 같아』

"상관 마."

난 그녀들의 부탁을 모두 들어줄 만한 성격의 소유자가 아니다. 하지만 내가 그녀들의 부탁을 거절할 만한 성격의 소유자가 아닌 것도 사실이다.

수다쟁이 마검 녀석이 점점 무겁게 느껴졌다. 녀석은 보통 사람이 들기에는 부담스러운 무게였고, 그 길이가 길었다. 계집애가 된 내 키보다 조금 더 클 정도의 길이에 보통의 롱 소드의 폭을 가진 긴 날의 검이었다. 그 검에 맞는 칼집을 찾는 것은 쉽지 않았다. 만일 박식한 여행자 에즈가 아니었다면 나는 저 수다 검의 입을 봉할 칼집을 찾지 못했을 것이다.

"수다 검, 여하간 마검은 너처럼 남자뿐이냐?"

『인간의 반이 남자고 반이 여잔데 마검이라고 다를 거 있겠어? 남자도 있고 여자도 있는 거야』

"그래? 그렇다면 난 운이 나쁜 거군."

늘씬한 미녀 검이 내 것이 될 수도 있었단 말이잖아, 그 말은.

수다 검 녀석은 자연스럽게 검으로부터 빠져나왔다. 마치 유령처럼 보이는 투명한 모습은 눈을 뜨지 않았다면 정령처럼 보였을 모습이었지만 녀석은 정령이 아니고 마검의 정신체였다. 덧붙여서 녀석이 마검 안에서 나올 수 있다는 것은 곧 내가 계집애가 되었다는 것을 의미한다.

"카티나, 피 냄새가 진동하고 있어. 이건 아나리드의 유적에서 맡았던 냄새와 같은 거야."

수다 검 녀석의 말이 맞았다. 이 대지에서는 피비린내가 진동하고 있었다. 제나의 집에서 나와 걷기 시작한 다음부터 썩은 피비린내가 진동하고 있었다.

나의 구미를 당기는 달콤한 그런 향기가 아니었다.

이 냄새는 망자의 냄새였다.

원령(怨靈)의 냄새가 대지에 흩뿌려져 있었다.

"저쪽에서 연기가 솟아오르고 있어."

미드가르드 녀석의 말이 맞았다. 검은 하늘에 짙은 회색 연기가 뭉게구름처럼 피어 오르고 있었다. 근처에는 인간들의 마을이 있었나 보다. 제나가 살던 곳이 사람들이 사는 곳과 그렇게까지 멀리 떨어져 있을 리는 없을 테니 확실히 부근에 마을이 있을 법도 했다.

나는 성급히 그쪽으로 발걸음을 돌렸다.

미드가르드는 나의 걸음을 따라오고 있었다. 내가 무거운 마검을 들고 걸어가는 것에 비해 녀석은 보폭이 더 넓어서 그런지 나의 걸음을 금세 뒤쫓아왔다.

그렇다고 자신의 검신은 들 수 없으니 짊어지라고 시킬 수도 없기 때문에 다른 짐을 녀석에게 모두 떠맡겼다.

"저곳으로 가보려고? 우리가 상관할 일은 아니잖아?"

"넌 느껴지지 않는 거냐?"

나도 귀찮은 일에 신경 쓰는 건 싫었다.

"마(魔)의 힘이……."

마법의 힘이 느껴지고 있었다. 이건 나를 저주에 걸었던 마법사와 같은 기운이었다. 혹시 마법사 녀석이 근처에 있을지도 모른다. 그 녀석과 타오르는 마을과는 깊은 관계가 있을지도 모른다.

나는 송곳니를 드러내면서 적의를 표했다.

"그래, 이 일, 마법사와 관련이 있는 일일지도 몰라!"

나는 마법사 녀석이 생각나서 힘껏 달리기 시작했다.

"로드의 느낌, 희미하긴 하지만 확실히 느껴져. 저쪽이야!"

수다 검 녀석도 나의 말에 동의했다.

나와 녀석이 달려가자 멀지 않은 곳에 마을이 있었다.

도착한 마을은 불길이 번져 활활 타오르고 있었다. 이 불길은 단순한 화재에 의한 것은 아니었다. 불 냄새 뒤로 썩은 피 냄새가 코를 찌르고 날카로운 것에 갈가리 찢겨 나간 시체가 마을 곳곳에 쓰러져 있었다.

"이런……."

수다 검 녀석은 왼손으로 입을 가렸다.

낭자한 피. 애나 어른 할 것 없이 죽어 널브러져 있는 모습이었다. 피가 흥건하고 부패한 냄새가 서서히 나기 시작했다. 시체가 썩기 시작하는 모양이었다. 한 여자는 팔다리가 난도질당해 사지가 바닥에 흩뿌려져 있었다. 날카로운 것에 베여서 죽은 시체들이 대부분이었다.

"검에 의한 상처인가?"

그 녀석은 죽어 있는 남자를 살피면서 고개를 끄덕였다.

"주위의 불은 단지 실수로 번진 걸 거야."

녀석은 단정 지으면서 일어섰다. 그리고 고개를 들어 타오르는 불꽃을 바라보았다.

"얼마 되지 않은 시체들이야. 그런데도 죽은 지 오래되어 보이는 것 같아."

"음."

나는 고개를 끄덕였다.

어디선가 느껴지는 마(魔)의 기운.

이 마을 전체에 흩뿌려진 피의 노래.

"이곳에는 더 이상 살아 있는 사람은 없어. 그리고 로드는……."

녀석은 마검이기 때문에 사람의 기운을 나보다 정확하게 느낀다. 말 그대로 남아 있는 사람은 없었다.

"로드의 느낌이 희미하게 느껴져."

수다 검 녀석은 입술을 깨물었다. 자신의 주인이기 때문에 정확하게 마법사의 기운을 느껴내고 있었다. 저 불꽃에서는 마법사의 느낌이 나고 있었다.

"어떤 존재인지 모르겠어. 하지만 그것은 피를 부르고 있어. 피를 갈구하고 있지."

미드가르드는 제나의 집 쪽으로 고개를 돌렸다. 이곳에 남아 있는 생명체가 있는 곳은 그녀의 집밖에는 남지 않았다.

"인간의 능력이라고는 할 수 없을 것 같아."

수다 검이 얼굴을 찡그렸다.

제나가 위험했다. 살아 있는 모든 것을 죽이려고 하고 있는 그 존재는 그녀뿐만이 아니라 모든 생명체를 덮칠 것이다. 나는 나도 모르게 그쪽으로 달려나가기 시작했다.

"카티, 제나라는 여자에게 가는 거야? 넌 너무 사람이 좋다니까. 그리고 넌 지금 카티스가 아니라 카티나라고!"

뭐라고 해도 좋다. 제나를 소중하게 생각하고 있는 것은 아니다. 그 여자와는 오늘 한 번 만났을 뿐이고 별다른 관계도 맺지 않았다. 그러나 이 마을을 이런 식으로 만들어 버린 녀석은 마법사 녀석과 관련이 있을지도 모른다!

몸이 마음처럼 빨리 움직이지 않았다. 평소 때라면 제나의 집까지는 얼마 걸리지 않아서 도착했을 텐데! 빌어먹을! 여자의 몸으론 이렇게도 달리기가 힘들단 말인가! 마법사 녀석 만나기만 해봐라, 가만 놔두지 않겠다!

나는 움직이지 않는 내 몸을 탓하고 있었다. 수다 검 녀석은 내 옆으로 빠르게 따라오다가 어깨를 으쓱했다.

"하는 수 없지. 난 내 본체는 들어줄 수 없으니까."

녀석은 수다 검을 안고 달리는 나를 안아 들었다. 미드가르드는 자신의 몸을 잡지 못하지만 나를 안아 들 수는 있는 것이다.

"좋았어, 수다쟁이! 달려라!"

"시끄러워, 카티나!"

녀석은 소리치더니 몸의 자세를 낮추었다.

파악! 소리와 함께 사방에 커다란 깃털이 흩뿌려졌다. 녀석이 자신의 몸의 몇 배는 될 듯한 커다란 날개를 등에서 펼쳐 냈던 것이다.

"날개?"

지금까지 녀석과 함께 있으면서 수다 검에게 날개가 달렸다는 것은 지금 처음 알았다. 날개는 사금파리와 같은 흑청 색이었고, 달빛을 받아 반짝이고 있었다.

"꽉 잡고 있어."

수다 검의 날개가 크게 날갯짓했다. 몸이 떠오르는 것이 느껴졌다. 하늘을 날아보는 것은 처음이었다.

＊　　　　＊　　　　＊

수다 검 녀석이 푸드덕 날개를 접었다.

주변은 지나칠 정도로 조용했다. 나와 수다 검 녀석은 제나의 오두막 앞에 멈춰 서 있었다. 제나의 오두막 근처에는 피 냄새가 그다지 짙지 않았다.

"아직 아무 일도 없었나 보군."

나는 타오르는 밤의 숲을 바라본다. 불길이 번져 나와 날짐승들이 숲을 떠나고 있었다. 나는 가만히 귀를 기울였다.

사사삭, 바람 소리가 들려왔다. 그러나 바람 소리에 섞인 것이 짐승의 소리인지, 인간이 아닌 존재가 이동하고 있는 소리인지 알 수 없었다. 그러나 철그렁철그렁 소리가 미미하게 고막을 울리고 있었다.

"카티나, 조심해!"

수다 검의 목소리와 함께 빠르게 다가오는 검을 나는 오른손을 뻗어 막았다.

윽, 굉장한 힘이다. 칼날이 묵직하게 나의 팔에 충격을 주고 있었다.

"인간?!"

수다 검 녀석의 목소리가 들려왔다. 내 앞에 서 있는 것은 인간, 인간이었다. 라그나도, 아시르도 아닌 인간의 아이였다. 그러나 그 손에 들려 있는 피 냄새를 풍기고 있는 마검은 보통 검이 아니었다. 나는 눈살을 찌푸리며 고개를 들어 녀석의 검을 살폈다.

그 검은 미드가르드보다 폭이 더 좁고 터크보다 두세 배는 길고 끝이 약간 휘어져 있었다. 그것은 달빛에 반사되는 푸른 색의 날카로운 날을 가지고 있었다. 그러나 가느다란 쇠사슬이 검신에 얽혀 있어서 그다지 베는 데는 도움이 되지 않을 것 같았다.

"마검이다!"

수다 검 녀석이 한눈에 그 검의 정체를 알아맞혔다. 보통 인간이 가질 수 없는 신비한 힘을 가진 종족인 마검을 녀석은 들고 있었던 것이다.

나를 습격한 녀석은 빠른 속도로 다시 나에게 공격 세례를 퍼붓기 시작했다. 푸른 날의 마검이 피를 머금고 나의 급소를 노렸다.

이 녀석의 힘은 인간이라고 할 수 없을 정도로 세서 계집애의 몸인 내가 버티기 힘들었다. 정면으로 부딪치는 것은 위험했다. 나는 녀석에게서 물러서서 헉헉 숨을 몰아쉬면서 놈을 노려보았다.

그 표정이 전혀 없는 소년의 얼굴이 달빛을 받아 빛나고 있었다. 전체적으로 푸른 기운이 그 녀석과 검을 감싸고 있었다. 엄밀히 말하면 차가운 푸른 색, 아름다운 색이었다.

"이질리스Izilis!"

미드가르드가 녀석의 정체를 기억해 내고 소리쳤다.

생기없고 얼굴에 핏기가 없는 흰 얼굴의 검사는 전혀 동요의 빛을 보이지 않았다. 얼굴은 꽤나 예쁘장하게 생긴, 열여덟 정도 먹었음직한 꼬마였다. 어디선가 어렴풋이 보았던 것 같기도 한데 잘 기억이 나지 않는다.

"이 녀석!"

녀석은 살아 있는 것은 뭐든지 죽이기 위해 달려들고 있었다. 녀석의 눈앞에 있는 나 역시 예외가 아니었다. 녀석은 피로 범벅이 되어버린 검을 손에 든 채 또다시 나에게 달려든다.

"저것은 사검(死劍), 이질리스야!"

아나리드의 왕, 유디엔의 검이라고 불린 그 사검 이질리스가 저렇게 생겼단 말인가. 나는 검을 막아내면서 입술을 깨물었다. 사검 이질리스는 확실히 보는 이를 끌어들이는 아름다운 매력이 있는 검이었다.

"카티! 조심해!"

나는 양손으로 검을 부여잡고 놈의 맹렬한 공격을 막았다. 미드가르드는 뒤쪽으로 물러섰다. 마검과의 싸움에선 그다지 도움이 되지 않는 한심한 녀석이었다.

나를 공격해 온 놈은 인간이라고 할 수 없을 정도로 매끄럽게 움직이고 있었다. 일전에 본 에즈의 검무와 같은 움직임과는 다르게 흐르는 물처럼 끊임없이 나를 공격해 왔다. 사람을 죽이는 데 익숙한 움직임이었다. 수다 검 녀석은 자리에서 사라져 본래의 검신 안으로 들어왔다. 약간이긴 하지만 수다 검의 검신에 빛나기 시작한다.

그러나 생각할 틈도 없이 이질리스의 칼날이 무섭게 파고들어 왔다. 섬뜩한 푸른 색의 빛은 나의 목을 노리고 있었다.

그 푸른 색은 피의 붉은색과 너무나 대조되는 색이었다.

그 푸른 색은 피를 갈구하고 있었다.

저승의 마검 이질리스가 왜 이곳에 저런 녀석과 함께 있는 걸까. 어째서 녀석을 잡고 있는 꼬마는 생기도 없고 의지도 없는 걸까.

그런 의문을 품을 여지도 없이 이질리스는 나의 생명을 노리고 있는 것이다. 한 가지 다행스러운 것은 사검의 힘이 모두 발휘되고 있지 않다는 것.

타탁!

검과 검끼리 맞부딪쳐 불꽃이 튀었다.

힘이 모두 발휘되고 있지 않다면 라그나인 내가 녀석을 해치우는 것은 가능할 것이다. 녀석은 빨랐지만 나 역시 빠르기와 실전에는 자신이 있었으니까. 수다 검 녀석이 길고 큰 것을 이용해서 녀석을 치고 물러선 사이에 놈의 급소로 파고들어 가 검을 심장에 박아 넣었다.

심장을 관통당하자 이질리스의 주인은 검붉은 피를 입 밖으로 토해냈다. 그러나 그뿐이었다. 신음 소리도 비명 소리도 없었다.

『카티, 조심해! 그는 죽지 않았어!』

녀석은 전혀 통증을 느끼지 못했다.

설상가상으로 이질리스의 푸른 칼날이 더욱더 푸르게 빛을 발했다.

『카티!』

이질리스의 힘은 강했다. 찰나를 놓치지 않고 나에게 달려왔고 나는 그것을 힘겹게 막아냈다.

철그랑!

쇠사슬과 칼날은 피와 기름이 걸돌고 있어서 휘두를 때마다 그것은 피를 흩뿌리고 있었다. 나는 입술로 혀를 핥아 내리면서 놈의 공격을 받아냈다.

『조심해! 옆이야!』

그렇게 말하기는 쉬워도 이 자식아, 너도 나와서 싸우던가 하면 도움이 될 거 아니냐?

이질리스 놈은 시퍼런 날을 번뜩이면서 강한 힘으로 내리찍었다. 2미터는 족히 넘어 보이는 긴 검이었지만 날에 쇠사슬이 매달려 있어서 베고 썰어내는 것이 쉽진 않을 것이다.

그런데 어떻게 이런 창백하고 힘없어 보이는 인간에게서 이 정도로 강한 힘이 발휘되고 있는지 알 수 없다. 미친 인간이 큰 힘을 발휘하는 것을 본 적이 있지만. 죽음을 각오한다던가, 아니면 정신이 완전 가버렸을 때의 인간들은 간혹 최후의 힘을 짜내는 경우가 있다. 하지만 저 감정없어 보이는 얼굴을 보면 그런 것도 아닌 것 같은데.

『길게 끌면 너만 손해야! 어서 놈의 목을 날려!』

나는 수다쟁이 검을 양손으로 휘둘렀다. 보통의 롱 소드보다 폭이 더 얇고 긴 이놈을 휘두르는 데 그렇게 많은 힘이 드는 것은 아니지만 계집애가 되어버린 지금으로써는 좀 부담스러운 것도 사실이었다. 이 꼬마 계집애의 몸으로는 이질리스의 힘을 막아내는 것만으로도 버거웠다.

『절대 정면 승부는 안 돼!』

시끄러운 놈. 도움이 안 되면 말이나 하지 마라.

내 몸이 정상이 아닐지라도 이 정도의 놈은 내 상대가 되지 못한다.

나에게 이런 버러지 같은 인간은 상대도 되지 않는다는 것을 보여주겠다.

나는 빠른 속도로 놈의 틈을 노렸다. 긴 검은 근거리에서 힘을 잃기 마련이다. 나는 최대한 가까운 곳까지 녀석 쪽으로 치고 들었다.

창백하기 그지없는 인간 녀석은 표정의 변화도 없이 나의 공격을 막으려 한다. 그러나 오랫동안 연마되어진 기술을 가진 나를 따르진 못한다.

근거리 공격을 못하도록 막았다고 생각한 그 순간! 이질리스의 검신이 줄어들었다. 롱 소드 정도로 줄어든 검신이 나의 심장을 노렸다!

나는 몸을 비틀어 검을 흘려보냈다. 만일 피하지 않았더라면 틀림없이 성하지 못했을 것이다.

『카티! 이질리스는 변화가 자유로우니 조심해!』

이 자식, 그런 건 미리 말해야 정상이라구. 이질리스 녀석, 완전히 공갈 검이잖아?

검이란 모름지기 솔직하게 자기 자신을 보여야 하는 법이다! 그러고도 널 검이라고 할 수 있는 거냐, 이 쇠사슬 채인 공갈 검!

나는 뒤로 물러섰다. 나는 숨이 차올랐지만 녀석의 몸에는 별다른 변화가 없었다. 내가 칼을 찔러 넣었던 심장에서도 검붉은 피가 흘러내릴 뿐 아픔조차 느껴지지 않는 것 같았다.

『지금 너에겐 무리야! 도망쳐!』

난 절대 지지 않는다. 나에게 진다는 것은 있을 수 없는 일이다.

인간의 꼬마에게, 주인도 없는 마검에게 질 리가 없다. 아무리 그 빌어먹을 놈의 마법사가 저주를 걸었다고 하더라도 난 놈에게서 도망치지 않을 것이다. 라그나 라그나드에게 도망이라는 것은, 즉 죽음을 의미하기 때문이다.

난 절대로 마법사 녀석을 두려워하고 있지 않다!

제길, 믿고 싶지 않지만 계속 밀리고 있었다.

녀석은 강했다. 마치 죽은 사람의 것처럼 어떤 감정도, 슬픔도, 아픔도 느끼지 못하고 있었다. 감정이 없는 인간도 강해질 수 있단 말인가.

접전 동안 눈치 채지 못한 사이에 나와 그 녀석은 제나의 오두막 바로 앞까지 다다라 있었다. 이질리스의 푸른 날은 쉴 새 없이 날 공격하고 있다.

『카티! 일단은 피해, 지금 불리하단 말야. 너도 알잖아?!』

나는 놈의 말을 무시하고 놈을 휘둘렀다. 그 인간 놈은 내가 보내는 일격을 잘도 막아냈다. 그러나 내가 인간 따위를 두려워할 리가 없다.

『말 안 듣는 자식!』

체력이 떨어져 가고 있었다. 그에 비해 이질리스를 쥐고 있는 놈은 힘이 감소되지 않는다. 지치지도 않고 사검 이질리스는 맹수처럼 달려든다. 나는 그것을 막으려고 했다.

반짝 하는 빛과 함께 수다 검이 흰빛을 발했다. 눈이 부셔서 앞을 보지 못했던 순간에 내 몸이 붕 떠오른 것을 느꼈다. 아직 형체화가 끝나지 않은 투명한 미드가르드가 나를 안아 들고 그 큰 날개로 날아오른 것이었다.

"수다 검?"

"그 짐승들이다!"

나는 녀석의 말대로 아래를 내려다보았다. 피 냄새를 맡고 달려드는 들짐승이 또다시 무리를 지어 이쪽으로 달려들고 있었다. 사검 이질리스의 피의 향기가 진했기 때문인가. 짐승들은 이질리스를 들고 있는 녀석을 노리고 있었다.

"저놈과 끝장을 봐야지 어딜 가겠다는 거야?"

"사검 이질리스는 지금의 네 몸으로는 이길 수 있는 상대가 아니야."

저 녀석이 지금 나보다 강한 것은 인정하지만 이길 수 없는 것은 아니라고.

"아침이 되면 이길 수 있어. 넌 낮에는 강해지잖아?"

낮에 강해지는 게 아니라 지금이 터무니없이 약해진 거라구.

엄청난 숫자의 짐승들이 이질리스를 들고 있는 곱상하게 생긴 인간을 습격했다. 아무리 사검이라고 불리는 이질리스라고 해도, 저만한 수의 짐승들을 해치우는 데는 시간이 걸릴 것이다. 저런 녀석들의 도움을 받게 될 줄이야.

이게 모두 다 그놈의 마법사 탓이다.

정말이지 열 뻗쳐 죽겠다.

하찮은 마검을 지닌 인간에게조차 몸을 사려야 하다니.

"만용과 용기는 다른 거야, 카티나."

시끄러워. 나는 샐쭉한 표정을 지었다. 미드가르드의 커다란 날개가 검푸른 하늘에 동화되어 푸른빛을 띠고 있었다.

"달이 지고 있잖아. 조금만 기다려, 곧 태양이 뜰 거야."

이질리스와의 싸움으로 인해 생각보다 시간이 많이 흘렀다. 머리 위에 펼쳐져 있는 밤하늘에는 새벽별들이 그 빛을 발하고 있었다.

위에서 내려다보니 이질리스를 든 인간은 짐승들을 미친 듯이 베어내기 시작했다.

짐승들의 피가 흠뻑 흩뿌려졌다. 짐승의 숫자는 몇십 마리에 이르렀다.

그들은 그의 살과 심장을 원하고 있었다. 짐승들은 그 존재에 대해서 민감한 반응을 보이고 있었다.

조금만 기다리면 태양이 뜰 것이다.

만물을 밝히는 태양이.

생명의 검.

생명의 씨앗.

그 씨앗이 대지에 뿌려질 것이다.

아직은 새벽녘. 별빛이 하나하나 하늘 속으로 사라져 간다.

바람에 스치는 검의 소리가 들려왔다.

나는 미드가르드의 본체를 안아 들었다. 팔에 힘이 들어가지 않았다. 이 정도 움직였다고 팔이 이렇게 저려오다니, 역시 아직 이 몸에 적응이 되지 않은 건가.

순식간에 지평선 너머로 태양이 떠올랐다.

그 즈음 이미 시체를 노리는 짐승들 중 최후의 한 마리가 피를 뚝뚝 흘리면서 쓰러졌다. 수풀 속에 숨어 있던 잔당들은 모두 자신들이 물러설 때를 알아채고 꽁무니를 빼기 시작했다. 마침 좋은 타이밍이었다.

미드가르드 녀석은 서서히 태양이 떠오르는 것을 보고 부드럽게 날갯짓을 하면서 나를 내려놓았다. 놈은 파리 색 같은 날개를 푸덕이며 바닥에 내려앉아 투명하게 빛에 반짝거리며 사라졌다.

동시에 태양은 나의 저주를 풀어주었다.

"젠 오빠……?"

황급히 옷을 제대로 입고 난 후 고개를 돌려 이질리스를 보았을 때 들려온 것은 제나의 목소리였다. 아침이 되어 집 밖으로 나온 제나는 이질리스를 든 그 꼬마를 보면서 놀란 표정을 짓고 있었다. 이질리스가 들고 있는 꼬마도 제나를 보고 있다.

"오빠, 돌아온 건가요? 돌아올 줄 알았어요."

그녀는 눈에 눈물을 그렁거리면서 입을 손으로 가렸다. 기쁨의 눈물이 그녀의 뺨을 타고 내려왔다. 그러나 피에 굶주린 사검은 그 칼날을 제나에게 들이댔다.

제나는 상황 파악을 하지 못하고 그 자리에서 움직이지 못하고 있었다. 나는 수다 검을 들어 검을 막았다. 내가 막지 않았다면 그녀의 목은 떨어져 흙바닥에 구르고 있을 것이다. 수다쟁이 검의 검은 날과 그놈의 푸른 날이 부딪쳐 검광을 발했다.

"카티스 씨?!"

그녀는 날 알아보고 있었다. 이럴 때가 아닌데 이 계집앤 얼치기 계집애다.

"젠은 저의 오빠예요. 카티스 씨, 뭘 하고 있는 거예요?!"

"보면 모르냐, 맛이 가버린 네 오빠가 나와 널 죽이려고 하고 있잖아?"

사검 이질리스, 이 몸에게 멍청하게 달려드는 놈의 말로를 보여 주겠다.

"네?"

나는 의아한 목소리의 제나를 뒤로하고 검을 휘둘러 꼬마 녀석의 왼팔을 하늘 저 멀리 날려 버렸다. 그리고 다음 순간 나는 얼굴에 잔혹한 미소를 지으며 녀석의 머리를 겨냥했다.

"카티스 씨, 안 돼요!"

그녀는 내 앞을 가로막았다. 나는 무심코 검을 멈추었다.

그러자 맑고 미치도록 아름다운 핏빛이 나의 얼굴을 덮쳤다.

날 막았던 제나는 무너지듯 나를 바라보고 있다.

그녀의 심장은 관통되어 분수처럼 피가 흘렀고, 그녀의 입에서도 피가 쏟아져 나왔다. 푸른 날의 마검이 그녀의 몸을 관통하고 있었던 것이다.

나는 그녀의 몸을 받아 안았다.

"오빠를… 죽이지… 마… 세요… 카티스……."

어리석은 계집애!

그녀가 쓰러지면서 이질리스의 검날이 뽑혀져 나왔다. 사검 이질리스는 그녀의 피를 흡수하여 그 푸른 날에 광택을 더했다.

나는 쓰러진 그녀를 안아 들었다. 그리고 피를 쏟아내는, 이미 숨이 끊어진 그녀의 입에 키스했다. 나는 그녀의 몸에서 달콤한 피의 향기를 받아 마셨다.

바보 같은 여자.

멍청한 여자.

놈은 이미 죽은 자였다.

이미 사검에게 자신의 몸을 팔았던 것이다.

자신이 원하는 것을 얻은 대신 그 녀석은 죽어버린 것이다.

어리석은 인간들!

나는 그녀의 몸을 한쪽으로 밀어 넣었다. 나의 몸에 제나의 피가 묻어 흘렀다.

네 동생을 잘 봐줘라, 이 죽은 어리석은 녀석.

너의 동생도 너의 무지함에 의해서 너를 따르게 된 것이다.

"이질리스, 인간의 몸을 조종하는 검."

나는 무뚝뚝한 목소리로 말했다. 사검 이질리스는 죽은 자의 몸을 조종하는 능력을 가지고 있는 검이다. 그래서 인간을 조종할 수 있는 것이리라.

『이질리스는 나와는 다른 류의 마검이야. 놈은 특정한 주인만을 섬기지. 절대로 자신의 주인이 되지 않을 자에게는 자신의 몸을 내주지 않아. 그 때문에 어떤 사람도 주인이 될 수 없어 놈은 쇠사슬에 묶이어 그 힘을 봉인당했다는 전설이 있어』

미드가르드 녀석의 목소리는 쓸쓸했다. 동정하고 있는 건가.

나는 검을 휘둘러 제나의 오빠의 목을 떨어뜨렸다. 목이 떨어졌지만 그 몸은 계속해서 움직이고 있었다. 떨어진 목은 그 망자(亡者)의 몸이 살아 있는 것처럼 나를 공격한다. 그러나 나는 곧 놈의 심장에 다시 한 번 미드가르드, 수다쟁이 마검 놈을 찔러넣었다.

썩어버린 것 같은 검은 피가 흘러나왔다. 하지만 그의 오른손은 움직인다.

놈을 움직이는 것은 망할 놈의 사검, 이질리스.

제나의 오빠인 이 인간은 이미 죽은 지 오래된 자.

『이질리스는 특별한 검이야. 놈은 아무 피나 흡수하지 못하지』

제나의 피를 흡수한 이질리스는 틀림없이 그 힘이 강해졌을 것이다.

하지만 쇠사슬에 매인 검은 제약이 있었다.

피 냄새를 맡아서 그런 건가. 그 녀석의 움직임에는 흔들림이 있었다.

『유디엔님… 어째서……』

『이질리스?』

그 녀석의 목소리가 들려오고 있었다.

『유디엔, 나의 주인… 어디 계신가요?』

나는 이질리스를 든 그 팔을 두 동강냈다. 그러자 이질리스를 들고 있던 인간은 처음부터 생명이 없는 흙 인형이었던 것처럼 바닥에 쓰러졌다.

녀석의 기억이 어느덧 내 눈앞에 아른거리고 있었다. 들려오는 기억의 조각은 마검의 힘인지, 아니면 마법사의 힘인지 확실히는 알 수 없다. 그러나 환청처럼 나에게 다가오고 있었다.

『왕궁의 기사가 되고 싶지? 그렇다면 날 손에 넣어』

"되고 싶어, 하지만 난 너무 약해."

그 녀석은 울고 있었다. 사검의 부름에 응한 것은 분한 마음을 가지고 집으로 돌아가고 있을 때의 일이었다. 분해서 눈물이 나왔을 것이다. 모처럼의 대회에서도 비웃음만 당했다.

그래서 들려온 것이 자신이 그토록 기다려 왔던 목소리였을지도 모른다.

그는 이끌렸고, 사검은 약한 마음을 가진 녀석의 몸을 지배할 수 있게 되었다.

『그렇다면 나에게 그 몸을 줘』

젠… 제나의 오빠의 기억은 바람처럼 귓가에 머물고 있었다.

힘을 얻었다.

그러나 몸과 기억과 마음을 잃고 사검에 의해 죽었다.

자신이 자처한 죽음이었다.

나는 현실을 직시했다.

젠의 몸이 마치 처음부터 그 자리에 존재하지 않았던 것처럼 폭발했다. 젠의 사체는 가루처럼 흩뿌려져 허공 속에 스며들었다. 그리고는 아예 그 자취를 감추었다.

사검 이질리스는 인간이 사라진 그곳에 꽂혀 태양빛을 받았다. 숲을 가르는 바람이 사검의 검 손잡이에 달린 하얀 술을 흔들었다.

바보 같은 인간.

제나 역시 바보 같은 계집애다.

그런 녀석을 위해서 자신의 생명을 걸다니, 이해할 수 없는 인간이었다.

나는 사검 녀석을 집어 들었다. 놈의 불안한 마음이 내 기억 속에 전해졌다. 이질리스의 사념은 강했다. 그놈의 기억은 이미 몇백 년 전으로 돌아가 자신의 주인을 잃을 때를 기억하고 있었다. 그리고 놈의 마음은 아직도 거기에 머물러 있겠지.

그리고 그 기억은 젠의 기억과 같이 나에게 자연스럽게 다가왔다.

『유디엔님』

"이질리스, 넌 나의 특별한 검이다."

유디엔이라 불린 놈은 부드러운 옥 색 머리카락을 가진 젊은 녀석이었다.

이질리스 놈은 인간의 모습으로 형상화된 채 자신의 주군인 망국의 왕 유디엔을 올려다본다. 겨우 10대 중반쯤 되어 보이는 어린 아이의 모습을 하고 있지만 이 마검은 누구보다도 더 나이가 많을

지도 모른다. 이질리스는 푸른 색과 흰색의 조화로 이루어져 있는 낙낙한 옷을 입은 새파란 머리카락의 아름다운 소년의 모습이었다.

그는 자신의 주군을 바라보고 있다.

이질리스 놈이 자신의 주인에게 상냥한 표정을 짓는다.

사검의 주인은 강인한 사람이었다. 아나리드의 왕은 사검으로 자신의 팔을 그어 피를 떨어뜨렸다. 놈의 팔에서 피가 떨어졌고 이질리스는 그것을 마셨다.

"이질리스, 넌 내 피밖에는 마시지 못한다. 나의 검, 너의 주인이 될 수 있는 것은 오로지 나와 내 핏줄뿐이다. 다른 어느 누구도 너를 소유할 수 없어."

이질리스의 귓가에는 주군의 목소리가 망령처럼 남아 있다.

그것은 저주였다.

그 덕에 녀석은 망자의 몸을 조종하면서 이렇게 봉인당한 채 자신의 주인을 잊지 못하는 것이다. 한심한 일이다. 이 마검은 영원히 주인을 섬기지 못한 채 피를 먹지 못하고 죽어갈 것이다.

『사검의 주인은 영웅이라고 불리는 아나리드의 왕, 유디엔이었어. 이질리스는 나와는 다른 마검이어서 마음대로 다른 주인을 섬길 수 없다고 들었지. 왕의 후손이 아닌 한 불가능하다고 하지만 망국의 왕 유디엔은 후손을 남기지 않았다』

이것은 설마 수다 검 녀석이 보여주는 영상일까. 아나리드의 기억은 이질리스에 대한 것을 나에게 보여주었다. 미드가르드의 말처럼 유디엔은 함정에 빠져 자신의 마검 이질리스에게 관통당해 죽었다고 들었다.

그 후 다른 사람이 이질리스를 손에 넣었지만 이질리스는 그들을 받아들이지 않고 오히려 그들을 죽였고, 그 때문에 어떤 사술사(邪術師)가 이질리스의 검신에 쇠사슬을 채우고 그 힘을 봉인했던 것이다. 이질리스는 자신의 주인이 죽었던 그 당시의 시간에서 멈추어 버린 것처럼 다른 기억은 아예 하지 못하고 있다고 미드가르드가 말했다.

『그래서 아직도 사람을 죽이면서 주군을 찾고 있는 것 같아』

놈은 죽어버린 녀석의 검이다.

주인을 잊지 못하는 바보 같은 검.

주인을 섬기지 못하는 병신 검.

죽어버린 인간의 몸을 조종하는 망자의 검.

남의 생명을 빼앗는 검.

나는 놈을 들어 검에서 정신체를 강제로 빼냈다. 수다 검 녀석은 밤이 아니면 나올 수 없는 핸디캡을 가지고 있었지만 보통의 마검이라면 그렇지 않다는 것은 익히 들어서 알고 있었다. 그리고 마검의 정신체를 강제로 빼내는 것도 시도해 보니 가능한 것 같았다.

쇠사슬이 철그렁, 하는 소리와 함께 손목에 쇠사슬이 채워져 있는 이질리스 녀석이 모습을 드러냈다. 그 녀석은 환상과 같은 기억 속에서 보았던 것처럼 소년의 모습을 한 마검이었다.

"유디엔님……."

이질리스는 얼굴에 생기가 없었다. 그러나 더할 나위 없이 아름다운 모습이었다. 단정한 용모에 청아한 푸른 색과 흰색의 조화를 이룬 계집애들이나 입고 다닐 만한 너풀거리는 옷, 거기에 목과 팔을 잇는 쇠사슬이 녀석을 속박하는 족쇄와 같이 굳게 매달려 있었다.

저 묶인 쇠사슬처럼 이질리스는 과거에 묶여 있었다. 공허한 눈은 자신의 주군, 망자(亡者) 유디엔을 쫓고 있다. 그 녀석은 방황

하고 있었던 것이다. 오랫동안 피를 마시지 못해서인지 몸에 힘이
없었다.

나는 강제로 놈의 팔을 꺾었다. 목에서부터 이어져 있는 쇠사슬
이 철그렁 소리를 냈다. 나는 놈의 배를 퍼억 쳤다.

그 바보 같은 기억은 잊어버리는 것이 좋다.

"윽—"

이질리스는 신음 소리를 냈다. 그 녀석의 얼굴은 제나의 피로
모자랐는지 창백하고 핏기가 없어서 죽은 사람 같았다.

『카티스!』

나는 미드가르드 녀석의 몸으로 나의 팔에 상처를 냈다. 탐스럽
고 매혹적인 색의 피가 팔뚝을 타고 흘러내렸다.

"마셔라, 이질리스."

나는 놈의 입을 팔에 가져다 댔다.

나는 감정없는 얼굴로 그를 바라보았다. 떨어진 피는 그의 입
안으로 스며들었다. 그동안 잊고 있었던 피의 맛이 느껴졌는지 이
질리스의 초점없는 눈에는 빛이 감돌았다. 이질리스는 팔에 입을
대고 피를 마시기 시작했다.

『역시 카티스의 피는 받아들이는 건가?』

미드가르드가 의아한 목소리로 말했다. 나는 이질리스에게 피를
먹이면서 녀석에게 현실을 일깨워 주었다.

"너의 주인은 죽었어."

이질리스의 눈에는 더 이상 죽은 자의 망령이 비치지 않았다.
단지 맑고 투명한 것이 흘러내리고 있을 뿐이었다.

"내가 너의 주인이 나타날 때까지 맡아주겠다, 사검 이질리스."

이질리스 녀석은 피를 마시다 말고 훌쩍 소리를 내며 눈물을 뚝

뚝 흘려대고 있었다. 하지만 죽은 자는 죽은 자, 산 자는 산 자다. 살아 있는 자는 죽은 자에게 얽매여 있을 수는 없는 법이다. 그렇지 않은가, 이질리스?

나는 놈의 입에 흐르는 피를 쑤셔 넣었다.

많이 마셔둬라, 이질리스.

자신의 주인을 잊고 새 주인을 찾아라.

나는 그렇게 속삭이면서 놈의 몸에 피를 흩뿌렸다.

이질리스의 눈물은 그치지 않았다. 아마 자신의 주인을 잊는 데는 많은 시간이 흘릴 것이다. 그러나 시간은 모든 것을 해결해 준다.

태양은 대지를 축복했고 나는 그 자리에서 떠났다.

"아이고, 제나!"

손녀가 죽은 것을 안 노인의 목소리가 귓가에 울렸다. 현실이란 어떻게 될지 모르는 것, 달콤한 꿈에서 깨어나야만 한다. 이루지 못할 꿈은 억지로 이루기보다 꿈인 채로 남겨두는 것이 좋은 걸지도 모른다.

나는 피를 마실 만큼 마신 후 울다가 잠들어 버린 이질리스를 본체 안에 억지로 쑤셔 넣어버린 후, 그 녀석과 미드가르드를 짊어진 채 걷고 있었다.

『카티스, 그런데 이질리스를 데리고 갈 생각이야?』

"잠시 맡아둘 수밖에."

일단 내가 주운 녀석이니 가져도 상관없겠지만. 상당히 골치 아픈 녀석이긴 해도 수다 검 녀석 말대로 여비가 부족하게 되면 팔면 되니까 걱정은 하지 않기로 했다.

『그런데 말야, 아까의 그 환상은 로드의 힘이었어』

마법사?

『로드, 그러니까 너를 봉인했던 마법사는 네가 깨어난 것을 알고 있는 거야. 어떤 이유에선진 몰라도 너에게 그런 환상을 보여주기도 했고』

날 따라와 보라고 도발하는 건가, 그 마법사는? 좋아, 따라오라고 한다면 따라가 보겠다. 그게 네가 원하는 것이라면.

『넌 아직도 로드와 싸우는 게 두렵니?』

나는 녀석의 같잖은 질문에 빙그레 웃을 뿐이었다. 두렵다면 두려운 대로 그 녀석을 만날 것이다. 그리고 승리를 거머쥐면 이런 마음도 사라지게 될 것이라는 생각이 들었다.

『네가 그럴 생각이라면 다행이다. 그럼 이제 망국 아나리드와는 안녕인가……』

사라진 나라의 잔재를 바라보면서 허탈한 눈을 한 채 먼 곳을 바라보던 에즈가 생각났다. 망국의 왕 유디엔의 검인 이질리스는 이곳에서 몇백 년 간 이미 죽어버린 그 녀석을 쫓고 있었던 것인가.

아무 일도 없었다는 듯이 태양빛이 숲길을 밝혀주고 있었다.

『카티스, 오늘은 소란스러워서 피곤하지 않아?』

"아니, 별로."

기분이 나쁘지 않다.

오히려 좋았다.

이유는 아주 많았다.

태양이 비추어서.

대지가 푸르러서.

Chapter 3

노
예
상
인

생명을 돈으로 살 수 있다고 생각하는
제멋대로의 족속들이 있다고 한다면,
그들이 바로 그런 존재들이었다.

Katis 카티스

녀석들의 피가 하늘 높이 솟구쳐 올랐다.

공기 중에 피 냄새가 흩뿌려졌다.

"이 계집애가!?"

놈들 중 한 놈이 이렇게 소리쳤다.

때는 밤이었다.

"얼굴이 반반해서 비싼 값에 팔릴 것 같았는데! 젠장, 이렇게 된 이상 상처를 내서라도 사로잡아!"

생긴 것도 이상하게 생긴 것들이 아주 나의 눈살을 찌푸리게 하고 있었다. 그들은 노예 사냥꾼들이었다. 내가 계집아이의 몸으로 돌아다니니까 가출이라도 한 계집애로 보였던 모양이다. 노예 상인들은 출처를 알 수 없는 여행자들을 팔아 넘기는 일이 다반사였다. 혼자 다니는 나 같은 계집애가 표적이 되는 것은 당연할지도 모른다.

"쳇, 이쁘장하게 생겨서 좀 놀아볼까 했더니."

놀고 있군!

나는 발로 놈의 얼굴을 밟고 도약해서…

"이놈의 계집이!"

소리치며 달려드는 노예 사냥꾼 녀석의 어깨를 날려주었다. 이제 이 몸도 꽤나 익숙해진 편이었다. 고로 인간이 날 죽이려고 해도 결코 호락호락하지 않단 말이다.

나는 신나게 검을 휘둘렀다. 마검이 좋긴 좋은 게 일단 휘두르기만 하면 어지간한 녀석의 목을 날리는 것이 힘들지 않다는 것이다. 인정하긴 싫어도 좋은 건 좋은 거다.

그건 그렇고, 아직도 이 고질병 같은 노예 사냥이 사라지지 않고 있단 말인가. 100여 년이 지난 지금도 노예 사냥이 행해지고 있다니 우스운 일이 아닐 수 없다. 나는 피식하고 웃었다. 마침 스트레스 해소 겸 해서 모두 죽여 버릴까 하는 생각이 들었다. 이 여자아이 몸으로도 움직이면 움직일수록 힘은 없어도 속도가 붙고 있는 것 같다.

"잠깐!"

내가 신나게 녀석들을 해치우려고 하고 있을 때 불청객이 끼어들었다.

"여자를 남자 여섯이서 상대하다니 비겁하군."

여섯? 원래 놈들은 여덟이었다. 다른 녀석들이 수다쟁이 검에 맞아 비명횡사했을 뿐이지.

"뭐냐, 넌 또?"

놈들은 눈에 핏대를 세우면서 고개를 돌렸다.

나무 위에서 그림자가 폴짝 뛰어내렸다. 가벼운 몸놀림이었다.

자세히 보니 십 대 소년 정도의 소년다운 옷차림을 한 아이가 서 있었다.

"뭐야, 꼬마잖아?!"

"너도 팔리고 싶냐?"

놈들은 눈에 핏대를 세우면서 그쪽을 돌아본다. 가죽 갑옷으로 무장한 노예 사냥꾼들이 노려보고 있는데도 검은 머리카락의 꼬마가 의기양양하게 서 있었다. 남자와 같은 복장을 하고 있었지만 냄새로 보아 꼬마는 틀림없는 여자아이였다. 재미있는 전개인 듯한 느낌이 들어 나는 가만히 꼬마의 행동을 지켜보기로 했다.

"쓰레기들, 모두 처리해 주지."

짧은 검은 머리 소녀는 눈을 빛내며 자신있게 말했다. 자세히 보니 얼굴은 예쁘장한 계집아이였다. 체격도 작고 같은 나이 또래의 애들보다는 발달이 느린 것 같아서 그렇지 여자인 것은 확실하다. 활발한 계집애인 걸 보니 괜찮은 피를 가지고 있을지도 모른다는 생각이 들어 그녀의 행동을 지켜보기로 했다.

그러나 노예 사냥꾼들이 잠깐이라고 해서 기다릴 리는 만무한 일. 그 녀석들은 꼬마 계집애의 말에는 신경 쓰지 않고 나에게 공격해 오기 시작했다. 나는 그 틈에 미드가르드, 수다쟁이 검을 들어 한 인간의 머리를 날려 버렸다. 둔한 녀석들을 없애는 것은 어렵지 않은 일이다. 그렇다고 해도 인간은 외모가 여자아이인 내가 아직도 만만하게 보이는 것 같았다. 난 싱긋 웃으며 노예 사냥꾼들을 죽여줄 준비가 되어 있었다.

펑!

앗, 주위가 순식간에 연기로 가득 찼다.

저 검은 머리 불청객 계집애 짓이로구나. 마치 화약 연기 같았는데 눈을 뜰 수 없을 정도로 매웠다. 덩치 큰 사내 녀석들이 쿨럭 거리며 눈물을 찔끔거리고 있다.

"자, 어서 도망가자!"

연기 속에서 따뜻한 손이 나타나 내 팔을 잡아끌었다. 검은 머리 계집애는 힘껏 달렸고 나는 끌려가는 형상이 되었다.

이 계집애는 싸움에 자신이 있는 것이 아니라 도망가는 데 소질이 있는 것이 틀림없다. 그렇게 녀석들이 좇아오지 못할 곳까지 달리고 나니 숨이 차서 헐떡거렸다.

"하아, 하아… 이제 좇아오지 못할 거야."

소녀는 손을 무릎으로 받치고 아무렇지도 않게 마검 녀석들을 들고 가만히 서 있는 나를 보고 감탄하고 있었다. 그러나 그녀가 감탄한 것은 내 상태가 아니라 내 팔 안에 들려 있는 검이었다.

"좋은 검이구나, 그 두 개의 칼."

내가 들고 있는 이질리스와 미드가르드를 보면서 소녀는 눈을 빛내고 있다. 입고 있는 꼴로 보나 하는 행동으로 보나 소녀는 여행하고 있는 트레져 헌터나 시프인 것 같았다. 그러니까 돈이 될 만한 물건을 보며 눈을 밝히는 것이 당연할지도.

"정말 좋은 검이야. 정말 마음에 드는데? 그거 나한테 팔아라. 아까 구해준 값으로 어때? 비싸게 쳐줄게. 한 200젠이면 되겠니?"

말 많은 계집애로군. 검 두 개에 눈이 뒤집혀서는 나와 흥정을 하려고 했다. 그렇다고 해도 200젠은 아무리 돈에 대해 아직 감을 잘 못 잡는 나지만 헐값이 아닌가! 이 계집애가 누굴 바보 취급하나?

"난 바보가 아닌데?"

나는 시큰둥하게 대꾸했다. 소녀에게서는 땀 냄새가 배어 나오고 있었지만 동시에 활기 발랄한 여성의 피 냄새도 나고 있었다.

생기있어 보이는 피 냄새에 나는 꿀꺽 침을 삼켰다.

"할 수 없지. 좀 더 비싸게 쳐줄게, 210!"

숙박료랑 맞먹는 가격이라지, 아마?

"이 검은 팔지 않아."

또다시 시큰둥하게 답하자 그 계집애가 크게 한숨을 쉬더니 다시 목소리를 높였다. 양손을 허리에 둔 자신있는 모습이었다. 움직이기 편한 바지와 각종 물품이 들어갈 수 있는 자켓에 가방을 메고 있어서, 마치 엄마 심부름으로 여행하는 소년처럼 보인다.

"아, 내 이름은 페리나. 트레져 헌터Treasure Hunter야. 이 근처에 마검이 있다는 소문을 듣고 여행하고 있어."

그녀는 일단 자신의 소개를 해야 한다고 생각했는지 묻지도 않았는데도 자기 소개를 했다.

"근래 마검을 가지고 여행하고 있다는 남자의 이야기를 들은 일이 있거든. 또 찾고 싶은 것도 있고 말야."

자신을 페리나라고 밝힌 미성숙 소녀가 자기 가슴을 탕탕 치면서 알아들었냐는 듯이 나를 노려보았다.

"넌 왜 이곳에 있어?"

왜 그런 걸 묻는 걸까. 이 세상엔 참견하길 좋아하는 인간이 참 많은 것 같다. 이 페리나라고 하는 계집애는 내가 들고 있는 검에 지대한 관심을 가지고 있었다. 이 검들이 요새는 거의 없다는 마검들이니 당연한 일이겠지만.

"알 바 없잖아."

난 홱 고개를 돌렸다. 피를 마시고 싶어도 밤에는 송곳니가 잘 서지 않는다. 남자 몸일 때 만났다면 좋은 식량감이 될 수 있는 여자애였을 텐데…… 매우 아쉬운 생각이 들었다.

"여행하는 덴 돈이 많이 필요해. 그러니까 그 칼을 나에게 팔아. 아니, 그 검을 누구에게 가져다 주려고 하는 거라면 나에게 맡겨. 그런 거는 확실히 잘해줄 수 있다니까."

"싫어."

난 단도직입적으로 대답했다. 누가 뻔히 보이는 네 속셈을 모를 줄 알고.

"좋아좋아, 서서히 정하는 게 좋겠지. 네 이름은?"

제멋대로인 여자아이였다. 반드시 내가 가지고 있는 검을 손에 넣겠다는 투지가 엿보인다. 집념이 강한 여자애인 것은 마음에 드는데 상당히 귀찮을 것이라는 생각도 든다. 하는 수 없지. 이름이라도 가르쳐 주고 반응을 살펴서 이 자리를 피하자.

"카티……."

"카티나!"

뒤쪽에서 수다쟁이 녀석의 목소리가 들렸다. 어느 사이엔가 녀석은 내 뒤에 나타나 있었다. 페리나 역시 갑자기 나타난 수다쟁이 검 녀석의 목소리에 깜짝 놀라 움찔 몸을 움직였다. 저 녀석은 자신의 본체가 있는 곳은 어디든 갈 수 있으니 당연한 일이지만 유령처럼 발자국 소리도 나지 않으니 페리나가 놀랄 만하다.

"수다쟁이……."

내가 녀석에게 화를 내려고 하자 미드가르드 수다 검의 커다란 손이 내 입을 막았다.

"제가 여기서 기다리고 있던 아이입니다. 카티나라고 하는데 심부름을 보냈더니 지금 오는가 보네요. 그럼 도와주셔서 감사해요, 꼬마 아가씨."

미드가르드 놈은 생긋 웃으면서 페리나에게 미소 지었다. 수다 검 녀석의 미소에 페리나도 잠시 버엉해져서 바라본다. 여자들은 저렇게 제비같이 생긴 녀석이 좋은 걸까. 키도 훤칠하고 입고 있는 옷이 단색이어도 어울리는 하얀 살결에 아마 빛 머리카락, 녹색 눈동자는 여자들을 사로잡기에는 충분한 것이라는 것은 사실이었다. 녀석의 화사한 미소가 페리나의 마음을 흔들어놓았던 것이다. 하지만 난 그다지 인정하고 싶지 않다. 원래의 내가 훨씬 더 잘생겼으니까. 젠장.

페리나는 여러 가지 의문을 채 감추지 못하고 숲길에 서 있는 나와 수다 검 녀석을 바라보고 서 있었다. 이런 길가에서 어떻게 심부름을 할 수 있을까에 대해서도 고민하고 있는 듯싶지만 수다 검 녀석의 손에 이끌려 페리나와 나의 사이는 점점 더 벌어졌다.

"야, 이 수다쟁이 놈. 내가 왜 카티나냐?"

내 이름은 카티스라고, 여자애로 변한다고 해도 카티스는 카티스이지 왜 카티나라고 마음대로 이름을 바꾸느냔 말이다. 이 건방진 놈.

"시끄러워, 카티. 하마터면 날 팔아넘기려고 했으면서."

찌릿, 노려보는 녀석은 약간의 냉기를 품고 있었다. 미쳤냐 210겐에 널 팔아치우게. 그 녀석은 내가 홍! 코웃음을 치자 화제를 전환했다.

"여하튼 넌 밤에 여자 만나는 것 별로 안 좋아하잖아?"

미드가르드 놈의 지적이 맞았다.

밤에 여자를 만나면 그 빌어먹을 놈의 마법사가 더 증오스러워진다. 밤에 만나는 여자들은 하나같이 예쁘고 사랑스러운데 건드릴 수도 없고 피를 잘 마실 수도 없다니, 그건 너무 가혹한 저주였던 것이다.

"아직도 노예 상인이 판을 치고 있는 시대란 말야?"

"세상이 어수선하니까 그렇지."

수다 검 녀석이 불을 피우면서 말했다. 뭔가 먹을 만한 것을 찾아가지고 온 모양이다. 녀석에게는 날개가 있으니까 쉽게 마을을 찾을 수 있을 테고, 그 덕에 항상 식사 걱정을 할 필요가 없었다.

"예나 지금이나 똑같군, 인간들은."

"맞아, 전쟁도 항상 일어나지."

수다 검 녀석은 나의 말에 맞장구쳐 주었다. 챙기길 좋아하는 녀석이라서 식사 준비나 그런 것은 모두 자기가 도맡아하여 입만 다물면 여러모로 편리했다. 이래서 사람들이 원하는 거였군, 마검을.

달빛이 환하게 내리 쏘이고 있었다. 나는 두 개의 검을 옆에 가지런히 포개 놓았다. 화려한 푸른 날의 마검에서 하얀빛이 감돌더니 이질리스의 모습이 달빛과 함께 드러났다. 이질리스는 온통 푸른 색으로 치장된 옷을 입고 달빛을 받으며 마치 죽은 사람처럼 하얀 얼굴을 내 앞에 드러냈다.

공갈 검 녀석이 투명한 상태에서 나를 응시하고 있었다. 이 녀석은 내가 남자의 몸일 때엔 시큰둥하지만 어째서인지 여자가 되면 내게 약간 호감을 가지는 듯싶었다. 하지만 그뿐이다.

이 녀석은 본래 나를 주인으로서 인정하지도 않았고 나를 좋아하지 않는다. 그것은 수다 검 녀석도 마찬가지였다. 수다 검의 경우 조금 싹싹한 태도를 보이긴 하지만. 나는 결국 두 개의 마검의 소유자이지 두 마검의 주인은 아니었다.

"카티나……."

공갈 검 녀석이 기분 나쁜 이유 중의 하나는 본래의 나와 이 계집애의 몸일 때의 내가 동일 인물임을 완전히 거부하고 있다는 것이다. 녀석은 두 모습의 나를 다른 존재로 인식하고 남자 모습을 하고 있는 나의 존재는 발바닥 밑의 때 정도로 알고 있다.

철그렁.

쇠사슬 소리와 함께 녀석이 완전히 인간의 모습으로 화했다. 이 녀석은 낮에도 인간화할 수 있음에도 잘 나타나지 않는다. 자신의 모습을 특별한 때 이외에는 잘 드러내려고 하지 않기 때문이었다.

이질리스는 계집아이와 같은 너풀거리는 옷을 입은 채 긴 머리카락을 하나로 단정하게 묶은 모습으로 내 앞에 나타났다. 여자아이의 모습을 하고 있는 내 피 쪽이 더 맛이 있다고 생각해서인지 밤만 되면 피를 달라고 나에게 갈구한다. 본래의 나는 싫어해도 이 모습을 하고 있는 나에겐 꽤나 상냥한 편이다.

대체 왜 모르는 거냐, 이놈은.

눈앞에서 그렇게 변신해도 이 몸의 나와 원래의 내가 같은 사람이라는 것을 놈은 인정하지 않는다. 아니, 인정하려고 하지 않는 것 같았다. 그 녀석이 내 곁에 와서 자신이 입고 있던 푸른 겉옷을 걸쳐 주었다. 밤에는 더할 나위 없이 부드러워지는 게 미스터리다. 역시 마검들은 모두 여자들에게만 잘해주는 변태임이 틀림없다. 여자 마검이라도 그 경우가 맞는지는 모르겠지만.

"이질리스는 너의 변화를 인정하지 않는데?"

수다쟁이 놈이 피식, 하고 웃음 지었다. 이질리스에 대해선 별다른 생각이 없다. 주인이 생기면 날 떠나 그 녀석을 섬기면 되리라고 보기 때문이었다. 이런 내 몸 역시 마법사를 죽이기만 하면 저주가 풀릴 테니까 그때까진 잠시 참고 있을 생각이다. 역시 기분은 나쁘지만.

"관계없어. 저 녀석이 낮에 사람들 앞에 나타나서 이상한 오해나 불러일으키고 다니는 게 귀찮을 뿐이야."

그런 일이 있었던 것은 얼마 전 일이었다.

"어머, 이상한 사람인가 봐. 어떻게 사람을 저렇게 하고 다니다니… 노예인가 보죠? 그런데 주인이 혹시 변태?"

이런 식의 말을 들었다면 누가 기분이 좋겠는가. 난 놈의 주인도 아니고, 노예도 아닌 놈이 그런 계집애나 입을 것 같은 나풀나풀한 옷을 입고 다니니 내가 신경 쓰이는 게 당연했다.

이질리스 녀석은 푸른 색과 흰색으로 치장된 화려한 복장을 하고는 목에서부터 양 갈래로 연결되어 있는 쇠사슬 때문에 불편한 팔은 팔짱을 낀 채, 나의 뒤를 시큰둥하게 뒤따르고 있었다. 그 쇠사슬 때문에 노예로 보이는 것도 당연했다.

"야, 이 빌어먹을 공갈 놈아. 대체 왜 그런 복장을 하고 다니는 거냐?"

나는 눈살을 잔뜩 찌푸리면서 그렇게 말했지만 녀석은 내 말을 아예 들은 척도 하지 않았었다. 놈의 옛 주인은 틀림없이 이상한 취미의 변태였을 것이다. 이질리스 놈에게 저런 이상하고 화려한 옷의 취향을 강요했던 것을 보면 확실하다. 이질리스는 겉보기엔 어느 곳에서도 볼 수 없는 미소년이니까 그런 생각을 했던 걸지도 모른다.

"그렇게 다니려면 검 속에나 들어가 있어!"

라고 소리쳐도 별 반응이 없다. 놈은 자존심 강한 사검이었기 때문에 주인도 아닌 나의 말을 들을 리 만무했던 것이다.

"이질리스는 카티스가 당황하는 게 재미있나 봐. 그때 이후로 마을에 가면 꼭 카티스 옆에 달라붙어 있는 걸 보면."

미드 녀석이 그때의 생각이 났는지 분해하는 날 보고 키득거렸다. 저 수다 겜 녀석을 데리고 온 내가 바보 같았다고 나도 후회하고 있는 중이다. 미드 녀석의 말을 들어도 이질리스는 시큰둥하게 불 가에 앉아 있을 뿐이었다.

"그런데 내일이면 다른 마을에 도착할 수 있겠다. 벌써 여행한 지 한 달이 다 되어가는 것 같은데, 카티나도 꽤 많이 익숙해진 것 같지?"

카티나라는 이름 부르지 말라고 했잖아?

나는 뚫린 귀로 말귀를 알아듣지 못하는 그 녀석의 정강이를 힘껏 걷어차 주었다. 그러고는 몸을 휙 돌려 잠을 청했다.

*   *   *

며칠 후의 일이었다. 우려했던 대로 이질리스 덕분에 내가 노예와 주인으로 오해받는 일이 생긴 것이다. 이질리스 녀석이 한동안 나오지 않다가 마을에 도착하자 내가 피곤해하는 모습을 보고 싶었던지 모습을 드러냈다.

"노예 시장에서 사신 물 좋은 노예인가 보군요."

덕분에 지방 덩어리 인간에게 이런 말을 들었다. 얼굴에 기름이 철철 흐르는 그 노인은 털로 된 망토에 화려한 보석 반지를 끼고 뽐내는 인간이었다. 노인임에도 살이 뒤룩뒤룩 쪄서 한마디로 돼지같이 생겼다. 이질리스를 보고 음흉한 눈길을 보내는 것을 보면 틀림없이 그렇고 그런 취미가 있는 변태 놈일 테지. 나는 대꾸없이 주먹으로 놈의 얼굴을 날려쳤다. 그 녀석은 포대 자루 터지는 소리를 내면서 뒤로 나자빠졌다.

"앗, 주인님?!"

놈의 하인으로 추정되는 녀석이 자기 주인이 엎어지는 것을 보고 놀란 목소리로 소리쳤다. 싱겁긴. 역시 돼지는 둔해서 잘 넘어지지도 않는군. 귀족이나 돈 많은 상인이었겠지만 재수없는 녀석을 한 대 치고 나니 속이 다 시원했다.

나는 녀석의 일에 신경 쓰지 않고 다시 길을 걷기 시작했다. 이 질리스는 말없이 내 뒤를 따랐고, 마침 미드가르드 녀석은 자신의 본체 속에서 잠들어 있었다. 이 마을은 다른 마을에 비해 잘사는 사람이 많은 듯했다. 노예를 거느리는 귀족 같은 녀석들이 많이 돌아다니는 걸 보면 마을에 특별한 행사가 있는지도 모른다. 덕분에 골목에 창녀는 넘쳐 나고 있었다.

"어머, 오빠. 놀러오세요. 물 좋은 미인들이 많답니다."

손짓하는 예쁜 아가씨들을 보는 것은 물론 좋았다. 가난한 사람은 여전하지만 돈 많은 자를 위해 즐비된 사창가를 찾는 것은 어렵지 않았다. 내가 길목을 지나가려고 하자 나를 유혹하던 그 여성은 나를 쫓았다. 그들의 일은 남자를 유혹해서 돈을 버는 것이었으니.

"잘생긴 오빠, 오늘 하룻밤 어때요?"

노골적인 대사였다. 하지만 난 나를 꼬시는 여자를 싫어하지 않는다. 그녀들이 적극적으로 나온다면 나 역시 그래 줄 생각이었다. 마침 골목에는 지나다니는 사람이 적었다. 나는 그 여자의 허리에 손을 뻗쳤다.

"이름이 뭐지?"

나는 코를 그녀의 목에 박아 그녀의 체취를 맡으면서 말했다. 그다지 좋은 피 냄새는 아니었다. 그러나 여자로서는 아주 매력적인 몸을 가지고 있었다. 풍만한 가슴에 늘씬하게 뻗은 긴 다리는 나를 유혹하고 있었다.

"'사루비아' 라고 해요."

그녀는 요염하게 웃으면서 말했다. 본명이 아닌 직업 예명이었겠지만 그녀는 그 이름을 내뱉고 내가 자신의 것이라도 된 것처럼 나의 허리를 감싸 안았다.

"노예도 들이시고 계신 걸 보면 어디 어느 귀족 가문의 도련님이신가 보네요?"

그녀는 능숙하게 몸을 맡기면서 미소 지었다.

"왜 그렇게 생각하는 거지?"

나는 그녀의 가슴에 얼굴을 파묻었다. 여자 냄새는 오랜만이었다. 오랜 여행이 나를 방탕한 생활에서 멀어지도록 만들고 있기 때문이었다.

"저기 노예를 보고 알았죠. 헨리 노예 전문 시장에서 사신 노예죠? 그곳의 노예들은 하나같이 아름다우니까 말이죠. 그렇다고 해도 정말 아름다운 노예네요. 저런 노예는 본 적이 없어요. 희귀한 종족인가요?"

그녀는 매혹적인 얼굴로 나에게 몸을 맡기면서 공통된 대화를 찾았다. 뒤쪽에서 이질리스가 팔짱을 낀 채 나를 응시하고 있었다. 놈은 나를 보다가 팩 하고 고개를 돌렸다.

"아아, 이름이 어떻게 되죠?"

그녀는 나의 허리에 손을 가져다 대면서 말했다.

아주 풍만한 가슴이 마음에 들었다. 얼굴은 화장으로 주름을 가리고 있었지만 몸매는 아직 팽팽했다.

"카티스, 카티스 사카디은."

나는 그렇게 속삭이면서 그녀의 가슴을 어루만졌다. 유혹해 오는 여자가 있을 때 그 여성을 이용하지 못하면 남자라고 할 수 없다고 생각하기 때문에 나는 그녀를 잘 어루만져 주었다.

"카티스, 좋은 이름이네요."

그래, 피 냄새 팍팍 나는 이름이겠지. 밤에는 금욕 생활을 해야 하기 때문에 낮에 여자를 만나는 것도 나쁘지 않은 생각이다. 나는 그녀에게 키스했다. 그 여자의 가슴에 손을 넣고 옷을 벗기려고 했다.

"이곳에선 곤란해요. 저희 가게로 오시죠."

부끄러운 듯이 말했지만 그녀도 즐기고 있었다. 확실히 그녀들이 돈을 위해서만 움직이는 것은 아니었다. 계속해서 이런 상태만 되면 좋겠다고 생각하고 있었는데……

"어이, 너. 귀엽게 생겼는데 노예냐?"

"주인이 없나 보지?"

공갈 검 녀석은 트러블 메이커었다. 그 녀석은 잠시 내 주위에서 떠났다가 질 나쁜 녀석들을 만난 모양이다. 소위 건달 깡패 같은 녀석인데 할 짓 없는 녀석들임에 틀림없었다.

"어디 우리랑 함께 놀아볼래?"

내가 사루비아의 목에 깊게 키스하려던 찰나에 느물느물한 목소리가 들려왔다. 사루비아의 몸은 뜨겁게 달아올랐고 한참 재미있어지려던 찰나이기도 했다. 그녀가 나의 키스를 계속 요구했지만 나는 이질리스 놈 때문에 열이 뻗쳤다. 그냥 이대로 상관하지 않으면……

"어이, 반항하는 것이 더 귀엽군."

"어디 형님들이 데리고 잘 놀아줄게."

모처럼 재미 좀 보려고 했건만 빌어먹을 공갈 검이 도움도 안 되면서 일에 끌어들이고 있다. 나는 사루비아의 목과 옷을 반쯤 내린 가슴 쪽에 키스하려던 것을 멈추었다. 빌어먹을 이질리스 녀석, 아무리 손목에 사슬이 채인 상태라고 하지만 자신의 몸은 좀 자신이 챙길 줄 알아야 할 것 아냐?! 제길, 금방 처리하고 오면 되겠지.

사루비아는 안타깝다는 얼굴을 했지만 나는 그녀의 뺨에 가볍게 키스함으로써 그 마음을 달래주었다. 그리고 내가 공갈 검 쪽으로 고개를 돌렸을 때였다.

"으악! 이 계집애가?!"

"시끄러워, 이 색한 놈들."

돌발적으로 허스키한 목소리가 들려왔다. 이 목소리는 어제 만났던 그 검고 짧은 머리카락인 계집애의 목소리였다. 페리나라고 했던가? 나는 한 번 보거나 들었던 여자의 모습과 목소리는 절대로 잊지 않기 때문에 잘 기억하고 있었다. 여전히 남을 도와주고 돈을 받는 일을 하고 있는 것 같군.

"이 계집이, 감히……."

가보니 페리나라는 계집애가 시꺼먼 남자 놈들을 발로 걷어차고 있었다. 나는 그 모습을 흥미롭게 지켜보았다. 역시나 생기발랄한 계집애다. 보기보다 꽤 잘 싸운다. 건달 녀석들이 단도를 가지고 덤비지만 페리나는 약삭빠르게 피해서 놈의 정강이를 힘껏 차주었다. 다리가 약한 뚱뚱한 남자 놈은 그대로 엎어져 버렸다.

그러나 일의 원흉이라고 할 수 있는 이질리스는 그 모습을 보면서 가만히 있었다. 저 녀석은 너무 감정이 없는 것 같았다. 말도 잘 듣지 않는 주제에 말이다. 이질리스는 가만히 내가 다가오는 것을 지켜보았다.

저 계집애는 혼자 놔둬도 이길 것 같으니 상관하지 말아야 할까? 나는 소동이 일어난 곳으로 걸어갔다. 소녀가 힘껏 녀석들의 배를 차주고 있었다.

저 꼴을 보니 계집애는 사막에 혼자 두고 와도 혼자 잘 살아 나갈 타입이다. 나같이 강한 놈에게 의지하고 살아가는 여자도 나쁘지 않지만 저런 생기있는 여성도 좋다는 생각이 문득 들었다.

"이 이골 나는 노예 상인 놈들!"

허약한 건달 놈들은 페리나의 몇 대에 나가떨어졌다. 힘이 특별하게 강하지는 않았지만 그녀는 싸우는 요령을 알고 있었다. 페리나는 어떻게 살아가야 하는지 잘 알고 있는 야생마 같은 소녀였다.

"이 계집애, 우리가 장난감인 줄 알아?!"

이렇게 소리치며 한 좀생이가 검을 빼 들고 페리나에게 덤볐다. 페리나가 고개를 돌려 녀석의 공격에 대해 대처하려고 했을 때,

"으악!"

내가 놈의 못난 면상을 주먹으로 휘갈겨 주었다.

"앗, 당신……?"

페리나가 날 알아볼 리 없다. 나는 그때 절벽 가슴 계집애의 몸이었고 지금은 그 이름도 빛나는 청년의 얼굴이니까.

"어제의 그 소녀와 똑같은 검을 두 개 가지고 있어!"

아, 이 계집애. 트래져 헌터라지? 그러니까 그런 것에는 눈이 밝은 것이 당연하다는 생각이 들었다. 앗! 하고 놀라는 페리나 뒤로 한 녀석이 몽둥이를 들고 달려들었다.

"이 자식이?!"

그러나 한 방에 나가떨어지는 것은 자명한 사실이다.

"당신이 어제 그 여자애, 카티나한테서 이 검들 빼앗은 거지? 이건 원래 내 거라고!"

검에 눈이 뒤집혔는지 페리나는 검이 자신의 것이라고 우기기 시작한다. 이 눈 높은 계집애는 이 두 검이 마검인지는 몰라도 고급스럽고 쓸 만한 것이라는 것은 잘 알고 있는 것 같다.

"웃기지 마, 이 검은 원래 내 거야."

나는 계집애를 노려봤다. 저 계집애, 페리나는 물질에 상당히 집착하는 스타일인 것 같았다. 내가 페리나와 말다툼하는 사이에 이 질리스는 시큰둥한 표정으로 나에게 다가왔고 내 옆에 섰다.

"아차! 이 소년을 구해준 값을 받아야지. 4,000젠이야."

페리나라는 그 계집애는 넉살 좋게 나에게 큰 돈을 요구했다. 나는 싱긋 웃으며 그 계집애 쪽으로 손을 뻗쳤다. 미드가르드를 꺼내서 페리나의 목 쪽으로 그것을 휘둘렀다.

"꺄악!"

페리나가 반사적으로 눈을 감았다.

"으악!"

그녀를 등 뒤에서 노리던 빗자루 머리의 놈이 피를 흘리며 쓰러졌다. 페리나는 그 소리를 듣자 눈을 뜨고 뒤를 돌아보았다. 녀석이 쓰러지는 걸 보고 페리나는 감탄하기 시작한다.

"와아, 당신 강해!"

당연하지.

"최고야."

페리나는 굉장히 감탄해 주었다. 나는 의기양양해졌다.

"그러니까 소년 구해준 값 4,000젠은?"

쳇, 집요한 계집애.

"네 목숨을 구해준 값은 4,000젠이 넘는데?"

나는 그녀를 내려다보면서 말했다. 생기발랄한 모습의 살아 있다는 느낌이 강렬한 소녀, 페리나는 수긍한다는 듯이 고개를 끄덕였다.

"좋아좋아, 없었던 걸로 하지."

음, 시원한 성격이라서 편하군.

"그럼, 그 여동생을 구해준 값은? 그 칼을 가지고 있던 여동생 말야. 당신과 똑같이 붉은 눈을 가진 여자애 말야."

내가 여자애일 때를 이야기하는 모양이로군.

"난 도와달라고 한 적 없어."

"뭐야, 오빠가 되어 가지고 여동생이 노예 사냥꾼들에게 붙잡힌 것을 구해줬더니 하는 말이 그게 뭐야?"

페리나는 눈을 흘기면서 말했다. 이 계집애는 담도 크고 말이 정말 많구나. 수다 검에 맞먹을 정도인 데다가 우기는 것도 선수 급이다.

"그래, 뭘 바라는데?"

나는 그녀의 어깨에 손을 가져다 대면서 말했다. 그녀의 체구가 작아서 내가 허리를 굽혀야 했지만 나는 그녀의 얼굴에 입을 가져다 댔다. 향긋한 냄새가 났다. 순수한 백합과도 같은 향기가 가슴을 설레게 했다.

"뭐야?! 이 변태야!"

페리나는 정색을 하면서 얼굴을 비켰다. 뭐야, 이런 걸 원하고 있는 게 아닌가? 당연히 이 정도면 보답이 되는 거잖아.

"이 치한 같은 놈."

당연히 남자라면 여자가 원하는 걸 해줘야 하는 거야. 퍽! 소리와 함께 페리나의 주먹이 내 배를 강타했다.

크헉! 이 여자애, 생각보다는 손이 맵구나.

"너의 힘을 빌려줘. 아까 봤는데 검을 빼는 것조차 보이지 않았어. 넌 대단한 검사겠지?"

이 계집애가 나에게 물어보았다.

"당연하지. 난 강해. 여기 있는 멍청이들이 수십 명이 달려와도 한칼에 끝낼 수 있는걸."

페리나가 때린 데가 아프긴 하지만 나는 자신있게 말했다.

"그럼, 대신 날 잠시만 도와줘."

이 계집애가 무슨 속셈으로 이런 말을 하는 거야?

"싫어."

쓸데없이 인간들의 일에 끼어들고 싶지 않아. 나는 고개를 돌렸다. 이질리스도 나의 뒤를 졸졸 따라왔다.

"야, 어딜 가?! 빚은 갚아!"

난 귀찮은 일은 질색이다. 210젠 때문에 네 부탁을 들어줄 필요는 없잖아.

*   *   *

"네 녀석은 함부로 돌아다니지 말란 말야. 그런 차림으로 나올 거면 나오지 마!"

"흥!"

그러나 이질리스는 내 잔소리에도 눈 하나 깜빡하지 않는다.

여하간 놈은 주인이 아닌 나에게 너무 텃세 부린다니까. 나는 이놈의 주인 될 녀석이 나타나면 내가 고생한 대가로 그 녀석의 콧대를 부러뜨려 놓고 공갈 좀 놈을 보내 버리겠다고 결심했다.

이질리스의 눈은 흔하지 않은 옥색 머리카락을 가진 지나가는 사람에게 향해 있었다. 녀석은 아직도 주인을 잊지 못하고 있다. 나는 놈에게 다가가 놈을 차주었다. 이질리스가 날 보고 눈을 부라렸지만 나는 놈에게 한 번 더 발길질했다.

"네놈의 주인이 나타날 때까지 네 주인은 나다, 이질리스. 이 공갈 녀석."

내가 그렇게 말하자 놈은 웃긴다는 듯이 날 내리깔아 볼 뿐이었다.

"내 전 주인의 발끝에도 못 미치는 당신 같은 사람은 절대로 섬기지 않아."

이놈은 정말 고지식하다. 아직도 주인을 잊지 못하고 잊지 못하는 얼간이다.

"시끄러! 나만한 녀석이 어디에 있다고. 만일 네 주인 될 놈이 나타난다고 하더라도 나보다 못한 놈에겐 절대로 네놈을 넘겨주지 않을 거야."

내가 이렇게 으름장을 놓자 망할 놈의 사검 녀석은 시큰둥한 반응을 보였다.

"잔소리쟁이."

이걸 한번 손봐줘야 할까? 나를 수다 검 녀석과 비교하다니, 이 자식이 죽고 싶은가? 나는 발로 마저 차주었다. 이질리스는 눈을 부릅뜨고 나를 노려봤지만 그럴 때일수록 더 힘껏 밟아주었다.

내가 씩씩거리고 있을 때 한 늙은이가 나에게 다가왔다. 아까 마차에 앉아서 이질리스의 외모에 눈길을 보내고 있던 변태 늙은이였다.

"저기, 노예가 말을 안 듣나 보군요. 그럼 제게 파시는 것이……."

나는 미드가르드 놈을 칼집째 들어 노인의 턱을 강타했다. 실은 살 대로 산 노인 편히 저승길로 보내주려고 했지만, 이런 큰 마을에서 늙은이를 죽였다가 시끄러워지는 것을 별로 좋아하기 때문에 적당히 한 대 쳐준 것이다.

"앗! 남작님!"

흠, 저 늙은이가 남작이었던 모양이군. 남작이면 남작답게, 늙었으면 늙은 값을 좀 해라. 꼭 있는 놈들이 더 밝힌단 말야.

"너, 이 자식. 감히 남작님을 쓰러뜨리다니!"

길 한가운데서 남작을 보필하던 녀석들이 아우성치기 시작한다. 충성스럽게 보이는 녀석은 하나도 없었지만 나름대로 남작을 친 것에 대해 분개하고 있었다. 게다가 사람들이 그렇게 많은 거리는 아니었지만, 여하간 볼거리가 생겼다는 듯이 구경꾼들마저 몰려들었다. 비교적 넓은 길은 사람들로 에워싸졌다.

"지겨워."

나는 놈들을 완전히 무시한 채로 이질리스 놈의 팔에 달린 쇠사슬을 잡아끌면서 인파 사이로 몸을 돌렸다.

"도망치는 거냐? 감히 남작님을 치고 도망가려고 하다니, 무례한 녀석!"

이놈들이 정말. 남작이고 왕이고 얼마든지 죽여줄 수도 있다. 이 바보 같은 인간 무리야. 겨우 인간인 주제에 감히 라그나 라그나드인 카티스에게 달려들려고 하다니.

"이얏!"

기사단이나 되는 듯한 놈들이 나에게 덤벼들었다. 녀석들이 덤볐기 때문에 나는 미드가르드 놈을 들어 다가오는 놈들의 일부의 팔을 동강이 내버렸다. 놈들이 피를 뿜으면서 거리 위에 나동그라졌다.

"가자, 이질리스"

나는 녀석의 쇠사슬에서 손을 놓으면서 말했다. 녀석은 한마디 말없이 나를 따랐다. 역시 맞아야 좀 말을 듣는 녀석이다.

저 쇠사슬만 없어도 이질리스가 노예로 보이지는 않았을 테지만 저 쇠사슬은 아무나 풀 수 있는 것이 아니었다. 강력한 저주가 걸려 있어서 나 정도로 강한 놈도 풀 수 없었다. 사술(邪術)의 하나로써 그것을 풀 수 있는 것은 이 사술을 건 녀석이나 그것보다 더 뛰어난 사술사일 것이다.

"이 뻔뻔한 놈! 어딜 도망가려고!"

동료 자식의 팔이 날아가는 것을 보고 안색이 변한 한 놈의 기사가 소리쳤다. 기사로서 칼 한번 제대로 번뜩이지 못하고 물러설수는 없다는 상식의 소유자인가 보다.

내가 아닌 다른 놈에게 덤비는 것이었다면 그 마음을 충분히 이해할 수 있었을 것이겠지만, 상대가 나였다는 사실 때문인지 어리석게 느껴졌다.

"이야압!"

어리석은 인간이 소리를 치면서 나에게 다가왔다. 소리치면서 달려오면 누가 모르냐? 정정당당하게 달려들어서 날 이길 수 있는 인간은 없다.

나는 빠르게 미드가르드를 휘둘렀다. 인간들에게는 보이지 않을 스피드로 그 녀석의 목을 베어 넘겨 버렸다. 놈의 잘린 목에서 붉은 핏줄기가 분수처럼 솟아져 나왔고, 그 목은 바닥에 힘없이 굴러 떨어졌다. 사람들의 비명 소리가 들려왔다.

나는 그 핏줄기를 보면서 흐흐, 미소를 지었다.

『카티스, 또 일을 벌이는군』

미드가르드 녀석이 한숨을 푹푹 쉬어대면서 그렇게 중얼거린다.

"인생을 즐기면서 살면 얼마나 좋은데, 수다쟁이 검 녀석. 너무 고지식한 것 아냐?"

"저 자식, 벌써 둘이나 죽였어! 당장 잡아라! 아니, 죽여도 좋다."

그런 말은 가능할 때나 하는 말이야, 이 병신 같은 놈아.

나는 콧방귀를 뀌었다. 놈은 나에게 그렇게 말했지만 다른 겁쟁이 놈들은 쉽사리 덤비지 못한다. 피를 하늘 높이 솟구치면서 죽어버린 동료가 있는데, 감히 나에게 마구 덤빌 수 있었겠는가?

"빨리 나가지 못해?"

놈은 자기도 무서워서 나에게 덤비지 못하는 주제에 다른 놈들에게 강요를 하고 있다. 자기 대신 힘의 차이를 알고 있는 부하의 희생을 요구하고 있는 얼간이 수호대장이었다.

난 너 같은 놈이 가장 싫어. 자기가 직접 하는 것은 싫어하면서 남에게 시키는 것은 편히 하는 그런 놈들은 밥맛이거든. 나는 가던 걸음을 멈추고 마구 부하들을 부리는 그 멍청한 놈에게 다가갔다. 놈의 얼굴은 사색이 다 되었다.

퍼억!

나는 놈의 면상을 갈겨주었다. 속이 다 시원해졌다.

『여하간 못 말리는 녀석』

이질리스 놈이 무표정한 얼굴로 날 흘끗 바라보았다.

이제야 넘어져서 기절했던 남작 노인네가 일어난 모양이다. 일부의 사람들은 그쪽으로 가서 남작을 일으켰고, 난 녀석들을 무시하고 유유히 인파를 빠져나왔다.

"저, 저 녀석을 잡아… 감히 나를!"

늙은이가 욕심도 많아.

나는 무시하고 쉽게 빠져나왔다. 별로 넓지도 않은 거리에 사람이 많이 몰려드니 나에게 덤벼들려는 녀석들은 쉽사리 나를 쫓지 못하고 있었다. 게다가 나의 두려움을 알고 있으니 쉽사리 다가오지 못한다. 그 녀석들은 솔직한 녀석들이었다. 그러나 내 앞을 가로막는 의외의 인물이 있었다. 성난 얼굴의 페리나가 나를 기다리고 있었던 것이다.

"카티스! 당신!!"

페리나는 벌게진 얼굴로 나에게 삿대질했다.

"빚 안 갚고 사라지다니!"

다른 녀석들은 내가 무서워서 피하는 와중에 이 계집애는 나에게 호령을 하면서 다가오고 있었다. 예쁘장한 얼굴은 성이 나서 벌게져 있었다.

"내 말도 제대로 듣지 않고 가버렸잖아?"

이 계집애가 정말 끈질기네. 나는 인간들의 일 따위는 상관하고 싶지 않아, 페리나. 그러니까 넌 네 길 가라, 응?

"너, 이 소년, 그러니까 네 노예를 죽여 버리기 전에 어서 따라와."

페리나는 이번엔 멀뚱멀뚱 서 있는 이질리스의 목에 칼을 댄 채 날 바라보고 있었다. 그녀의 눈은 나를 무섭게 노려보고 있었지만 내가 보기엔 나의 도움이 필요하다고 필사적으로 요구하는 듯한 얼굴이었다. 그녀의 손에는 날카롭게 빛나는 단검이 들려져 있었다.

"하하하하하!!"

나는 참지 못하고 웃음을 터뜨렸다.

"뭐가 우습지? 네 노예를 죽일지도 모르는데. 거짓말이 아냐! 난 사람 죽이는 것 정도는 쉽게 할 수 있다고."

"알고 있어, 꼬마 계집애야."

이질리스는 검이다. 그놈은 그런 작은 단검으로 찔렀다고 해서 상처 입지 않는다. 마검의 인간형 변신체에 상처를 입힐 수 있는 무기는 오로지 마검뿐이다. 이 사실을 모르고 그런 눈으로 노려보는 페리나가 나로서는 웃길 수밖에 없었다. 그녀는 험난한 세상을 살아가는 법을 잘 알고 있었고, 사람을 거뜬히 죽일 수 있는 능력과 마음가짐을 가지고 있다. 확실히 자신의 몸 하나는 지킬 수 있는 여자였다.

"웃지 마, 이 자식아! 난 심각하단 말야!"

페리나는 이질리스의 목에 가까이 단검을 가져다 대면서 외쳤다.

"좋아, 꼬마야. 네가 그렇게까지 하면서 내게 도움을 구하는 이유는 뭐지?"

페리나는 나의 말에 약간 안심한 듯했지만 이질리스의 목을 겨눈 손엔 아직도 힘이 들어가 있었다.

"여기선 얘기할 수 없어."

그녀의 말에도 일리가 있었다. 곧 남작의 부하들도 따라올 테니까.

"좋아, 다른 데로 가자."

이곳에서는 좀 떨어질 필요가 있었다. 살인자의 낙인이 찍혀 현상금이 붙어도 이상하지 않은 상황이니까 피하는 것이 좋겠지. 지금이 아무리 나라가 어지럽다고 해도 권력자를 때렸으니 물고 늘어질 것은 틀림없었다.

"빨리 가자. 여기선 절대 말할 수 없어. 사람들이 이렇게 많은데."

"알았다, 이 계집애야."

하는 수 없지. 들어주기로 마음먹었으니 그 말을 들어주는 수밖에. 그 당돌함이 마음에 들었기 때문이다.

"계집애가 아냐! 페리나라고 불러!"

"알고 있어, 페리나."

페리나는 괜히 별것 아닌데 성을 낸다.

나는 싱긋 미소를 지으면서 그녀의 뺨에 키스해 줬다.

"뭐야?! 이 색한 놈! 내 몸에 손대지 마!"

그녀는 정색을 내며 나를 밀쳐 냈지만 나는 입에 남은 그 향기에 입맛을 다셨다. 나는 정색하며 멀리 떨어진 페리나를 안아 들었다.

"뭐 하는 거야, 이 색한!"

나는 그녀의 말에 아랑곳도 하지 않으면서 나는 그녀를 어깨에 짊어졌다. 과연 페리나는 아직 어리고 작다. 몸집도 그렇고, 미성숙한 소녀. 한 어깨에는 이질리스 놈을 짊어졌다. 놈은 너무 말을 듣지 않으니 나는 놈에게 양해 따위는 구하지도 않고 놈을 어깨에 멨다.

나는 그 두 녀석을 엎어놓고 달렸다. 달려가던 중간에 마침 말을 타고 달리는 녀석이 있기에 나는 그 녀석의 말을 빼앗아 탔다.

『살인에, 납치에, 절도범이라니. 갈 때까지 다 가는구나, 카티스……』

수다 겜 녀석의 한숨 소리가 들려왔다.

내가 도착한 곳은 인적이 없는 숲이었다. 이 지방은 숲이 많아서 몸을 숨기기에 적당했다. 마을을 조금 빠져나온 곳에서 좀 떨어진 곳에 있는 숲을 낀 길목에서 나는 페리나의 사정을 들었다.

"난 사람을 찾고 있어."

"사람?"

"그래."

페리나는 고개를 끄덕이며 말했다.

"음, 사람을 찾는데 왜 나의 힘을 원하지?"

"난 그가 어디 있는지 알고 있어. 하지만……."

트레져 헌터들의 정보망은 옛날부터 정확했으니까 페리나는 사람을 찾는 것이 힘들지 않았을 것이다. 하지만 찾아놓고도 자기가 데려올 수 없는 걸 보니 어떤 이유가 있는 것이 분명했다.

"난 힘이 필요해. 그 힘을 빌려줘. 힘이 없으면 그애를 데려올 수 없어."

페리나의 얼굴엔 불안과 근심이 보였다. 원래대로라면 난 페리나와 이야기할 한가한 시간 따위는 없었다. 한시라도 바삐 알타크나로 가야 했고, 그곳에서 마법사를 만나야만 했던 것이다. 하지만 페리나라는 계집애한테 어쩐지 끌리고 있었다. 필사적으로 내 힘을 갈구하는 것이 재미있어 보이기도 했다.

"그 인간, 이름이 뭔데?"

"에르스. 남자야."

계집애 같은 이름이로군.

"그래, 그놈 어디 있다던?"

"여기 이곳에서 일주일에 한 번 열리는 노예 시장 말야. 그곳에 있다고 하더라고. 이곳의 노예 시장은 전국적으로 유명하잖아. 그 헨리 노예 시장에 대해 잘 알고 있는 괜찮은 놈에게 알아낸 정보인데, 그곳에 에르스가 있다는 정보를 얻었어."

"호오, 노예 시장이란 말이로군."

나는 고개를 끄덕였다.

"헨리 노예 시장은 아무나 경매에 참가할 수도 없는 데다가… 강한 녀석들이 지키고 있어서 시도해 봤지만 절대 무리였어."

헨리 노예 시장이라면 아까 마을에서도 많이 들었던 이름이다. 그렇다면 노예 시장에 있는 얼간이 사내자식만 구해내면 된다 이거로군. 페리나가 이 근처의 사람들에게서 돈을 빼앗으려 했던 이유가 이 경매에 참가하기 위해서인가?

좋아, 그럼 결정했군. 생각보다 간단하겠군. 들어가서 휘저으면 되는 거 아냐.

"페리나, 너 얼마 있지?"

"응?"

그녀는 고개를 들어 나를 바라보았다.

"가진 돈 다 줘."

"뭐야?!"

페리나의 눈이 휘둥그레졌다.

간밤에 미드가르드를 시켜서 구해온 옷을 입은 내가 페리나에게 사내 종들이나 입는 옷을 건네주려던 찰나였다.

"뭐야, 나더러 그걸 입으란 말야?"

"응."

"싫어, 내가 왜 너의 하인을 자처하란 말야?"

"하인이 아냐, 종이지."

나는 그녀의 말을 정정했다. 하인이나 종이라면 역시 어린 소년이 적격이니까 당연히 네가 해야 하는 법이다.

"그게 더 싫어."

페리나의 돈을 모두 받아 필요한 물품을 구입하고 난 다음에 그녀를 다시 만난 것은 다음날 아침이었다. 페리나는 나의 계획의 전모를 듣고 경악했다. 자기가 나의 종인 척하는 것이 자존심 상했던 것 같다.

"여하간 네 허여멀건 한 친구를 구하려면 해."

"에르스가 허여멀건 한지 아닌지 네가 어떻게 알아!?"

"노예 시장에 팔려갈 정도면 알 만하지."

페리나는 말없이 그 사실을 인정했다.

나 역시 간밤에 미드가르드를 시켜서 구해온 옷을 잘 차려입어서 꽤나 귀공자의 모습을 하고 있었다. 페리나가 종이라면 난 당연히 주인 역할을 해야 하는 법이다.

"실은 이렇게 하지 않고 모든 놈들을 그냥 죽여 버리는 수도 있지만, 그렇게 되면 난 너의 그 친구를 죽여 버릴지도 몰라. 너도 그건 싫지?"

"당연하잖아?!"

"그럼 그 옷을 입어."

내 설득 같지도 않은 설득에 넘어간 페리나는 찍소리도 못하고 그 옷을 받아 들었다. 그럼 다음은 공갈 검 녀석 차례인가.

"야, 이질리스!"

나는 공갈 검 녀석의 칼날에 대고 소리쳤다. 공갈 검 녀석은 쇠사슬을 철렁거리면서 몸을 드러냈다. 녀석의 하얀 살결이 드러나고, 녀석의 물 흐르는 듯한 푸른 머리카락이 나타났다.

"좋아, 이제 넌 나의 상품 노예야."

놈은 이상한 표정을 지었다.

"잔소리 말고 이 옷……."

아니, 이 자식은 지금도 충분히 상품 노예로 보이니까… 더 필요없을 것 같다.

"아니, 넌 그냥 그러고 따라오면 돼."

이질리스 녀석은 이상한 얼굴을 하고는 날 그냥 뚫어져라 바라보았다. 다소 이해가 가지 않는다는 표정을 짓고 있다.

『그럼 난 뭘 하면 되지, 카티?』

"넌 그냥 거기서 중얼거리기나 해."

놈의 진지하고 신이 나서 중얼거리는 말에 나는 그렇게 대꾸해

주었다.

『너무해』

"여하간 상품이 좀 부족한 편이지만 하는 수 없지."

나는 머리를 하나로 묶어 올렸다. 이렇게 하면 좀 더 귀족적으로 보일 거라는 수다 검 녀석의 충고를 들었기 때문이다.

『그럼 헨리라는 그 노예 시장의 주인을 만날 거야?』

"당연하지."

잠시 후 페리나가 옷을 갈아입고 왔다. 오, 잘 어울리는군. 단색의 종들이 입는 옷이 매우 잘 어울린다.

"너, 돈을 달라고 한 것은 역시 에르스를 사기 위해서야? 하지만 그 돈으로는 모자랄 텐데……."

"내가 왜 돈 주고 사냐? 그런데 잘 어울린다, 페리나. 너에게 맞춘 옷 같아."

"뭐야?!"

페리나가 나에게 주먹을 날렸지만 나는 그것을 가볍게 피해 버렸다.

아까보다 더 사내애 같고 좋은데 뭘 부끄러워하는 거야?

"자, 그럼 이제 출발할까?"

"잠깐! 이애는?"

페리나는 내 옆에서 멀뚱멀뚱 서 있는 이질리스를 가리키고 묻는다.

"당연히 노예인 척하는 거지."

"원래 노예였던 것이 아니고?"

"그렇게 봐도 상관없지."

망설임없는 나의 대답에 이번에는 이질리스가 나를 쩨려보았다.

좋아, 변장도 끝났고 노예 시장의 그 녀석을 찾아가기만 하면 된다는 거지? 변장이라는 것도 꽤 재미있군.

"자, 그럼 그 노예 시장으로 가볼까?"

아침 해가 점점 하늘 높은 줄 모르고 떠오르기 시작했다.

노예 시장으로 어제 슬쩍했던 말을 타고 페리나가 그것의 고삐를 끌었다. 그리고 이질리스, 그 공갈 겸 녀석은 날 따라왔다. 사람들이 뭐라고 해도 상관없다. 지금의 나는 꽤 한 집 하는 가문의 아들이나 돈 많은 상인처럼 보이니까 말이다. 말 등에는 곡식이 가득 차 있는 포대 자루가 짊어져 있었다. 비싼 금품처럼 보이게 하기 위해서였다.

"자, 가자, 아젠."

페리나는 내가 말의 이름을 지어 부르는 것을 보고 질린 표정을 지었다. 어제 슬쩍했던 말인데 하얀 백마라서 청순한 아젠이라는 이름이 아주 잘 어울린다. 아젠도 내 마음을 아는지 열심히 걷기 시작했다. 이질리스 역시 잘 이해하지 못한 채 서서히 따라왔다.

그 말이 수다 겸과 공갈 겸을 짊어져 주는 것을 보니, 계집애로 변했을 때 짐 말을 이용하는 것도 나쁘지 않다는 생각이 들었다.

페리나의 말에 의하면 오늘은 일주일에 한 번 헨리 노예 시장이 열리는 날이었다. 게다가 미드가르드 녀석이 알아낸 정보에는 장소도 포함되어 있었다. 오늘은 각지에서 각종 노예를 원하는 녀석들이 몰려드는 날이기도 했다. 아마 어제의 그 남작이라는 작자도 헨리 노예 시장에서 노예를 얻기 위해 온 것이리라.

"들키지 않고 잘 갈 수 있겠어?"

페리나가 나를 의심스러운 눈으로 바라보며 말했다.

"당근이지. 너, 나한테 반말이나 쓰지 마. 조심하는 게 좋을 거야."

나는 자신만만한 미소를 보이면서 말했다.

노예 시장은 아무나 들어갈 수 있는 곳이 아니었다. 괜찮은 노예를 이 시장에 제공하는 상인들이나 돈이 썩어날 정도로 많은 귀족만이 들어갈 수 있었다. 하지만 노예 시장에 들어가는 일은 쉬웠다. 상품용이라고 속이며 이질리스 놈을 보이니 그냥 통과였다. 역시 미드가르드, 그 녀석의 말대로 헨리 노예 시장은 예쁜 것을, 그러니까 유흥과 오락을 위해서 노예를 사고판다는 말이 사실이었다. 노예 경매도 하고, 또 거기에 쓸 만한 노예를 사들이는 것이다.

솔직히 이질리스 공갈 검 녀석의 면상처럼 예쁘장한 놈도 드물겠지. 아마 이 노예 시장을 통틀어도 이런 녀석을 찾는 것은 힘들테니까 말이다. 이질리스 놈은 말 한마디하지 않으면서 꽤나 쓸모있게 행동했다. 쇠사슬로 손과 목에 묶여 있으니 이상한 취미를 가진 놈들에게 비싸게 팔릴 그런 노예 상품으로 보일 것이다.

"무슨 일로 오셨습니까?"

노예 시장에 들어서자 문지기 겸 안내인으로 보이는 놈이 나에게 물었다.

"물 좋은 물건을 보이러 왔어."

내가 상업적으로 말하자 녀석은 고개를 끄덕이면서 특별한 곳으로 나를 안내하기 시작했다. 그 녀석은 내가 거래할 상품으로 생각되어지는 이질리스를 흘끗흘끗 보고 침을 흘리고 있었다.

"특이 종족인가요, 아니면 인간?"

"이놈은 이종족(異種族)이다."

내가 그렇게 답하자 놈은 입을 다물었다.

마검들의 정신이 형상화한 것이라고 표현할 수 없으니 그냥 이

종족이라고 해두도록 하자. 이질리스는 무슨 생각이었는지 묵묵하게 잘 따라와 주었다. 아마 별 생각이 없었을 것이다.

"카티스, 정말 괜찮을까?"

페리나가 작은 목소리로 불안을 표했다.

흥! 잘 안 되면 그저 때려 부숴 버리고 나오면 그만이잖아.

나는 안내인에게 안내되어 시장 안으로 들어섰다. 최대한 깔끔하게 꾸며놓은 시장은 여타의 노예 시장과는 차별화를 두고 있었다. 겉으로는 노역 노예와 같이 힘쓰게 생긴 노예들을 선보이고 있었는데, 헨리 노예 시장의 노예들은 모두 왼쪽 가슴에 장미꽃 모양의 낙인이 찍혀 있었다.

이것은 최고급의 노예를 뜻한다고 하지만 낙인이라는 것은 원래 동물이나 짐승들에게나 찍는 것이므로 노예들로서는 최악의 시장이라는 느낌이 들었다. 쇠 철망 뒤로 노예들의 모습이 보인다. 그것을 구경하면서 설명을 듣고 있는 것은 귀족들이나 상인들이겠지.

이곳의 노예들은 모두 길이 잘 들어 있었다. 미드가르드가 가지고 온 정보 가운데엔 시장에서 그들을 직접 훈련시킨다는 것도 있었다. 그 때문인가?

또 다른 곳을 보니 예쁘장하게 생긴 녀석들이 있었다. 옷은 입는 둥 마는 둥 했지만 남자 놈들 가운데 계집애처럼 예쁘장한 소년이나 아직 어린 소녀들이 판매대에 올라가 있었다. 그중에는 이 종족의 계집애도 보여서 나는 군침 도는 살 냄새와 피 냄새에 감정을 억눌러야 했다. 참자, 나중에 먹어도 괜찮을 테니. 일단은 연기를 훌륭하게 해내야 한다고 생각하면서 나는 가슴을 쓸었다.

이질리스. 이 공갈 마검 녀석은 특정한 사람의 피밖에는 못 마시는 핸디캡을 가지고 있으니까 이 녀석을 위해 먹이가 될 만한 이종족을 찾아도 나쁘지 않을 것 같다는 아이디어가 떠올랐다. 마검은 피를 잘 먹여둬야 쓸 만한 힘을 발휘하는 거니까 여기서 골라서 몇 명을 잡아먹는 것도 괜찮은 생각인 것 같다.

안내인은 천막과 같은 건물로 안내했다. 그리고 그 녀석은 나의 이름을 물었다. 나 대신 페리나가 시키는 대로 말했다.

"그냥 사카디은이라고 전해."

"아, 예. 그럼 잠시 기다려 주십시오."

나와 페리나는 그 천막 안에서 기다리게 되었다. 페리나는 생각보다 연기를 잘해주었다. 나를 부잣집 아들처럼 대해주었고, 덕분에 안내인도 속아서 주인에게 나의 존재를 알리러 갔다. 안내인이 노예 시장의 주인을 부르러 가자마자 페리나는 한숨을 크게 쉬었다.

"잘하던데? 종 노릇. 네 적성에 맞는 것 같아, 페리나."

그러자 페리나는 날 쏘아보았다. 꽤 긴장하고 있었던지 그녀의 얼굴엔 땀이 맺혀 있었다.

"시끄러워, 이 자식아. 실수나 하지 말고 잘해."

페리나는 내 다리를 뺑 걷어찼다. 제길, 도와주고 있는 라그나에게 이 계집애가!

"오래 기다리셨습니까, 사카디은 씨?"

나는 페리나에게 한 소리 하려던 찰나에 천으로 된 문을 걷고 들어오는 누군가 때문에 다시 근엄한 표정을 지었다. 아까 그 안내인이었다. 그놈의 뒤를 이어 느물느물하게 생긴 뚱보가 들어왔다. 한마디로 비계 덩어리의 집결체라고 할 수 있는 외모의 소유자였다. 혼자 걷기도 힘들 정도로 뚱뚱한 데다가 삼중 턱에 콧수염도 기르고 있었다. 두꺼운 옷 사이로 비어져 나온 아랫배는 산만했다. 지금 같은 상황만 아니었으면 푸하하하 크게 웃어버리고 싶을 만큼 재미있는 얼굴이다. 페리나 역시 그 얼굴이 너무 웃겼던지 웃음을 참으려고 고개를 숙였다. 저렇게 전형적으로 노예 상인처럼 보이는 놈이 있다니! 나는 혀를 내두르지 않을 수 없었다.

"으음."

나는 깜짝 놀라 서 있었다가 다시 천막에 있는 의자에 걸터앉았다. 저런 삼겹살 비계 덩어리 녀석을 보는 것도 근 100년 만이다. 신선한 충격이었다.

비계 덩어리 놈이 이질리스 공갈 검 놈을 보자마자 다른 사람의 두세 배나 되는 크기의 입에서 침이 질질 흘리며 어쩔 줄 모르고 있었다. 저런, 더러운 녀석 같으니. 아마도 저놈은 이미 본 마누라 이외에 삼십 명 정도의 정부를 가지고 있을 것이다.

"아아, 물 좋은 물건을 가지고 오셨군요."

놈은 그 하마 같은 입을 쩍 벌리고 껄껄껄 웃으면서 그렇게 말했다. 정말이지 속이 다 메스꺼워지는 얼굴과 목소리였다. 두꺼비가 말하고 있다는 느낌이 강했다. 게다가 자신의 주위에 깔아놓은 미인들을 보면 놈의 변태적 취향은 알 만했다.

"뭐, 그렇다고 할 수 있겠죠."

나는 손을 꼬면서 말했다. 놈은 껄껄껄 웃으면서 좋은 가격을 쳐주겠다고 말한다.

요컨대 자기한테 팔라고 하고 있는 말인 것 같군. 나는 피식, 웃었다. 놈은 자신의 놀라운 눈썰미에 대한 칭찬인지 알고 으하하하 웃어댔다.

"에르스에 대해 어서 물어봐!"

페리나, 그 계집애가 나에게 귓속말을 했다.

참아, 이 계집애야. 그렇게 서둘러서 좋을 건 없다고.

"좋습니다. 그런데 우선 이곳을 둘러보고 싶은데요?"

나는 싱긋 하고 웃었다. 비즈니스적인 웃음이었다. 하지만 웃는 것도 힘들었다. 저놈의 생김새가 너무 역겨웠던 것이다.

아마 평소의 나였다면 그놈의 면상을 저 하늘 멀리로 날려 버렸을 것이다. 하지만 놈의 머리를 날리는 데는 적어도 남보다 두 배 이상의 힘이 들 것이 확실했다.

"그 후에 가격을 매기도록 하죠."

나는 놈에게 말하고 그 자리에서 일어났다.

이질리스에게는 이곳에 잠시 있으라고 말해 두었다. 의심을 받으면 곤란하니까 그런 건데 개구리 입의 헨리가 지나치게 좋아했다. 어제 몇 대 맞고 나니 이질리스 녀석은 꽤나 내 말을 잘 들었다. 역시 맞고 나니 좀 도움이 되었군.

"그럼, 주인님과 잠시 둘러보죠. 시장 개방은 몇 시입니까?"

페리나는 꽤나 능숙한 말투로 그 삼겹살 ·비계 덩어리에게 물었다. 그 비계는 페리나에게 그러라는 듯이 고개를 끄덕였다. 저 녀석은 아마도 고개를 끄덕이는 데도 남보다 적지 않은 힘이 들 것이다.

"사카디온 씨를 안내해 드려라, 피욜드."

"알겠습니다, 헨리 주인님."

그 피욜든지 피콜론지 하는 놈이 나의 안내를 맡았다. 피욜드라는 놈도 이상하게 생겨서 헨리와 함께 서 있으면 몬스터 형제 같은 생각이 든다.

"시장 개방은 항상 9시쯤 합니다. 지금은 준비 중이랍니다."

지금은 그보다 아직은 이른 시간이다. 그러나 곧 있으면 시장이 개방될 것이다. 그전에 이 일을 끝내는 것이 좋다는 생각이 들었다. 일단 에르스라는 녀석을 찾자.

"페리나, 그 녀석을 찾으면 알려줘."

페리나는 고개를 끄덕였다. 표정이 약간이지만 밝아졌다. 나와 페리나는 이질리스를 그 방에 둔 채 피율드를 따라 걸어가기 시작했다.

"이쪽으로 가시죠. 일단 여성 파트로 안내하겠습니다."

좋지, 아름답고 피가 생기있는 여성이라면 좋아. 이질리스의 식삿감도 찾을 수 있을지도 모르겠다.

"안 돼요! 일단 미소년 쪽으로 가줘요."

페리나가 그 말을 막았다. 그녀의 목소리가 꽤나 절실했다. 에르스는 여성이 아니니까 그쪽에 있을 리 없기 때문이었다. 하지만 왜 내가 차려진 밥상에 다가가지 못해야 하는 거지?

"저희 주인님은 미소년을 좋아하시거든요. 그러니까 그쪽으로 먼저 가주세요!"

그 말을 들은 피율드라는 그 허깨비같이 생긴 남자 녀석은 날 의아한 눈으로 바라보았다. 젠장할. 나는 당연하다는 듯이 고개를 끄덕였다.

젠장, 완전히 변태가 돼버리는 순간이로군.

페리나, 너, 나한테 빚진 것은 반드시 갚게 해줄 테니 두고 봐.

*   *   *

"자, 이 방으로 들어가시죠."

피율드라는 신기하게 생긴 안내인은 창살이 있는 깨끗하고 단아한 방 안으로 우릴 안내했다. 이 시장 안에 건물은 두 개 있었다. 그가 안내한 건물의 방 안에는 많은 수의 소년들이 있었다. 하나같이 아름다운 얼굴을 가지고 있는 아직 성별조차도 구분하기 힘든 어린 나이의 소년들. 연령은 인간 나이로 약 13세에서 많아 봐야 19세. 한창 자랄 때의 놈들이었다.

하지만 내가 보기에도 이질리스만한 놈은 없는 것 같았다.

"페리나, 찾아봐."

나는 페리나에게 눈짓했다. 페리나는 내가 말하기 전부터 두리번거리면서 에르스라는 녀석을 찾고 있었다. 나는 봐도 모르니까 시간을 끌면서 두리번거리는 것이 일이었다.

"아름다운 소년들이 많군."

내가 남자를 상대로 이런 말이나 하고 있어야 하다니. 제기랄.

"물론입니다. 저희 노예 시장은 이 나라 최고입니다. 아름다움도, 그 품질도, 또 노예의 순종도 모두 최고죠. 그 어떤 노예 시장도 헨리님의 노예 시장을 따를 수 없습니다."

그걸 지금 자랑이라고 하는 거냐? 난 하나도 반갑지 않은 말들이군.

하나같이 가슴 쪽에 장미꽃 낙인이 찍혀 있는 것이 출처를 확실히 해주는 상표처럼 보인다. 그중에는 향긋한 냄새가 나는 놈들이 있긴 있었다. 피가 아주 향긋한 것이 희귀한 종족으로 보인다.

아름다운 것이 꼭 맛있으라는 법은 없지만 이왕이면 맛있는 것은 아름다운 것이 좋다. 그것이 아름다운 용모의 여성일 때는 정말 '금상첨화'라고 하는 것이다. 향긋한 냄새를 좇아갔을 때 한 소년이 눈에 띄었다. 다른 녀석들과 마찬가지로 가슴 쪽에 낙인이 찍혀 있는 녀석이었는데 눈물을 찔끔찔끔 흘리고 있다.

공격적인 눈으로 피욜드를 바라보는 것을 보니 원한이 있는 모양이다. 눈물도 글썽한 것이 아픔을 이기지 못하는 것 같았다.

"저건?"

"아, 저 녀석은 온 지 얼마 안 되는 녀석입니다. 로나릴이라고 하죠."

놈은 이곳에서도 특이한 느낌이 나는 녀석이었다. 얼굴은 다른 소년들에 비해 떨어지는 수준이었지만 갈색의 피부는 티끌 하나 없었고, 실오라기 같은 백 금발이 어깨까지 출렁이는 것이 눈에 띄는 녀석이었다. 게다가 그 살은 아주 향긋한 피 냄새가 났다. 귀엽게 생겼지만 예쁘거나 아름답다고 할 정도의 녀석은 아니었다. 하지만 피 냄새로만 따지자면 사검 이질리스 녀석 정도는 될 수 있어 보였다.

나는 소년에게 가까이 다가갔다.

아직 어린 녀석이었다. 꼬마는 나에게 공격적인 자세를 취했다. 녀석의 손목에는 무거운 쇠사슬이 얽혀져 있어서 섣불리 덤빌 수는 없었지만 두 손이 멀쩡했다면 틀림없이 놈은 나에게 덤벼들었을 것이다.

"특이 종족인 '미노르' 족이죠. 녀석은 호전적이고 신비한 종족입니다. 이 녀석은 하프입니다만. 그런데 이게 마음에 드시나요?"

피욜드 놈이 나에게 바싹 가까이 오면서 그렇게 말했다. 가까이 오지 마라. 느끼하다.

나는 로나릴이라고 하는 그 까무잡잡한 놈에게 다가가 그 손목을 잡았다. 그럭저럭 맛있겠군.

"이거 놔, 이 더러운 자식들아!"

로나릴이라는 놈, 입이 트였군.

내가 그놈을 패기 전에 피욜드가 로나릴의 뺨을 때렸다.

철썩— 하는 소리가 났다. 로나릴은 입술이 터졌는지 가느다란 핏줄기를 흘렸다. 하지만 그 공격적인 눈은 피욜드를 다시 직시했다.

"이 살인자, 내 어머니를 죽인 놈들!"

로나릴 녀석은 그렇게 말했다가 피욜드 놈의 무지막지한 주먹에 명치를 꽂히고 말았다.

녀석은 풀썩 주저앉고 말았다. 호전적인 종족이라고 해도 약해 빠졌잖아.

"죄송합니다. 놈이 아직 훈련을 덜 받아서 말이죠."

피욜드가 로나릴이 기절한 것을 확인하고는 그렇게 말했다. 나는 그놈의 말을 잘 들어주는 척하면서 페리나의 상태를 살폈다. 그녀의 얼굴은 불안이 엿보인다. 아직 그 에르스라는 놈을 찾지 못한 것 같았다. 에르스라는 놈이 이곳에 없는 모양이다.

"이것들 말고 다른 것들은 없나?"

나는 풀썩 하고 엎어져 버린 로나릴을 보면서 말했다. 꼬마의 입가에 피가 흐르고 있었다.

왠지 피가 마시고 싶어지잖아. 나는 입맛을 다셨다.

"아, 특별한 노예를 원하시는 겁니까?"

"특별한 노예?"

"아아, 그래."

페리나가 눈을 동그랗게 뜨고 반문하는 것을 내가 가로막았다. 그냥 아무렇지도 않게 피욜드의 말에 긍정했다. 역시 에르스라는 녀석의 일이 끼면 페리나는 상당히 약해지는 것 같았다. 지금도 페리나의 얼굴에 불안이 번져 나오고 있었다.

"특별한 노예가 있습니다. 원하시는 분들께만 판매하는… 잠시 이곳에서 기다려 주십시오."

그 녀석은 나와 페리나에게 그렇게 말하고는 지키고 있는 다른 녀석들에게 뭐라고 말하면서 먼저 상황을 보고 오려는 듯이 밖으로 빠져나갔다.

"페리나, 에르스란 녀석 어떤 놈이었냐?"

나는 그녀에게 속삭이듯이 말했다.

주위 노예 녀석들은 들어도 상관없다. 어차피 이놈들은 훈련받은 바보 같은 존재들이니까.

"소꿉 친구야. 말이 별로 없지만 그래도 할 말은 다 하는 바른 성격의 소유자였어."

"페리나, 어떤 일이 있어도 놀라지 마. 세상은 생각하는 것처럼 만만하지 않으니까."

나는 피식, 웃으면서 말했다.

"……?"

페리나는 피욜드가 올 때까지 얼굴에서 불안을 떨쳐 버리지 못했다. 페리나도 알고 있을 것이다. 나같이 강한 라그나 라그나드가 한낱 마법사에게 봉인당했듯이 이 세상은 알 수 없는 일들로 가득 차 있는 법이다.

"오래 기다리셨죠?"

피욜드가 얼굴에 희색을 띤 채 다가오고 있다. 아아, 한 대 쳐주고 싶은 표정의 얼굴이다.

"특별한 방으로 모시도록 하지요."

나는 놈의 말에 대답없이 따르기 시작했다.

그 소년들이 있는 방을 나와 그 건물의 긴 복도를 지났다. 하얀 복도는 사람이 없는 것처럼 조용했다. 그리고 복도를 지나자 커다란 문이 보였다. 그 앞에서 있던 문지기는 피욜드의 얼굴을 확인하자 그 고급스럽게 장식되어 있는 문을 열었다.

"이곳입니다. 특별한 노예를 원하시는 귀빈들만을 모시는 곳인데, 오늘은 특별히 모시도록 하죠."

"아아, 알았어."

짜증 나는 녀석이로군. 생색내지 말고 빨리 보여나 달란 말이야.

"지금 다른 손님도 계시니 조용히 해주세요."

개장 전에도 귀빈이라고 불려지는 돈 많은 놈들은 들어와 있을 수 있는 모양이군. 아니면 직위가 높은 토박이 변태 놈들이 들어와 앉아 있는 곳이겠지.

피욜드가 안내하는 대로 나는 그곳으로 들어갔다. 그 녀석은 나와 함께 페리나가 들어가도 신경 쓰지 않았다.

그곳에는 얼마 안 되는 특유의 아름다움을 가진 놈들이 있었다. 얼굴에 생기가 없고 눈이 죽어 있는 것이 마약 같은 것에 찌들은 놈들이거나, 혹은 정말로 눈이 보이지 않는 놈들도 있는 것 같았다. 페리나가 주먹을 쥐고 부들부들 떨고 있는 것이 느껴진다. 성이 난 모양이었다.

"이곳은 특별히 저항하지 못하게 만든 노예들이 있는 곳입니다. 말을 못하게 하거나 눈이 보이지 않게 된 녀석들이 있죠. 이것도 모두 헨리님이 고안해 내신 생각입니다."

피욜드 놈의 자랑스러운 목소리에 페리나의 얼굴빛이 하얗게 변했다. 그녀의 시선은 허리까지 출렁이는 은발의 17세 가량의 소년에게 고정되어 있었다.

"에, 에르스!"

그녀의 눈에서는 빛이 번뜩이는 것 같았다. 페리나는 흥분하고 있었다. 이러다간 들키겠군.

"이곳에는 귀한 분이 많이 계시니 조용히 해주시죠. 남작님과 같은 대단한 분도 계신데……."

피욜드가 뒤에 있는 늙은이를 바라보면서 말했다. 앗, 어제 한 대 갈겨줬던 늙은이다.

놈이 날 흘끗 바라보았다. 혹시 알아보려나?

하지만 놈은 내 얼굴을 흘끗흘끗 보고 고개를 갸우뚱할 뿐이었다.

역시 늙으면 기억력이 감퇴된다는 말이 맞는 말이다. 과연 늙은 놈은 죽어야 해.

"에르스!"

페리나 그 계집애가 녀석의 이름을 큰 소리로 불렀다. 이 계집애가 시키지도 않은 짓을 하는군!

"에르스!"

페리나가 그쪽으로 달려나갔다. 계단 아래로 빠른 속도로 달려나가는 페리나는 눈앞에 보이는 것이 없었다. 페리나의 소리를 들었는지 은발을 출렁이면서 힘없이 있던 노예 녀석이 눈을 크게 떴다.

"뭐야, 저 꼬마 놈?!"

노예를 관장하는 놈들인지 용병들인지, 아니면 헨리 직속 부하들인지는 모르겠지만 놈들이 페리나의 앞길을 가로막았다.

"비켜, 이 바보들! 에르스!"

페리나의 눈에는 약간이지만 분함의 눈물이 흐르고 있었다. 페리나는 에르스를 바라보면서 절규하듯이 그 이름을 부르짖었다. 나는 허리춤에 매어 달고 온 수다쟁이 검을 빼 들었다.

"이봐, 식사 시간이다."

『카티?』

놈은 졸린 목소리로 중얼거렸다. 이 녀석 그동안 잠들어 있었나 보다. 상황 판단을 못하고 입을 쩍 벌리고 있는 피욜드 놈의 안면을 그간의 소원대로 한 대 쳐주고 내게 달려드는 놈들을 두부 썰 듯이 썰어주었다.

"앗, 저놈은 어제의 그놈이다!"

저 남작 늙은이, 날 알아본 모양이었다. 그러나 나는 그 늙은이 의 입을 왼 주먹으로 막아주었다. 그리고 난 후 페리나의 앞을 가로막는 멍청이 용병 놈들 앞에 달려나가 놈들을 해치워 버렸다. 미드가르드, 흑마검은 듬뿍 피를 빨아들였다. 피는 마검들의 힘의 원천이었고, 피를 마셔야만 자랄 수 있는 것이 바로 마검이다.

"놈은 단 두 사람이다. 죽여라!"

비상 사태를 인식한 노예 상인들과 귀족들이 이렇게 외쳐 댔다. 그러나 한 놈도 직접 나서지는 않고 꽁무니를 뺄 생각만 하고 있었다. 좋지, 좋아. 오면 올수록 피의 양은 많아지고, 이 대지는 피로써 풍요로와질 것이다.

"에르스!"

페리나는 에르스 쪽으로 달려가면서 자신에게 달려든 놈의 검을 막았다. 노예들을 끌고 가려고 하는 녀석은 페리나가 달려들어 막아내고 있었다. 에르스라는 놈도 페리나를 알아보고 그녀 쪽으로 가기 위해 노력하고 있다. 그러나 노예 상인들이 에르스를 강제적으로 끌고 들어가려고 하고 있었다.

나는 내게 달려든 녀석들을 해치워 버린 후에 페리나를 가로막은 놈의 목과 몸을 분리시켜 버렸다. 피가 분수처럼 쏟아져 내렸다. 그 동료의 시신을 밟으며 달려든 녀석도 수다쟁이 검에 의해 목이 날아가 버렸다.

오늘은 피의 축제.

즐거운 마검의 식사 시간.

나는 노래까지 흥얼거리면서 놈들을 베어 나갔다. 싸늘한 감촉의 칼날이 놈들의 목을 뚫고 지나갈 때, 녀석들의 몸이 분리되며 피가 솟구쳤다.

"젠장! 노예들을 데리고 어서 피해. 미친 살인자 같은 놈이다!"

미친 것은 내가 아니라 바로 너희들이다. 원하는 대로 다 때려 부숴주지, 이 멍청한 놈들아!

"페리나, 저기 있는 우유 색 머리카락의 말라깽이가 네가 찾는 놈이냐?"

"맞아, 에르스야!"

나는 그 계집애의 몸을 안아 들고 그쪽으로 풀쩍 뛰었다. 날 가로막기 위해 용병들이 우르르 달려들었지만, 나는 그놈의 머리를 밟고 높이 도약했다.

"에르스!"

가까운 곳에 도착하자 페리나는 내 어깨에서 뛰어내려 우유 색 머리카락을 가진 말라깽이의 소년에게 달려갔다. 노예 상인 녀석들이 나에게 단도를 들고 달려들었지만 나는 놈들을 발로 가볍게 차주었다. 원래 몸이 둔한 것들이라 힘없이 균형을 잃고 쓰러져 버렸다.

『신났구나, 카티』

당연하지, 수다쟁이 검아. 오랜만에 솟구치는 피를 보니까 살 것 같다.

"에르스!"

에르스라는 놈은 페리나를 내려다보았다. 그놈의 키는 꽤 큰 편이었는데 잘 다듬어진 몸매에 고운 선의 얼굴을 하고 있었다. 놈은 말없이 페리나를 바라보았다.

"에르스, 뭐라고 말 좀 해봐!"

페리나는 에르스의 몸을 흔들었다. 에르스는 뭐라고 말하려고 하는 것 같았지만 말이 나오지 않았다. 그의 생각은 소리가 되어 나올 수 없었다. 그때 피욜드가 했던 말이 기억났다. 헨리 노예 시장에서는 말을 잘 듣게 하기 위해 어디 하나를 불구로 만들어서 판다고 했었다.

"젠장, 이 짐승 같은 놈들! 사람을 이렇게 만들다니!"

페리나가 성난 얼굴로 주먹을 쥐고 오른쪽 벽을 퍽, 쳤다. 너무 꽉 손을 쥐고 쳐서 그런지 그녀의 주먹에서 가느다랗게 피가 흘러 나왔다.

"빌어먹을 놈들! 이 짐승보다도 못한 인간들!"

그녀는 기가 막혀서 눈물도 나지 않는 것 같았다. 그 주먹으로 계속해서 벽을 쳐대고 있었다. 내가 페리나를 보고 있는 사이에 노예 상인들은 모두 자리에서 내뺀 것 같았다.

"모두 죽여 버리겠어. 이 짐승 도가니 같은 시장도 전부!"

나는 그 계집애의 손목을 잡았다. 페리나는 나를 바라보았다. 얼굴에는 눈물 자국이 남아 있었다. 나는 그녀의 손목을 잡고 그녀의 눈물을 핥았다.

"뭐, 뭐야?"

손에 흐르는 피를 핥았다. 생기있는 피, 열기와 복수심을 가진 그 피는 나의 힘이 되었다.

"때려 부수는 데 힘을 빌려줄게, 페리나."

"카티스?"

"그 대신 나 네 남자 친구 좀 때려도 되지?"

"무슨 소리야?"

에르스의 팔을 페리나가 감싸 안았다.

"불쌍한 애를 왜 때리려고 그러는 거야?!"

하지만 페리나, 너에게 선택권은 없어. 난 이미 마음을 먹었거든.

나의 주먹이 놈의 복부에 정확히 꽂혔다. 에르스 녀석은 신음 소리조차 내지 못한 채 배를 움켜쥐었다. 페리나는 에르스의 이름을 부르면서 그 녀석의 상태를 살폈다.

"바보 같은 놈, 여자를 걱정시키다니 넌 남자 자격도 없어."

나는 그들에게서 등을 돌렸다. 자아, 모두 때려 부숴볼까?

일단 아까 어린 꼬마 노예들이 있던 방을 때려 부수니 속이 다 시원했다.

나는 라그나. 인간들 따위는 절대로 이길 수 없는 라그나 라그나드다. 달아나는 용병이나 상인들은 전부 따라가서 죽여주었다.

『설마 저 어린아이들까지 다 죽이려는 것은 아니겠지, 카티스?』

"흥!"

특별히 노예 해방을 불러일으키고 있던 것은 아니었다. 난 녀석들을 어떻게 할 생각은 없었다. 그대로 놔둬서 녀석들이 살아 나간다면 그건 놈들에게 좋은 거다. 만일 이대로 풀려나도 노예 같은 삶을 계속 살아간다면 그것도 자신이 선택한 운명일 것이다.

"알아서 자멸하거나 자생하겠지."

나는 이렇게 말하면서 헨리의 막사에 다가갔다. 페리나는 나의 속도와 실력에 놀라면서 에르스를 데리고 나왔다. 조금은 화가 풀린 듯한 모습이었다.

도망치는 노예들 사이에서 아까 봤던 그 까무잡잡한 얼굴의 로나릴이라고 하는 소년도 발견했다. 내가 꽤나 난리를 쳐서 때려 부쉈기 때문에 건물에 불까지 붙어서 아수라장이 되어 있는 상태였다. 천으로 된 막사는 타올랐고, 도망가는 사람들과 노예를 쫓는 사람들 때문에 시장은 더 가관이 되었다.

나는 발걸음을 처음 안내인이 안내했던 천막 쪽으로 옮겼다.

"카티스! 어딜 가는 거야?"

"이 시장의 근원을 박멸하러."

나는 헨리, 그 비계 덩어리 놈의 막사로 갔다.

놈은 이미 도망갔을지도 모른다. 하지만… 내가 그쪽으로 다가갔을 때 놈은 막사 안에 있었다. 이질리스에게 그 두툼한 손을 뻗으려 하고 있었다.

"아, 사카디은 씨?"

그 녀석은 지금까지 이질리스에게 정신이 팔려 있어서 듣지 못한 모양이었다. 그동안 사겸 녀석의 몸을 탐내고 있었던 것이다. 두꺼비 같은 입을 벌리며 아무것도 모르는 바보 같은 얼굴을 하고 있었다.

"정말 좋은 노예입니다. 이렇게 아름다운 노예를 보는 것은 처음이라서……."

그는 이질리스의 몸에 손을 대려고 하고 있었던 것 같은데… 내가 나타나서 놀랐는지 헨리는 그 돼지 같은 입을 쩍쩍 벌리고 있었다.

"이질리스, 나에게로 와."

이질리스는 그 비계 덩어리 삼겹살 녀석보다 내가 훨씬 낫다고 생각했는지 군말없이 내 곁으로 다가왔다. 그때 페리나와 에르스 녀석도 날 따라 들어왔다.

"페리나."

페리나는 헨리를 보자 눈에 불이 번쩍했다. 에르스가 그렇게 된

데에는 이 노예 상인의 공헌이 가장 지대했기 때문이다.

"이 돼지, 어떻게 하면 되겠어?"

나는 에르스와 페리나를 보면서 그렇게 말했다.

페리나도 그 돼지를 보면서 눈살을 찌푸렸다. 헨리는 상황 파악이 아직도 안 됐는지 그 두꺼비 같은 얼굴에 땀을 삐질삐질 흘리면서 '왜 그러세요?'를 연발하고 있었다.

"죽도록 패서 돼지우리에 처넣어!"

좋았어, 페리나. 아주 마음에 드는 처단 법이다. 나는 생긋 웃으면서 수다쟁이 놈의 검집을 들어 놈을 엄청 두들겨 패주었다.

그 후에 일어난 일은 말하지 않아도 뻔했다. 흠씬 두들겨 패준 후에 돼지우리에 처넣어 주었다. 그 비계 덩어리를 넣는 것이 쉬운 일이 아니었지만 발로 차서 돼지우리에 밀어 넣었다.

헨리는 움직이지도 못하고 가만히 그 안에 처박혀서 웃음거리가 되는 수밖에 없었다. 이러고 나니까 속이 다 후련했다.

"마을에서 경비대가 올지도 모르는데 그냥 있어도 돼? 기물 파손 죄로 고발당할 거라고."

페리나는 밝은 모습을 되찾았다. 에르스도 페리나를 실망시키지 않으려고 그녀를 향해 미소 짓고 있었다.

"모두 날려 버리면 그만이야."

"정말이지 무차별한 놈이군."

페리나는 빙그레 웃었다.

이질리스 녀석은 어느 사이엔가 자신의 검신으로 돌아가 있었고 나는 괜찮은 노예를 물색해서 이질리스에게 밥이나 줘야겠다는 생각이 들었다. 하지만 그전에 처리해야 할 것들이 있었다. 수풀 속에서 떨고 있는 두 녀석이 있었던 것이다.

"야, 거기 있는 두 녀석, 어서 나와."

나는 내가 헨리를 처단하는 것을 보고 있던 두 녀석을 불러 세웠다.

다른 놈들은 거의 모두 도망가고 없는 것 같았지만 수풀 속에 한 놈이 숨어서 날 지켜보고 있었던 것을 이미 눈치 채고 있었던 것이다.

"아, 사키디온 씨. 이 아이를 드리려고 말이죠."

피욜드가 간사한 웃음을 만면에 띠면서 나에게 다가왔다. 그의 손 안에는 그 로나릴이라고 하는 미노르 족의 소년이 들려 있었다. 저런 것을 뇌물이라고 하는 건가.

나는 흐응~ 웃으면서 로나릴을 받아 들었다.

"저는 강한 사람을 좋아해서 말이죠. 실은 제가 말이죠, 헨리 주인님과는 아무런 상관이 없기 때문에……."

"그래?"

나는 자비롭게 웃었다. 꼭 그런 녀석들이 있다. 강한 놈에게 빌붙어서 편하게 살다가 더 강한 놈이 나타나면 얼른 마음을 바꾸는 녀석들이. 피욜드가 바로 그런 족속의 인간이었다.

퍽!

나는 놈의 면상을 이질리스의 날이 없는 한쪽 방향으로 쳐주었다. 아까부터 주먹이 근질근질했는데 이 느끼한 놈을 때려주니 속이 후련해진다.

"정말, 무서운 놈이야."

페리나가 고개를 절레절레 흔들면서 감탄해 주었다. 나는 피욜드를 한 방 먹인 후에 로나릴이라는 꼬마를 지그시 노려봤다. 꼬마가 날 불안한 눈으로 바라보았다. 꼬마는 다소 동경 어린 눈으로 나를 바라보고 있었다.

"저기, 제 원수를 갚아주셔서 감사합니다."

로나릴은 개미 기어가는 소리로 이렇게 말했다.

"웃기지 마. 난 네 원수 갚아주러 온 것이 아냐."

"당신같이 강한 사람은 처음이에요."

나는 그 꼬마의 몸에 코를 박고 그 향기를 맡았다. 미노르 족이라는 녀석의 피는 쓸 만할 것 같군.

"꼬맹아, 뭐라고 생각해도 좋으니 네 피 좀 슬쩍하마."

나는 이질리스를 들어서 녀석의 몸에 상처를 냈다. 녀석은 파리해진 얼굴로 몸이 굳어졌다. 수다 검은 충분한 피를 먹었지만 이질리스는 아직도 피가 부족했을 것이다. 덧붙여 돼지고기 삼겹살 놈에게 시달리느라 피곤했을 테고.

"너, 뭐 하는 거야? 애한테?!"

"응, 애완 동물에게 먹이를 주고 있어."

다행스럽게도 이질리스가 그 피는 약간씩 흡수하는 것 같았다. 먹일 만큼 피를 먹인 다음 나는 이질리스를 다시 등에 멨다. 꼬마는 자신에게 일어난 이상한 일에 놀라서 아직도 크게 뜬 눈을 깜빡이지도 못하고 있었다.

"페리나, 아젠은 어딨지?"

"그 말? 저쪽에 묶어뒀었는데 죽어버렸네."

페리나는 이렇게 말하면서 마구간 쪽을 바라보았다.

내가 날뛰다가 무너뜨려 버린 마구간 담에 맞아 죽은 모양이군.

아까운 아젠, 바보같이 벌써 죽어버리다니.

하는 수 없이 난 불타고 있는 마구간에서 두 마리 말을 빼내 한 마리에는 페리나와 그 에르스란 놈을 태우고, 그리고 다른 한 마리에는 내가 탔다.

"자, 그럼 에르스, 페리나 눈에 눈물 나오게 하면 넌 남자도 아니다."

내가 그렇게 말하면서 녀석의 어깨를 퍽! 치자 녀석은 아픈 표정을 지었다. 그리고 난 후 페리나에게는 다가가서 뺨에 살짝 키스해 주었다.

"야, 색한 놈아!"

자, 이제 출발하는 게 좋겠다.

이 시장도 불바다가 되었으니 귀찮은 인간들이 오면 좋을 것도 없다. 무엇보다도 날뛰는 사이에 벌써 저녁 시간이 다가오니까.

"저기, 저도 데려가 주세요!"

로나릴이라는 소년이 나를 올려다보고 있다.

"전 당신처럼 강해지고 싶어요!"

꼬마 로나릴의 외침과 동시에 마을의 경비대가 달려 들어왔다.

"절 데려가 주세요. 피든 뭐든 다 드릴게요!"

"좋아, 넌 식량이다. 난 비록 남잘 좋아하지 않지만, 여행엔 비상 식량이라는 것도 있지."

나는 놈을 안고 말 앞에 태웠다. 이질리스에게 필요한 식량이라고 생각하고 이 꼬마를 데려가기로 마음먹은 것이다.

"자, 그럼 출발한다!"

페리나와 에르스, 나는 각각 다른 방향으로 말을 몰기 시작했다.

바람이 시원하게 불어오고 있었다.

수다쟁이 검과 공갈 검 I ·· 밤의 기억

우리들은 생물도 무생물도 아니었다.
단지 마검이라는이름으로 불리고있을뿐.

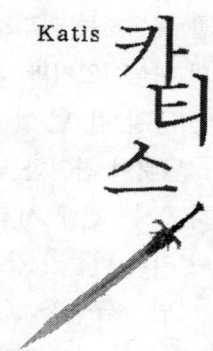

Katis 카티스

어김없이 밤이 찾아왔다. 밤은 나만의 시간이었다.

그는 그 시간 안에 갇히고, 나는 그 시간 안에 열린다. 아름다운 별들이 검은 하늘에 박히고 숲에는 적막이 깔리는 시간에 나는 속박에서 헤어난다.

"쳇, 지겨운 밤!"

카티스, 그가 이렇게 말했다. 그는 지금 아주 귀엽고 예쁘장한 소녀로 변해 있었다. 아름다운 긴 머리카락에 피와 같이 붉은 눈동자, 녀석은 절벽 가슴 계집아이의 몸이라고 정색을 하지만 낮의 녀석보다 오히려 밤의 녀석이 더 아름답게 보이는 것은 내가 남성이기 때문일까?

"수다쟁이 검 녀석은 강해지는 시간에 왜 난 속박을 받아야 하난 말야!"

카티스는 투덜거리면서 마음을 달래었다. 나는 옷을 단정히 하고 카티스에게로 다가갔다. 그는 날 수다쟁이라고 불렀다. 잔소리를 싫어하는 카티스다운 발상이다. 언제나 자신만만하고 제멋대로인 녀석이었지만 나는 때때로 그 녀석에게 연민을 느낀다.

"공갈 검, 넌 뭘 생각하고 있어?"

달빛이 찬연한 밤이면 이질리스Izilis의 푸른 날이 창백하게 보였다. 그는 한때 사검(死劍)이라고 불렸지만 지금은 주인을 잃어버린 외짝 비둘기 같은 존재, 주군이 아직 없는 마검이었다.

"넌 누구지?"

이질리스는 카티나를 보면서 이렇게 말했다. 나는 카티스를 남자일 때는 카티스로, 여자일 때는 카티나라고 따로 나누어서 부르고 있었다. 잘못하면 헷갈리는 일이 있기 때문이다. 이질리스는 카티스가 바로 앞에서 여자아이로 변했는데도 별로 인식을 못하는 듯싶었다. 이런 것을 '보고도 믿을 수 없다'라고 하는 것인지도 모르지.

"이 자식아, 넌 눈이 삐었냐?"

카티스가 신경질 난다는 듯이 이렇게 말하면서 흘러내리는 옷을 끌어올리며 자신을 알아보지 못한 이질리스를 구박하고 있다. 소녀의 몸에 본래의 옷은 너무나 컸다.

이질리스와 나는 다른 류(類)의 마검이었지만 우리는 서로의 존재를 인정하고 있었다. 기억과 그 생각과 쓸쓸함까지. 인정할 수밖에 없었다. 어젯밤, 맨 처음 검과 검이 맞부딪쳤을 때 나는 그 녀석의 기억을 읽었고, 그래서 그것을 인정했다.

"넌 아침의 그 녀석이 아니잖아?"

이질리스는 거의 자신의 키보다 한 뼘이나 작아진 카티나에게 가까이 다가갔다. 카티스는 눈을 게슴츠레 뜨면서 그를 바라보았다. 이질리스는 카티나의 뺨에 손을 대었다.

"향긋해."

그는 슬픈 표정을 지으면서 이렇게 말했다. 반면 이질리스를 향한 카티나의 표정은 말이 아니었다. 껄끄러운 기분이겠지.

그의 피의 향기는 진하다. 본인도 알고 있을 것이다. 내 추측에 지금과 같은 소녀의 몸일 때 카티스의 피의 향기가 더 짙어지는 것 같았다. 그것은 마검과 같은 흡혈 종족에게 더할 나위 없이 좋은 식삿감이었다.

이질리스는 카티스의 뺨에 입을 가져다 댔다가 카티스에게 몇 대 맞았다.

"이 자식, 내 몸에 멋대로 손대지 마. 그리고 난 카티스 사카디은이야. 원래 이런 계집애가 아니라고! 빌어먹을 마법사 놈의 저주를 받아 이렇게 된 거라고 몇 번이나 말해야겠어?! 난 남자 놈이 얼굴 들이대는 것을 별로 좋아하지 않으니까 다신 절대 하지 마."

"카티스……? 아니야, 믿을 수 없어."

이질리스의 한마디가 카티스를 좀 더 썰렁하게 만들었다. 나는 피식 웃으며 옆에서 거들었다.

"맞아. 넌 카티나야, 카티나."

나는 이렇게 말했다가 녀석에게 한 대 얻어맞고 말았다.

"카티나……."

녀석은 향기에 취한 듯이 중얼거렸다. 그 이름을 이름으로 인정하겠다는 말일까. 이질리스는 아련하게 카티나를 바라본다. 이질리스의 기억 안에 있던 어느 누군가가 카티나와 비슷한 걸지도 모르지.

"이 자식들이 진짜!"

카티스, 아니, 카티나는 나의 검신과 이질리스의 검신을 푸욱 땅에 박아 넣었다. 소녀의 몸이라서 별로 힘이 들어가지는 않았지만 보통의 여자애들보다는 힘있는 손놀림이다. 과연 라그나는 다르다.

"남의 몸을 소중히 다뤄줘, 카티나. 널 누가 쓰레기처럼 생각하면 좋겠냐?"

내 말에 카티나는 나의 얼굴을 퍼억— 쳤다.

"입 닥치고 따라오기나 해, 이 쓰레기들아."

아름다운 기억, 슬픈 기억. 녀석도 나도, 이질리스도 그런 기억을 가지고 있었다. 잊고 싶은 것을 잊지 못하는 괴로움은 겪어본 사람만이 알 수 있는 고통이다.

잊었으면서 잊을 수 없고 속박되어 버린 삶은 바로 나의 삶이었다.

엷은 푸른 머리카락의 아름다운 금빛 눈의 소녀.

잊을 수 없는 기억의 그녀, 잊으려 했었지만 아직까지도 그녀를 잊을 수 없었다.

"야, 수다쟁이 검. 식사 시간이잖아, 어서 식사 준비해야지!"

"밥 정도는 이제 내가 안 해도 되잖아. 난 검이라고."

"먹기는 잘 먹는 주제에?!"

이런 식의 대화는 항상 있는 일이다. 이질리스는 나와 카티나의 대화를 들으며 멍하니 내가 피운 모닥불을 바라보고 있다.

"저주받은 검 주제에 시키는 대로 해!"

카티나의 말에 따르면 마검은 저주받은 칼이다. 마음대로 죽을 수 없고 마음대로 살 수도 없는, 싸우기 위한 무기로서 살아야 하는 종족이 바로 마검이다. 우리들은 생명과 기억을 가지고 있으면서도 주군에게 얽매인, 살아 있지 않은 물건과 같은 모순된 존재이다. 또 끊임없이 피와 죽음을 갈구하는 존재이기도 했다. 그런 면에서 볼 때 카티나의 말은 옳았다.

카티나… 카티스는 결국 나와 사검 녀석에게 식사 당번을 시킨 후, 잘 먹고 잠들어 버렸다. 로드를 찾고 있는 나와 로드에게 복수를 하기 위해 여행하는 카티스의 존재도 어찌 보면 굉장히 모순적이라고 할 수 있었다.

카티나가 잠들어 있던 옆에 나도 살짝 누웠다. 은빛 별의 강이 하늘을 아름답게 메우고 있었다. 몇백 년이 지나도 별들은 항상 같은 모습을 보여주겠지?

그런데 난 왜 그것을 잊지 못하는 걸까.

손목과 발목에 사슬을 매고 주인을 잊지 못하는 이질리스와 나는 결국 같은 존재였다.

나도 아직 그녀를 잊지 못하고 있었고, 이질리스 역시 주군의 망령에 사로잡혀 있었다. 카티스를 따라 나선 지금에도 그 녀석은 완전히 아나리드의 왕, 유디엔을 잊은 것은 아니었다.

"이질리스, 너의 주인은……."

이질리스는 성장하지 못했다. 그것은 영원한 마음의 상처 때문일 것이다.

"유디엔님께서 죽었다는 건 알고 있어."

녀석의 입에서 감정이 메말라 버린 목소리가 흘러나왔다. 뇌로는 알고 있어도 인정하고 싶지 않았겠지. 인간이나 마검이나 마음은 다 매한가지인 것 같다. 마검은 오래 살 수 있는 만큼 나약한 존재이기도 했다.

"그래서 유디엔을 죽인 자를 증오해?"

이질리스는 대답이 없었다.

"왜 카티를 따라왔지?"

여전히 그는 대답하지 않았다. 어쩌면 자신도 왜 따라온 것인지 몰랐던 것인지도 모른다. 이질리스는 자신의 주인이 이미 죽었다는 것을 알고 있었지만, 또 그 사실을 알려줄 사람이 필요했는지도.

"난 나의 로드를 찾아가고 있어. 그래서 봉인되어 있던 카티스를 깨웠지."

밤은 시간과 공간을 뛰어넘을 수 있는 시간이기는 했지만 대신 외로움이라는 것이 존재하는 시간이었다. 나는 로드를 찾아가야만 했다. 그리고 카티스도 마법사에게 가야만 했다. 나는 그 자리에서 일어섰다. 나는 감청 색 빛이 나는 검은 날개를 등에서 빼냈다. 이런 외로운 밤이 되면 날고 싶다는 생각이 들었다.

"미드가르드, 넌 원래 마검이 아니지 않아?"

이질리스가 나에게 물었다. 아직까지도 소년의 모습을 하고 있는 그는 틀림없이 기억에 속박되어 자랄 수 없었을 것이다.

"글쎄, 지금은 마검이잖아?"

나는 피식 웃었다. '지금은'이라고 말해도 미드가르드인 나는 원래부터 마검이었다.

"빌어먹을 마법사 녀석……."

카티스는 자신을 봉인했던 마법사를 꿈에서까지 보는 모양이다.

나의 주인… 나의 주인은 강했다. 저런 팔불출 녀석을 잠재울 정도로 말이다. 나는 풀썩 주저앉았다. 비행이라도 하면서 마음을 달랠 생각이었는데 잠들어 버린 이 녀석을 보니 맥이 풀려 버렸다.

녀석은 몸을 움츠리면서 내 다리를 베었다. 나는 날개로 녀석의 몸을 감싸주었다. 소녀의 몸을 한 녀석은 작아서 나의 큰 날개 한 쪽만으로도 덮을 수 있었다. 그러고 보니 이 녀석을 깨운 것이 바로 나였었지.

"널 깨워줄 테니 나의 주인을 찾아가자."

엷은 푸른 머리카락에 한없이 사랑스러웠던 그 소녀. 카티나의 잠든 모습은 그 소녀의 기억을 되살렸다. 색은 전혀 달랐지만 카티나의 검은 머리카락도 그녀의 것처럼 부드러웠다. 나의 커다란 날개에 카티나의 싱긋한 향기가 묻어났다.
"이질리스, 카티스를 따라가자. 재미있는 녀석이잖아?"
나의 말에 이질리스는 아무런 대답도 하지 않았다.
바람에 나무가 춤을 추었고 별이 시리도록 아름다웠다.

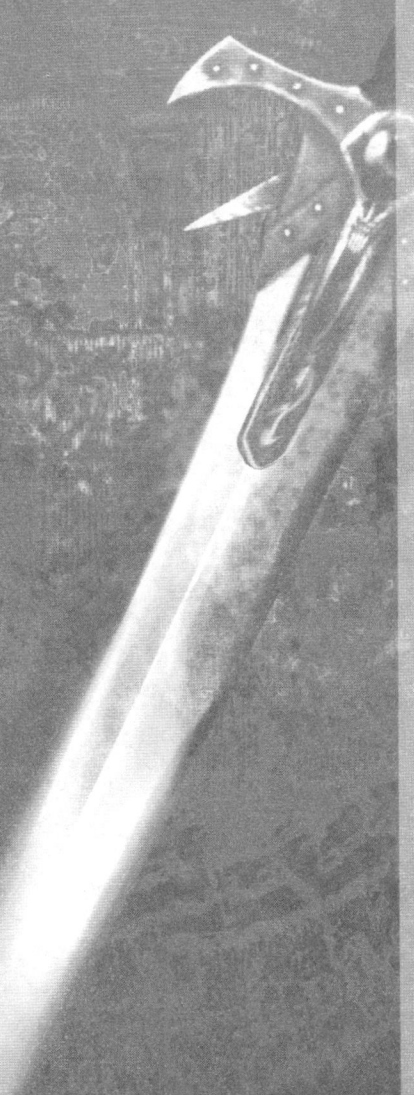

Chapter 4

낮이 오지 않는 숲

저주받은 숲은 그곳에서 나를 속박했고
불길한눈동자가 나를지켜보고 있다.

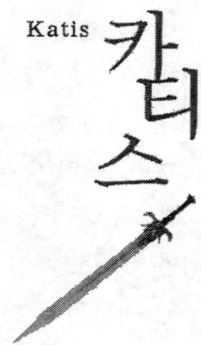

Katis 카티스

이상하게도 지긋지긋한 밤이 계속되고 있었다.

나는 이상한 분위기의 숲을 걷고 있었다. 나와 로나릴, 이질리스와 미드가르드가 말없이 그 길을 걸은 지 벌써 하루가 지났다.

"주인님, 아무래도 낮이 돌아올 것 같지 않아요."

안 그래도 재수없는 때에 꼬마 녀석이 더 더욱 재수없는 소리를 했다.

"그만 소리하면 저기 연못에 처박아 버린다."

나는 눈에 핏대를 세웠다. 녀석은 과격한 말에 일순 몸을 움츠렸다.

이상스러운 숲에 들어선 이후 괴이하게 낮이 돌아오지 않고 있었다. 옛 마법사의 마력이 남아 밤을 유지하고 있는 것이 아닐까 하는 미드가르드의 말이 신빙성이 있다고 생각될 정도였다.

"이 마을에 들어서기 전에 들었잖아. 낮이 오지 않는 이상한 마을이 있다고."

미드가르드가 당황하는 나에게 그렇게 말했는데 난 그런 기억이 전혀 나지 않았다.

"또 안 들었구나?"

"난 너처럼 수다 떠는 취미가 없어."

"난 수다 떠는 게 아냐. 정보를 주고받는 거지. 네가 제대로 듣기만 했어도 우린 알타크나의 국경에 더 빨리 도착했을 거야."

난 마법사의 기운이 있는 숲이 있다는 소리를 들었고, 그 때문에 이곳에 들어오게 된 것이다. 이질리스를 손에 넣었을 때, 마법사 녀석은 내가 깨어났다는 것을 알고 내게 이질리스의 과거를 보여줬었다. 그렇다는 것은 모습만 드러내지 않았을 뿐이지, 어쩌면 그 녀석이 근처에서 맴돌고 있을지도 모른다는 것이 아닌가? 그 때문에 마법사의 기운이 있다는 숲에 대한 소문을 듣고 나는 그곳으로 행로를 정했다. 그런데 이런 재수없는 일이?!

"벌써 하루는 걸었을 거예요. 정말이지 오랫동안 걸었다고요. 주인님, 좀 쉬어가요. 그동안 밥도 제대로 못 먹고 쭉 걷기만 했잖아요, 네?"

"시끄러워, 신경질 나 죽겠는데 날 피곤하게 하지 마."

"그동안 이상한 괴물들도 만나고, 외눈박이 거인도 만나고, 또 뱀 머리의 인간도 만났고… 또 그것들을 주인님이 다 죽였잖아요. 게다가 또 이상하게 밤이 안 지나가질 않나, 주인님은 여자가 되질 않나, 저 검들에서 인간들이 튀어나오질 않나… 이곳도, 주인님도 정말 알 수가 없다고요."

난 이 녀석을 데려온 것을 후회하고 있었다.

로나릴이라고 하는 이 하프 미노르 족의 꼬마는 수다쟁이 검보다 더 수다쟁이였던 것이다. 수다 검 때문에 골치 아파 죽겠는데 저 꼬맹이의 나불대는 소리까지 들어야 하다니.

"조용히 안 하면 호수에 던진다, 이 하얀 머리 검둥이 꼬마."

"너무해요. 절 그렇게 표현하는 것은 주인님뿐이라고요. 그리고 주인님은 그렇게 예쁜 소녀의 몸을 하고서 어찌 그런 과격한 표현을 쓰는 거예요? 전 이해가 안 가요."

난 그렇게 생각할 수 있는 네놈이 더 이해가 안 간다. 계집아이의 모습인 나와 키가 거의 비슷한 로나릴은 찡얼거리면서 날 주인님이라고 부르고 있었다.

"닥쳐! 난 원래 남잔데 왜 계집애처럼 부드럽게 행동해야 하는 거냐?"

"그래도 상황에 맞게 행동하셔야죠!"

나는 로나릴의 엉덩이를 뻥! 소리 나도록 걷어차 주었다. 시끄러운 나불나불 꼬마는 나에게 걷어차이고 앞으로 엎어졌다.

"이 숲, 마법에 걸린 것 같아."

모처럼 앞장서서 걷던 공갈 검 녀석이 이렇게 말했다.

로나릴은 훔쳐 온 말, 커트린을 진정시키면서 이질리스 쪽에 시선을 두었다. 커트린은 푸르르, 소리를 내면서 콧김을 내뿜고 자기보다 작은 꼬마인 로나릴이 마음에 안 들었는지 말을 듣지 않으며 로나릴의 머리카락을 입으로 물었다.

나는 로나릴의 머리를 때렸다.

"왜 때려요?"

"커트린 잘 보살피라고 했잖아! 저 망할 검들을 들 유일한 말이라고."

"전 잘 보살피고 있어요! 주인님, 절 공 차듯이 뻥뻥 차다니 너무해요!"

"시끄러워. 커트린은 내가 여자 몸일 때 저 크고 무거운 마검들을 들고 가기 피곤할까 봐 친히 훔쳐 온 거란 말이다. 소중히 해."

한 대 맞은 로나릴은 불만이 많은 듯 퉁퉁 부어 있었다. 하지만 곧 화젯거리가 생기면 또 그 가벼운 입을 열 테니 신경 쓸 거리도 되지 못했다.

불길한 숲은 이어지고 있었다. 계속해서 걸어도 마을과 같은 곳은 나오지 않았고 로나릴의 말대로 인기척도 느낄 수 없었다. 이곳에서 헤맨 지 벌써 며칠 지난 것 같지만 수다 검은 실제로는 하루 정도밖에 지나지 않았다고 했다.

앞서서 걷던 미드가르드는 심각한 얼굴로 나를 돌아보았다.

"낮이 돌아오지 않는 저주가 걸려 있는 것 같은데?"

"그렇다면 마법사가 숲에 건 저주라는 건가?"

미드가르드 녀석은 고개를 끄덕였다. 로나릴도 수다 검의 옆에서 말을 거들었다.

"기분 나쁜 숲이에요. 누군가가 보고 있는 것 같고, 또 지나가는 사람들도 없어요. 며칠 동안 살아 있는 사람은 보지 못한 느낌이에요. 저 나무들도 살아 있는 것 같아서 기분 나빠요."

"재수없는 소리하지 말라고 했지."

나는 로나릴에게 엄포를 놓았지만 녀석은 원래 모습보다 여자아이의 모습인 내가 훨씬 무섭지 않기 때문인지 계속해서 나불거리기 시작했다. 저 녀석은 수다쟁이보다는 나불이 쪽이 더 어울릴 것 같군.

"그나저나 정말 난감하군."

수다 검은 턱을 만지작거렸다.

"주점에서 들은 말인데 이곳은 마법에 걸린 숲이고, 숲 깊은 곳에 남작가의 저택이 있었다고 들었어. 쭉 가다 보면 남작가의 저택을 발견할 수 있다고 하는데, 그 저택 안에는 사람은 없고 괴이한 올빼미의 울음소리가 난다라고 하던걸?"

"올빼미?"

올빼미라면 그 밤에 나타나서 쥐를 잡아먹는 동그랗게 생긴 새인데, 그 새가 어떻다는 거야?

"그걸 왜 지금에야 얘기해 주는 거지?"

"네가 안 물어봤잖아. 또 한 가지는 숲에 들어간 사람은 절대로 돌아오지 못한다는 말도 있어."

"그럼, 그 올빼미 울음소리를 들은 건 누군데? 말이 안 되잖아. 절대 돌아오지 못한다고 하는데 올빼미를 봤다는 소문이 퍼졌다는 건 다 헛소문이라는 증거야."

그러나 그 이야기가 로나릴에게는 신빙성있게 들렸나 보다. 까만 얼굴이 질려서 파리해졌다. 저런 걸 보면 어린아이들이 이 숲에 들어가지 못하게 하기 위한 거짓말이 아닌가 싶다.

"주인님, 돌아가는 것이 좋겠어요. 아무래도… 왠지 불길한 곳이잖아요."

"시끄러워. 돌아가긴 어떻게 돌아가? 돌아갈 길이 어딘지도 모르는데."

나의 핀잔에 로나릴은 고개를 숙였다. 어린애처럼 풀이 죽어 있다가 갑자기 손가락으로 앞쪽을 가리키며 소리쳤다.

"불빛이!"

불빛만이 아니라 인간의 냄새도 났다. 이질리스도 그쪽을 바라보았다.

"인간들이다, 카티나."

얼마 지나지 않아 그쪽도 우리를 발견할 것이다.

"저쪽도 여러 명인 것 같아요. 제가 가서 말해 볼까요?"

로나릴은 모처럼 인간을 만난 것이 기뻤는지 자청하고 나섰다.

녀석은 인간들이 있을 것으로 추정되는 쪽으로 달려갔다. 그러다가 전처럼 노예 사냥꾼에게 잡혀 들어가면 어쩌려고 방정맞게 행동하고 있는지……. 쯧쯧.

게다가 나의 귀여운 말 커트린을 내팽개치고 가다니, 언젠가 널 호수에 던져 버릴 테다.

"위험한 사람들일지도 모르는데……."

미드가르드가 그렇게 말하자 이질리스도 고개를 끄덕였다.

그러나 우리의 예상은 빗나가고 로나릴은 밝은 얼굴로 돌아왔다. 그리곤 우리들에게 빨리 오라고 기쁜 듯이 손짓하고 있다. 약간 불안한 감이 없지 않았지만 지금은 수다 검도 있고 마검도 있기 때문에 여차하면 베어버리면 그만이라고 생각하며 나는 커트린을 그쪽으로 몰고 갔다.

그곳에는 인간 세 명과 말 세 마리가 있었다. 세 명 중 한 명은 흰 갑옷을 입고 있는 여성이었고, 다른 놈들은 훤칠하게 키가 큰 긴 머리를 땋아 내린 남자와 다소 근육이 붙은 거구의 중년 남자였다.

"이 사람들은 이곳에서 무언가를 찾고 있대요. 주인님, 저희도 찾고 있는데 잘됐죠? 무서웠는데 안심하고 갈 수 있을 것 같아요."

넌 저쪽이 수상하다고 생각하지 않는 거냐. 이 꼬마는 상대가 인간이니 무조건 안심하는 것 같았다. 그러니까 노예 상인에게 잡히는 얼간이 같은 짓을 하지.

저쪽은 저쪽 나름대로 이쪽에 어린 녀석들이 있는 것을 보고 놀라는 듯했다. 결국 어린아이들(나와 이질리스와 로나릴)과 보호자(미드가르드) 정도로 생각한 듯싶지만.

"이런, 어떻게 이런 곳에 어린애들이……?"

내 생각엔 너희 셋 나이를 다 합해도 나에겐 못 미칠 것 같은데 어린아이라는 말을 들어야 하다니. 그러나 그들은 단지 자신들 쪽이 나이가 많아 보인다는 것만으로 보호 의식을 느꼈는지 우리를 안심시켜야 한다고 생각한 것 같다.

"안녕, 꼬마 아가씨."

편해 보이는 티셔츠를 입고 있는 중년 남자가 싱긋 웃으면서 나에게 인사했다. 젊었을 때는 싸움터에서 꽤나 한몫 했을 것 같은 40대 인간 정도로 보이는 인물이었다. 잘 쳐줘도 기사로 보기는 힘들었고 용병인 듯싶었다.

그 녀석의 머리는 텁수룩했는데 특이하게도 버섯처럼 생겼다. 그 머리카락을 윤기가 나도록 기름을 발라 양 갈래로 잘 빗질했지만 그 거친 머릿결은 여전했는지 정확히 버섯형의 호선을 자랑하고 있었다. 나는 그 머리카락을 보고 그만 피식 웃어버리고 말았다. 편하게 버섯머리 중년이라고 말하도록 하자.

그러나 내 눈길이 더 쏠리고 있는 것은 그런 버섯머리 중년이 아니라 아름다운 얼굴에 붉은 머리카락을 어깨까지 출렁이는 미인 아가씨였다.

"저, 전 로나릴이라고 해요."

우선 로나릴이 자기 소개를 했고, 다른 중재 역할은 여기서 가장 나이가 많아 보이는 미드가르드가 맡았다. 미드가르드도 인간들이 보기엔 별로 나이가 많아 보이지 않을지도 모르지만, 지금 이곳에서 보호자 행세를 할 사람은 미드 녀석밖에 없기 때문이었다.

"전 미드라고 합니다. 이쪽은 카티나, 저 푸른 머리 소년은 리스이고, 그쪽은 아시다시피."

의아해하는 로나릴 녀석의 입을 막아버리고, 대강의 가명을 이야기해 버린 미드가르드였다.

"전 선왕 마이아르 3세의 하나뿐이 없는 누이 동생이신 아스테린 아밀리아 마이엘 라마일님과 전 공작, 라비테르 사이린 아스엔 란디아르 공작님과의 사이에서 태어나시어 대공의 칭호까지 얻으신 엘 테르 아울르 란디아르 공작을 모시는 패러딘(聖騎士) 사이린 에스트란트라고 합니다. 이쪽은 같은 기사 맷쉬 루메드 경, 그리고 이분이 바로 공작님이신……."

"엘 테르 아울르 란디아르라고 합니다, 레이디."

그 검은 머리카락의 젊은 남자는 나의 손을 잡고 그 손에 키스했다. 윽, 느끼해!

인간들은 왜 이름들을 그렇게 길게 짓는지 이해가 안 간다. 너무 부르기 어려우니 엘 공작과 버섯, 사이린이라 부르기로 하자.

"그런데 어떤 일로 당신들은 이 숲에 계시는 거죠?"

그 붉은 머리카락의 미녀, 사이린이 보호자로 추정되는 미드가르드에게 우선 물었다. 어린아이들이라서 적개심은 가지고 있지 않았지만 의아한 생각은 감출 수 없었던가 보다.

"이 숲의 성에 사라진 마을 아이가 있다는 소문을 들어서 가는 중입니다, 패러딘 사이린."

수다쟁이 검 녀석이 대외용 미소를 지었다. 수다 검의 대외용 미소는 다른 사람들로 하여금 자신의 의견을 관철시키는 데 아주

효과적인 능력을 가지고 있었다.

"성(城)이라고?"

버섯머리가 반문했다. 대공이라고 불린 무뚝뚝한 남자도 곰곰이 생각하다가 버섯에게 뭐라고 중얼거렸다.

"이 숲은 여자와 어린애에게 너무 위험한데……."

그 녀석은 턱을 만지작거리면서 의아한 표정을 지었다. 돌아가라고 말하고 싶어도 돌아갈 길이 없으니 난처한 듯했다.

"대공님, 저희가 찾고 있는 하울의 성을 이 사람들도 가고 있는 겁니까?"

버섯머리가 사이린의 말에 고개를 끄덕인다.

"이 아이들은 사라진 아이의 친구로, 소문을 듣자마자 친구를 구해야 한다고 나서더군요. 말렸지만 막무가내여서 하는 수 없이 제가 보호자로 따라온 것입니다만… 이 아이들에게 이 숲은 너무 위험한 것 같군요."

거짓말도 잘하는군. 귀찮은 것을 싫어하는 이 몸과 입이 하나여도 열 개의 행세를 하는 나불이와 무뚝뚝하고 냉정하기 그지없는 공갈 겸 이질리스가 과연 친구와의 의리를 지키기 위해 귀찮고 어려운 모험을 할 것이라고 생각할 수 있겠나?

미드가르드의 말이 통할 리가 없다고 생각하고 있었는데 인간의 얼간이들에게는 통하고 있었다. 엘 공작은 곰곰이 생각에 잠겼다. 귀족적으로 보이는 자태가 명령을 하는 데 익숙해 보이는 녀석이었다.

"일단 이분들과 함께 행동하는 것이 좋겠군. 지켜드려야겠다."

"네, 대공님."

누구 멋대로 이래라저래라냐?

네가 공작이면 다냐! 난 인간의 작위에는 전혀 관심이 없단 말이야!

속으로 중얼거려 봐야 소용이 없다는 것을 알고는 있었지만, 나는 그 말을 입 밖으로 내뱉지 못해 은근히 부아가 치밀어 올랐다.

엘 공작의 외모를 묘사하자면 머리는 하나로 땋아 내렸고, 남자다운 선을 가진 얼굴에 다부지게 생긴 입을 가진 혈기왕성한 나이대의 젊은이였다. 단지 영지에 있는 백성을 조금이라도 배려해야 한다는 이상한 강박 관념이 머리 속에서 항시 불타고 있는 것 같아 조금 거북했지만.

"그래 주신다면 은혜 잊지 않겠습니다, 란디아르 대공님."

미드가르드 녀석이 무슨 소리를 하는 거야? 저런 인간들과 같이 다니면 오히려 거추장스럽기만 할 뿐이란 말이야!

녀석은 눈짓으로 나에게 맡기라고 말하고 있었다.

널 믿느니 훔쳐 온 말 커트린을 믿겠다. 나는 코웃음 쳤다.

그러나 저 녀석들이 보기에 우리 파티는 정말 수상하게 보였을 것이다. 수상한 계집애와 제비같이 생긴 미드가르드, 손목에 쇠사슬을 차고 계집아이 같은 복장을 하고 있는 이질리스, 그리고 전직 노예였지만 지금은 한낱 나불이로 전락한 로나릴. 이 네 사람을 보고 정상적인 여행자나 마을 소년 소녀라고 생각할 사람은 아무도 없었다.

그러나 이 인간들은 너무나 단순해서 눈물 자아내는 우정에 관련된 이야기를 듣곤 단번에 믿어주고 있다. 졸지에 같은 마을 소꿉 친구들이 된 나와 로나릴, 이질리스는 서로 아무 말 없이 하울인지 아울인지 하는 성으로 가기 위해 발걸음을 옮기고 있었다.

말 달리기에 그다지 좋지 않은 수풀이 우거져 있었기 때문에 말을 모는 것이 용이치 않았다. 하는 수 없이 모두 말에서 내려 도보로 성을 찾아가기 시작했다.

여전히 밤은 끝나지 않고 있었다. 하울의 성에는 그 마법사라는 존재가 있는 걸까? 나를 봉인했던 마법사는 아니어도 좋으니, 내 저주를 풀어줄 수 있는 녀석이라면 괜찮을지도 모르겠다는 생각이 들었다.

"너무 힘들어요. 좀 쉬었다 가요."

로나릴이 찡얼거리기 시작한다. 내가 주인님이라는 말을 하지 말라고 으름장을 놓았기 때문에 수다쟁이 녀석은 최대한 말을 조심하고 있었다.

"아무래도 애들에게 이곳은 무리겠죠?"

버섯머리 맷쉬가 호탕하게 대공에게 말했다.

"지금은 모두 지쳐 있을 때로군. 좀 쉬어가는 것이 좋겠다."

하지만 마검 녀석들은 별로 피곤함을 느끼지 않는 것 같았다. 마검이어서 그런가.

"와아, 그럼 일단 쉬고 가요, 네? 계속 걸어서 피곤하단 말이에요. 저희 주인님은 몰인정한 분이셔서 지금까지 쉬는 것을 허락하지 않으셨거든요."

"주인님?"

사이린이라는 붉은 머리카락의 여기사가 눈살을 찌푸렸다.

"하하, 애들끼리의 장난이죠 뭐."

미드가르드 녀석이 로나릴 놈의 앞을 가로막으면서 말했다. 내가 봐도 어색해 보인다. 아마 곧 들통 날 거야, 이렇게 이상한 일행들은.

그렇게 생각하는 사이에 사이린이라고 하는 그 여기사와 버섯 머리가 말의 고삐를 나무 밑에 매었고, 나도 로나릴을 시켜 커트린을 묶어놓았다. 두 개의 검은 모두 내가 들었다. 젠장, 정말 무겁군.

"주인님, 제가 들어드릴까요?"

놈이 이렇게 말했을 때 나는 놈을 찼다. 녀석이 다리를 어루만지면서 아픈 표시를 냈다.

"여기선 주인님이라고 부르지 말라고 했지, 이 입 나불이."

로나릴은 입을 다물었다.

수다 검과 공갈 검 녀석을 보니 갑자기 어떤 생각이 떠올랐다.

가만히 생각해 보니 마검의 본체는 자신의 몸을 들 수 없다. 그러나 마검들은 서로에게 상처도 입히고 물리적인 공격을 가할 수도 있었다. 그렇다면 아마도 다른 몸은 들 수 있다는 뜻이 아닌가?

"하나씩 들어."

나는 작은 목소리로 말하면서 각각 다른 검을 쥐어주었다. 이질리스의 손에는 수다쟁이 검을, 미드가르드의 손 안에는 공갈 검 놈을 쥐어줬다. 그 녀석들은 그것을 각각 받아 들고는 잠시 동안 말이 없었다. 그렇게 검을 한참 동안 바라보다가 이상한 느낌이 들었던지 동시에 서로의 얼굴을 보았다.

"너희들, 사귀냐?"

이 두 마검 녀석들은 각각의 다른 몸을 들고 있다는 것 자체가 신기했을 것이다.

그래서 묘한 기분에 서로를 바라보았을 것이다. 하지만 그 모습은 모르는 사람이 보았다면 서로의 사랑의 감정을 확인하는 모습으로도 보일 수 있겠다 싶었다.

"무슨 그런 썰렁한 말을."

미드가르드 놈이 공갈 검의 검신을 집어 들면서 말했다. 이질리스, 그 과묵한 녀석도 그것을 집어 들고 평소 때와 같이 입을 다문 채였다.

"신기한 검들이로군."

검에 관심을 가진 것은 엘 공작이었다. 귀족이어서 그런지 검을 보는 눈썰미가 있었던 것이다. 아버지의 유품이어서 아무에게나 보여줄 수 없다는 말도 안 되는 말로 수다 검 녀석이 얼버무리지 않았다면 넋이 나간 채 마검을 바라보고 있었을 것이다.

엘 공작이 정말 귀족이라면, 어쩌면 그것들이 마검이라는 것을 알아차렸을지도 모른다는 생각도 든다.

"꼬마 아가씨는 친구가 어떻게 되었기에 직접 성을 찾아가는 거지? 다른 녀석들에게 맡기면 되었을 텐데……."

버섯이 나에게 물었다.

"친구가 납치당한 데다 설상가상으로 카티나까지 저주에 걸렸거든요. 그래서 친구도 구할 겸, 그 저주를 풀기 위해서 이곳을 찾아온 겁니다."

이번에도 수다 검 녀석이 적당히 얼버무렸다. 이 녀석은 연기에 능숙했던 것에 비해 공갈 검을 비롯한 다른 녀석들은 전혀 그렇지 않았다.

"저주?"

엘 공작이 미드가르드를 바라보았다.

"혹시 공작님께서도 저주에 대해 아시는 것이 있습니까?"

나는 미드가르드 녀석의 진지한 얼굴을 응시했다. 녀석은 틀림없이 뭔가 알고 있다.

"소문을 들은 일이 있습니다. 란디아르 대공의 동생 분이신 케시아 마이렌 시알 란디아르님이 저주에 걸리셨다는 것 말입니다."

나는 그런 말을 들은 일이 없는데. 역시 미드가르드 놈은 밤에 여기저기 놀러 다니는 거였어. 그러니까 내가 모르는 것까지 알고 있지.

"그건……!"

사이린이라는 그 여기사가 말을 막았다.

"아니, 상관없어, 사이린."

사이린은 엘 공작의 말에 흥분을 가라앉히고 입을 다물었다.

"잘 아는군, 청년."

호쾌한 얼굴로 버섯머리가 껄껄껄 웃어대기 시작했다. 호탕한 중년다웠다. 세상에 대해 초월한 느낌이 드는 사내놈이다.

"맷쉬님! 웃지 마세요, 이 일은 장난이 아니라고요!"

사이린의 말에 버섯머리는 웃음을 그쳤다.

"케시아 마이렌 시알 란디아르님에 대한 소문은 사실이었나 보군요. 전 그냥 뜬소문인 줄 알았습니다. 그래서 이 숲에 있다는 하울 남작의 성을 찾아오신 겁니까?"

왜 이 수다쟁이 남자는 그런 이야기는 안 해주고 날 이 숲으로 꼬드겼단 말인가. 이 녀석은 능글맞은 녀석이다! 낮이 돌아오고 일이 끝나면 저놈의 검에게 땅속 구경을 시켜줘야겠다.

엘 공작은 미드가르드의 질문에 잠시 생각에 잠겼다가 조용히 입을 열었다.

"실은 하울 남작의 성에 케시아가 있다."

"네?"

케시아라고? 저 공작의 여동생인 것 같았다.

공작도 괜찮아 보이는 얼굴의 소유자이니 여동생은 더 예쁘려니 하는 생각이 들었다. 여하간 저 치들은 잡혀간 공주님을 찾아온 기사와 같은 존재라 이 말이지?

"저는 제 동생인 카티나의 저주도 풀기 위해서 성을 찾아왔지만 저 소년들도 모두 동행하겠다고 해서요."

나는 놈의 얼굴을 뜯어보면서 흘겨보았다. 절대 그렇게 보이지 않는 소년들이라고, 알아? 게다가 지금 말이 앞뒤가 안 맞잖아?

"그런데 대체 어떤 저주를……."

사이린이라는 그 계집애가 놀란 듯이 말했다.

"그건 차마 말씀드리기에 부끄러운 저줍니다."

미드가르드 난처한 미소를 지으며 말했다. 물론 그렇게 말하니까 더 이상 물어보는 녀석은 없어서 다행이었다. 그러나 그 저주에 걸렸다는 날 어떻게 생각하겠냐, 이 멍청한 마검아.

이곳에 온 뒤로 식사도, 양분 섭취도 제대로 못해서 짜증 나지만 뭐, 할 수 없지. 정 배고프면 저 로나릴 녀석부터 해치우자. 저 맛없어 보이는 버섯은 건들지 말고, 또 사이린이라는 계집애부터 먹어야지. 그리고 그 다음은…….

"저기요, 배고픈데 우리 밥부터 먹죠? 식사하고 얘기해도 늦지 않아요. 네?"

"그럼 그러자, 꼬마야."

버섯이 씨익 웃으면서 말했다. 사이린이라는 계집애가 못마땅한 얼굴을 했지만 나도 배가 고프니 말없이 그 말을 따르기로 했다.

"저 꼬마는 대체 왜 사슬을 묶고 있는 거지?"

버섯머리가 수다쟁이에게 물었다. 이질리스의 일이 마음에 걸렸던 것이다. 아니, 보통 사람이 팔에 쇠사슬을 차고 있다는 것 자체가 이상하게 보였던 것이다.

"취미예요."

미드가르드의 말에 분위기가 잠시 바뀌었다.

"이상한 취미… 로군요."

"요새 애들이 다 그렇죠 뭐."

같지도 않은 이유를 갖다 붙이는 수다 겸 녀석도 이상하지만 그 걸 받아들이는 녀석도 이상했다. 이질리스는 이상하게도 평소보다 훨씬 얌전했다. 녀석은 나무 그루터기에 앉아 말없이 허공을 응시 하고 있었다. 나 역시 인간의 시끄러운 무리들이 싫었지만 그냥 착하고 예의 바른 척했다.

짜증 나는 일임에는 틀림없었지만 귀찮지 않으려면 그러고 있 는 게 편했다.

원래 식사만 하고 가려던 것이 어느 틈인가 야영이 되어버렸다. 로나릴이 내 다리를 베고 잠들어 버렸던 것이다. 그 귀족 녀석들 이 너무나도 재미없는 이야기를 중얼거렸으니까 그럴 만도 했고, 나도 피곤해서 잠들어 버렸다.

탁탁, 장작이 타는 소리가 거슬려서 눈을 떴을 때엔 한 사람, 아 니, 세 사람만을 제외하고 모두 잠들어 있었다.

정확히 말하면 이질리스와 미드가르드, 이 두 마검 놈들은 잠들 어 있는 척하고 있었다.

또 하나 깨어 있는 것은 그 엘이라는 대공이었다.

녀석은 길게 땋아 늘어뜨린 머리를 출렁이면서 내가 깨어난 것 을 느꼈는지 나를 바라본다.

"미안, 시끄러워서 일어났나?"

"아, 아니……"

나는 최대한 말을 하지 않기로 했다. 내가 성깔 나쁜 라그나라는 것을 들켜봐야 도움이 되지 않을 것 같았기 때문이다.

"미안, 예민한 아이로구나."

엘 공작은 생긋이 웃으면서 말했다.

미드가르드나 그 여기사 계집애가 있을 때는 무뚝뚝한 모습만 보이더니 지금은 이상하게 미소를 보였다. 아주 쓸쓸하고도 슬픔이 깃들어 있는 미소였다. 내가 애 같아 보여 만만해서 그런가.

"아니, 괜찮……."

나는 놈의 옆으로 가면서 내가 생각해도 간지러운 목소리로 대답했다.

밤 공기가 차가웠다. 저주받은 숲이라 별도 보이지 않는 밤하늘이 어둠을 살라먹을 것같이 머리 위에 펼쳐져 있다.

엘 공작이 보고 있는 것은 허공이었다. 이 인간에게 나쁜 기억이 있을지도 모른다.

인간이라는 짐승은 하찮은 것에 슬퍼하고 웃고 우는 종족이다. 이자도 다른 인간과 다를 바 없겠지.

나는 녀석의 얼굴을 보았다. 남자다운 얼굴 선은 옆에서 보면 과묵해 보였지만 어딘지 모르게 깜둥이 로나릴과 닮았다는 생각이 들었다. 하긴, 로나릴은 까만 놈이고 이놈은 흰 놈이니 별로 비슷하지 않았지만 그 얼굴 선이 닮아 있었다.

"내 얼굴에 뭐가 묻었나?"

그는 내가 자기 얼굴을 뚫어지게 쳐다보는 것을 보고 물었다. 나는 고개를 저었다.

"비슷해."

엘인지 에이친지 하는 그 대공이 날 바라보았다. 그 인간의 눈에는 슬픈 기운이 감돌았다.

"내 동생과……."

역시 엘 대공의 동생은 계집애인 모양이군.

"동생이 저 같았나 봐요."

나는 최대한 연기하고 있었다. 실제의 몸이라면 저 녀석을 이대로 보고 있을 리 만무했다.

나는 조심스러운 척하면서 물었다. 뭐, 인간들은 이런 것을 청순 가련인지 청순 가증인지라고도 말하지. 하지만 난 재미있으니 청순 가증한 척하기로 했다. 지금 생각해 보니 가끔 이 모습으로 인간의 남자를 놀려먹는 것도 재미는 있을 것 같았다.

"어릴 적엔 그랬어. 하지만 지금은 훨씬 홀쩍 커버렸지. 게다가 내 손에 닿지 않는 곳에 있어서……."

그 녀석은 고개를 돌려 잠들어 있는 로나릴과 나무에 기대어 있는 이질리스를 바라본다. 여느 때나 볼 수 있는 흔한 노숙객의 모습이었지만 이종(異種)과 같은 그들은 인간에 비해 이질적으로 보였다.

"이상해, 너와 다른 사람들은."

녀석은 로나릴을 보면서 중얼거렸다.

"너는 마치 인간이 아닌 것 같고 다른 사람들도 그래. 특히 쇠사슬을 매고 있는 소년이 그렇지. 마치 죽은 것처럼 조용하고, 또 생기가 느껴지지 않아. 너의 오빠라고 하는 사람이나 저 검은 피부의 소년만은 살아 있는 것 같은 느낌이 들지만 인간이 아닌 것 같고……."

실은 나와 함께 가고 있는 저 떨거지 녀석들 가운데 인간은 없다고 해도 과언이 아니다. 일단 공갈 겸 녀석과 수다쟁이 겸 녀석들은 마검의 본체일 뿐 인간이 아니다. 그리고 나도 엄연히 인간보다 월등한 라그나 라그나드고, 로나릴도 미노르 족과의 혼혈인 반인간인 것이다.

나는 대답하지 않았다. 대답할 이유가 없었기 때문이다.

바람에 흔들리는 검은 나뭇잎은 수상한 숲에 이상한 분위기를 더해주고 있었다. 머리 위에 펼쳐져 있는 칠흑 같은 밤하늘, 의심스러운 기운이 감돌고 있었다. 이 숲은 저주받은 곳이었고, 희미하게 마법사의 냄새가 나고 있다. 그것이 나를 봉인했던 수다 검의 주인의 것인지는 아직 확실하지 않다.

"그럼, 성으로 가서 동생을 구할 거예요?"

그는 고개를 끄덕였다.

"공작님을 닮아서 동생은 아름답겠죠?"

나는 여자 쪽에 더 흥미가 많았다. 꽤 괜찮은 여성이라면 영양 보충도 가능하기 때문에 나쁘지 않다는 생각이 들어 체크해 둔다.

"동생은 나와 전혀 닮지 않았어. 배다른 동생이거든."

하기야 높은 직책을 가진 놈들이라는 것은 항상 그렇다. 본처는 고이 모셔두고 자신은 다른 여자들과 자유롭게 관계를 맺는다. 결국 다다익선(多多益善)이라는 것이다. 남자란 거의 그런 동물이기 마련이다. 나도 예외라고 말하긴 힘들었다.

"이제 그만 자두는 것이 좋아. 이 숲을 빠져나가려면 시간이 걸릴 테니까."

녀석은 무뚝뚝한 목소리로 그렇게 말했다.

밤은 끝나지 않았다. 밤은 밤이었고, 낮 또한 밤이었다.

저주받을 달도 없었고 더 이상 그 성가신 별빛도 없었다.

나는 시끄러운 소리 없는 불길한 그 숲에서 눈을 붙였다.

*　　　　*　　　　*

"얼마나 가야 도착할 수 있을까?"

나는 수다 검에게 작은 목소리로 물었다. 수다쟁이 검은 이질리스의 공갈 몸체를 들고 고개 든 채 작은 목소리로 대답했다.

"좀만 더 가면 성이 나와. 어제 내가 날아서 확인해 봤어."

"진작 네놈이 날아갔으면 해결됐잖아?! 왜 귀찮게 저 인간들을……."

수다 검 녀석이 내 입을 막았다. 여전히 자신이 보호자라고 생각하는 녀석들이 말을 이끈 채 우리들 앞을 막아주고 있었던 것이다. 그들은 앞장서서 성을 찾고 있었다.

이질리스가 앞에서 걸어가다가 무표정한 얼굴로 나를 돌아보았다.

"카티나, 죽은 자들이다."

이질리스의 말이 맞았다. 로나릴이 말한 대로 이 숲에 들어온 후 각종 하급 라그나와 괴물 등을 만나왔고, 지금 나타난다고 해도 이상하지 않을 상태였다.

썩은 냄새가 진동해 오는 걸로 보면 죽은 사람들의 시체가 공격해 오는 모양이다. 하여튼 마법사라는 것들은 갖가지여서 말이지.

동행하고 있는 인간들은 아직 눈치 채지 못하고 있는 것 같지만 그것은 이 숲에 들어올 때부터 우리를 보아오고 있었던 눈과 관계된 것임에 틀림없었다.

"할 수 없지. 미드, 공갈 검 좀 줘."

나는 수다쟁이가 들고 있는 공갈 검을 받아 들었다. 이질리스는 그 칼날의 길이를 자유자재로 조종할 수 있기 때문에 그 길이가 짧을 때는 가벼웠다. 쇠사슬이 철그렁거리는 것과 너무나 피를 가리는 편식주의자인 것만을 제외하면 그런대로 쓸 만한 검이었다. 마검으로서의 능력은 쇠사슬로 인해 제압당하고 있는 것 같았지만 그래도 다른 검들보다야 백배는 쓸 만했다.

내가 양손으로 검을 들자 이상한 느낌이 들었는지 붉은 머리 계집애가 이상한 눈으로 바라보았다. 버섯머리도 괴이한 느낌을 느끼고 있는 것 같지도 않은 매끈하게 기른 턱수염을 만졌다.

낌새를 알아차린 것은 나뿐만이 아니라 그 공작 녀석도 마찬가지였다. 그도 검을 뽑아 들었다.

"왜 그래요?"

로나릴 녀석이 이상하다는 듯이 말했다. 로나릴 녀석이 그렇게 말함과 동시에 주변엔 검은 안개가 깔렸다.

"조심해!"

미드가르드가 소리쳤을 때, 검고 긴 형체가 없는 것이 나와 다른 녀석들을 덮쳤다. 괴물은 커다란 검은 얼굴에 머리카락 같은 가는 털이 그 얼굴에 덕지덕지 붙어 있는 녀석이었다. 둥근 머리에는 수천 개의 눈이 달려 있었다. 그 괴물은 마법에 의해 만들어진 생물 같았다.

"뭐야?!"

버섯머리가 풀쩍 뛰어오르며 괴물을 피했다.

흐느적흐느적한 괴물 놈은 입을 쩌억 벌리고 있었는데, 날카로운 천여 개의 송곳니가 빛나고 있었다. 입 안은 공허한 검은색이어서 물리고 싶은 생각이 추호도 없었다.

"사념(死念)이야, 저건. 사념으로 만든 괴물이야. …주군, 조심하세요!"

패러딘인 사이린이 말을 몰며 그 괴물을 노렸다. 그녀는 세이버를 들고 있었는데 꽤나 용맹스럽게 주군의 앞을 막아섰다. 우선 주군을 지키는 게 우선이라고 생각하고 있는 듯싶었다.

"에잇, 차라리 인간이면 손을 쓸 텐데!?"

버섯머리 녀석이 말에서 뛰어내리면서 천에 싸두었던 무식하게 보이는 대검을 풀어 그것을 휘둘러 댔다. 인간치고는 쓸 만한 힘이었지만 사념들이 모인 얼굴의 괴물을 쓰러뜨리기엔 부족했다.

"하나가 아니야! 조심해요."

미드가르드는 별로 도와줄 생각도 싸울 생각도 없었다. 그저 말로써 도와줄 생각인가 보다. 이질리스 역시 마찬가지였고 호들갑 떠는 건 저 바위 뒤에 숨어 있던 로나릴이었다.

"아이고, 주인님! 로나릴 죽겠어요. 어떻게 좀 해요. 이러다 다 죽겠어요. 그러게 제가 이런 곳에서 빨리 나가자고 했잖아요. 이 숲은 너무 기분 나빠요, 저런 괴물도 나오고. 아이고~ 무서워라!"

죽을 때 죽더라도 할 말은 다 하고 죽을 것 같은 녀석이다. 나는 손수 로나릴 녀석의 뒤통수를 사검 녀석의 손잡이로 후려갈겨 주었다. 입 가벼운 나불이는 나의 한 방에 그만 폭 쓰러지고 말았다.

"수다쟁이, 그 나불이 꼬마 좀 가지고 있어라."

나는 수다 검에게 로나릴을 얹어둔 뒤 그 괴물이 있는 곳으로 걸어갔다. 몇 마리가 더 가세해 있었고 그중 하나가 나를 향해서 날아왔다.

내가 날쌔게 몸을 피하자 그 녀석은 내 쪽에 있던 애꿎은 말, 커트린만 꿀꺽 삼켜 버렸다.

커트린은 히힝거리면서 발광했지만 사념 덩어리는 그 이빨로 말을 우둑우둑 씹었다. 녀석은 좀 더 성장했다.

"저 녀석, 말을 먹어치웠다."

버섯머리가 흥분하면서 말했다.

아이고, 아까운 커트린! 또 훔쳐 온 말이 단번에 죽는구나.

"조심해요, 주군. 위험합니다."

사이린이 그렇게 말했지만 엘 공작은 말에서 내려와 허리춤에 있던 긴 검을 뽑았다.

사념으로 이루어진 괴물에게 보통 검은 소용이 없다는 것을 저 애송이는 모르고 있는 걸까. 그때 얼굴 괴물은 검은 액체를 뚝뚝 흘리면서 다가왔다.

"에잇!"

그 괴물을 베기 위해 대검을 휘두르며 버섯머리가 앞으로 나섰다. 하지만 녀석의 대검은 사념 덩어리를 통과할 뿐 상처조차 입힐 수 없었다.

그 괴물은 오히려 버섯머리 녀석을 겨냥해서 달려들었다.

"이대로 있다간 당하겠다."

그것을 보던 미드가르드가 심각한 목소리로 나에게 중얼거렸다.

사이린과 엘 공작이 나가서 검을 휘둘렀지만 그들의 실력이 다른 인간들에 비해 꽤나 쓸 만했는데도 불구하고 별로 들지 않은 것을 보면 역시 저 괴물은 꽤나 잘 만들어져 있는 것 같았다. 절대 보통의 검으로는 어림없을 것 같았다.

"사검은 사념도 베어버릴 수 있겠지."

물론 나도 들은 말이다. 내가 그동안 직접 이질리스 놈을 가지고 싸워본 일은 없다. 하지만 사검(死劍) 이질리스는 죽은 자의 영혼까지 베어버리는 검이라는 소문을 들은 일이 있다.

사슬이 채워져 있기는 하지만 보통 검은 절대 이 녀석에게 미치지 못할 것이다. 나는 사념 머리 괴물에게 사뿐히 걸어가 조금 피해주는 척했다. 이 몸으로 좀 귀찮기는 해도 검이 잘 들면 저런 느림보에 폭탄 같은 얼굴 괴물은 간단히 쳐부술 수 있는 법이다.

나는 폴짝 뛰어올라 괴물의 한쪽에 검을 밀어 넣었다.

검을 밀어 넣은 쪽에서 둔탁한 감촉이 느껴졌다. 나는 힘껏 그것을 박은 후 다시 뽑아냈다. 많은 양의 검은 피가 흘러나왔다. 물론 내 몸에는 하나도 튀지 않았지만, 그것은 기분 나쁜 점액질의 액체였다. 그러나 그것은 바닥에 흘러내리기 전에 곧 사라져 버렸고 그 괴물에게 먹혔던 말, 커트린의 피만이 바닥에 후두두 떨어졌다.

"대단해."

이런 면에서 사검 녀석이 좀 쓸 만하긴 하군. 괴물의 몸을 찍었다가 뽑아낸 사검의 칼날로부터 검은 점액질의 액체가 뚝뚝 떨어졌다. 내가 고개를 돌려 살펴보니 이질리스 녀석의 안색이 좋지 않았다. 아무 피나 넙죽넙죽 받아 마시는 수다쟁이 검과는 달라서 말의 피는 구미에 맞지 않았던 것 같았다.

"대단한데, 꼬마 아가씨?"

그러나 칭찬을 받고 있을 시간이 없었다. 다른 녀석이 나타났기 때문이다.

이제 꽤나 이 몸도 익숙해져서 어지간한 전투에서는 숨이 빨리 차오르지 않게 된 것은 좋은데, 이곳에서 나밖에 저 괴물을 처리할 수 있는 자가 없다는 것이 귀찮게 느껴졌다.

"다른 건 모두 사라져 버렸는데?"

미드가르드는 손가락으로 사라진 괴물들을 가리켰다. 한 마리만 쓰러뜨리면 환상처럼 다른 것들은 사라지는 건가? 미드가르드는 사념 덩어리가 나타난 쪽을 바라보고 있었는데, 그곳에는 낡은 성이 하나 있었다. 안개에 가려져 보이지 않던 것이 이제야 눈에 보인 것 같았다.

"아까는 보이지 않았는데……."

사이린도 눈에 띄는 성의 모습을 보고 감탄했다.

아까 전까지만 해도 칠흑과 같은 어둠만이 보이던 곳에 낡은 고성이 솟아 있었던 것이다. 언뜻 보기에도 음산한 분위기를 내뿜고 있는 그 성 쪽으로 날짐승이 푸드덕 날아오르는 것이 눈에 띄었다.

"저건 하울 남작의 성이야."

"하울 남작. 케시아……."

애송이 공작 놈이 중얼거렸다.

"일단 가자고요. 카티나, 그리고 공작님."

미드가르드 검 녀석의 말에 모두 고개를 끄덕였다. 수다 검 녀석이 어느덧 리더처럼 변해 있었다. 모두 발걸음을 옮기기 시작했다.

*   *   *

성에 들어가는 것은 생각보다 어렵지 않았다. 음산한 분위기를 내뿜고 있을 뿐이었지 귀찮게 괴롭히던 머리 괴물은 더 이상 나타나지 않았다.

그나저나 이 하울 남작이라는 녀석은 올빼미 마니아인 것 같았다.

안으로 통하는 커다란 대문에는 올빼미의 조각이 장식되어 있었다. 그것도 각양 각지의 올빼미가 그려져 있는 것으로 보아선 이놈이 올빼미를 좋아하는 것은 물론, 올빼미도 이 녀석을 좋아하는 것이 틀림없다. 올빼미가 모여들지 않고서야 어떻게 성안에만 틀어박혀 있는 놈이 각지의 올빼미를 그린단 말인가.

문을 여는 것도 간단했다. 무식하게 힘이 센 버섯머리가 그 칼을 휘둘러 부쉈기 때문이다. 문을 열자마자 늑대 떼가 쏟아져 나왔지만 사이린과 엘 공작, 버섯머리가 기세 좋게 해치워 버렸다. 강한 놈이 똘마니를 데리고 다니는 것은 아마 이런 귀찮은 일을 해결하기 위해서일 거다.

성안으로 들어섰지만 그 안에는 먼지가 자욱했고, 도저히 사람이 살리라고는 생각되지 않았다. 그러나 어둠 속에서도 확실히 보이는 것이 있었다. 올빼미 조각상들이었다. 여기저기 도배해 놓은 올빼미 조각상과 올빼미 벽화, 올빼미 박제, 심지어 올빼미를 조각한 촛대까지 괴이하게 늘어서 있어서 나의 심미안으로는 상당히 괴로웠다. 이런 것을 보니 하울 남작가는 올빼미에 목숨 건 놈들임에 틀림없다.

"하울 남작은 이미 100년 전 사람이야. 지금까지 살아 있을 리가 없어."

미드가르드의 말이었다.

"하지만 백여 년 전의 하울 남작은 마법에도 손을 대었다고 했어요."

사이린은 자신도 믿어지지 않는다는 듯이 한숨을 내쉬었다.

우리는 언쟁은 그만두고 이 성을 샅샅이 뒤지기로 마음먹었다. 성안에 마력이 느껴지는 걸로 보면 마법사로 추정되는 녀석이 있는 것이 틀림없었다. 만일 나를 봉인한 마법사를 만나게 되면 쓸어버리고, 그렇지 않더라도 내 저주를 풀 수 있을지도 모르겠다는 생각에 나도 조용히 그들을 따라갔다.

나와 다른 사람들은 2층의 복도를 걸었다. 1층에선 아무리 잘 찾아봐도 올빼미밖에는 찾을 수 없었기 때문에 층을 달리한 것이다.

복도에는 여섯 사람의 발자국 소리가 울렸다. 말의 피를 잘못 건드리는 바람에 안색이 좋지 않은 이질리스에겐 그만 검 안으로 들어가라고 말하고 싶었지만 지금 와서 녀석이 사라져 버리는 것도 좀 이상할 것 같아서 그만뒀다. 이질리스는 파리해진 얼굴로 날 따랐으며, 로나릴 녀석은 아까 패서 재운 뒤로 아직까지 자고 있었다. 그 녀석을 안고 가는 것은 미드가르드의 몫이었다.

"최근에 실종자가 많았으니까 그들도 이곳에 있을지 몰라요. 게다가 케시아님도……."

사이린은 조용히 걸음을 옮긴다. 복도는 그녀의 목소리 이외에는 어떤 소리도 들리지 않는다.

"저주를 받아 밤에는 올빼미가 되어버린다는 말도 들었어요. 확실하지는 않지만……."

복도에 여기저기 걸려 있는 올빼미 초상화를 보니 그럴 법도 하다는 생각이 들었다. 그러나 이 성을 나가면 내 다시는 올빼미를 보지 않으리라.

"그런데 과연 이 성안에 남작이 있는 걸까?"

버섯머리가 턱수염을 만지작거렸다. 애송이 공작 놈의 안색이 좋지 않았다. 하울 남작인지 올빼미 남작인지 하는 녀석의 모습을 아직까지 발견하지 못했기 때문일 것이다.

마법사가 무얼 하기 위해 인간들을 잡아갔고, 또 왜 사념 덩어리들을 시켜 성을 지키게 했는지는 관심없다. 하지만 내가 이곳에 온 것은 혹시라도 저주를 풀 수 있을까 하는 생각과 이곳의 마법사와 나를 봉인한 마법사와의 연관성을 알기 위해서였다. 아니, 그 정도까지는 아니더라도 알타크나의 마법사에 대한 정보는 얻을 수 있을지도 모른다.

마법사가 죽어도 마법사의 저주는 존속되는 것일까. 아니면 그 효력은 사라져 버리는 걸까. 나는 그것이 궁금했다. 만일 그 마법사가 죽어도 내게 건 마법은 유지될 것인지, 아니면 사라질 것인지가.

하지만 우선 이 숲을 밤으로 뒤덮이게 만든 놈의 올빼미 같을 면상을 한 골백번 후려갈겨 줘야겠다.

"저쪽에서 마력이 느껴지는데?"

미드가르드가 나에게 귀띔해 주었다.

"저쪽에 딱 봐도 수상한 방이 있는데?"

밤과 같이 어두운 복도에 한줄기 빛이 있었다. 그곳에서 사람의 기척이 느껴졌다. 덧붙여 올빼미와 같은 날짐승의 푸드덕— 소리도 들려왔다. 올빼미 변태 수집광이 그곳에 있음에 틀림없다. 혹시 저 엘 공작의 동생이 올빼미였던 것이 아닐까, 그렇지 않다면 올빼미 수집광이 잡아갈 리가 없지 않은가.

"어서 가보자!"

내가 그곳으로 척척 걸어갔다. 이상하게 일이 쉽게 풀리는 것 같았다. 올빼미 수집광 마법사는 우리들을 그곳에서 기다리고 있는 걸지도 모른다.

"대공, 이렇게 들어가도 괜찮을까요?"

버섯머리가 엘 공작에게 말했다. 엘 공작도 쉽게 풀리는 것이

탐탁지 않았던지 쉽게 대답하지 않았다.

"그래도 일단 들어가 보는 수밖에 없잖아요."

미드가르드가 덧붙였다. 미드가르드는 왜 저런 인간들의 일까지 챙겨주는 것인지… 이해할 수가 없다.

"좋아. 어서 들어가 보자."

"그럼, 어서 케시아님을 구하는 겁니다."

사이린은 눈을 빛냈다. 엘 공작과 사이린, 그리고 버섯을 대두해서 그 방으로 들어갔다.

"윽!"

방문을 열자 눈부신 빛이 비쳐 잠시 눈을 뜰 수가 없었다. 그 안에는 틀림없이 사람이 있었다. 하얀 로브를 입은 마법사가 마법진 위에서 'V' 자로 팔을 벌리면서 미치광이처럼 미소를 짓고 있었다.

"으하하하, 온 세상의 올빼미들은 내 것이다."

그런데 저게 무슨 소리지? 정말 한심하고 화나는 순간이었다. 미치광이 인간의 목소리가 들려오자 나는 이마에서 핏줄이 솟구치다 못해 터져 나감을 느꼈다.

"밤에만 활동하는 생물이여! 나, 너희를 위하여 밤을 주었다!"

지금은 올빼미 마법사가 체조하는 시간인 것 같았다. 그 녀석은 마법진 위에서 자신이 창조해 낸 마법에 대한 말을 중얼거리고 있었다.

한마디로 표현할 수 있다.

'한심하기 그지없었다' 라고.

게다가 그런 생각을 가지고 있는 것은 나뿐이 아니었다. 아마 이곳에 있는 다른 사람들도 다 그랬을 것이다.

그 마법사는 예상했던 것처럼 더도 덜도 아닌, 말 그대로 올빼미 같은 느낌이었다. 부리부리한 눈매과 하얀 눈 화장은 올빼미의 눈을 연상시켰고, 하얀 로브로 머리부터 발끝까지 감추고 있었다.

그런 상태에서 손을 높이 치켜 올리고 새장을 보고 있었는데, 그 안에는 희고 우아한 자태를 뽐내는 올빼미가 한 마리 앉아 있었다. 아무래도 그 올빼미가 오늘의 메인 디쉬인 듯했다.

그 올빼미는 불안한 듯이 떨고 있었다.

"케시아!"

엘 공작의 목소리가 들렸다. 분노에 찬 목소리였다.

"케시아님?!"

이번엔 사이린과 버섯머리가 그 올빼미를 보고 소리쳤다.

하얀 올빼미가 우아한 자태로 녀석들을 보았다. 대체 어떻게 저 올빼미가 동생이라고 알아본 것일까? 정말, 엘 공작의 동생은 올빼미였던 것?

그 올빼미 수집광 마법사가 갑자기 들어선 우리들을 보고 깜짝 놀라 올빼미 부리 같은 입을 뻐끔거리고 있었다. 정면에서 본 녀석의 얼굴은 충격 그 자체였다. 인간의 얼굴을 하고 어떻게 얼굴이 그렇게 정말로 올빼미처럼 생길 수 있단 말인가! 동그란 두 눈은 붙어 있어 흉해 보였고, 동글넓적한 얼굴에다 주둥이는 툭 튀어나온 것이 마치 올빼미의 부리를 연상시켰다. 게다가 그 눈가의 기미와 하얀 눈 화장이 결정적으로 올빼미의 완성을 이루고 있었다. 녀석이 올빼미 같은 것이 아니라 올빼미를 인간화시켜 둔 것이 녀석인지도 모른다는 생각이 들 정도였다. 새삼스럽지만 인간들 세상엔 인간의 탈을 쓴 동물이 많다는 것을 절감하는 순간이었다.

"앗?! 인간?! 어떻게 이곳에 인간이?!"

녀석은 소스라치게 놀라면서 우리들을 바라보았다.

"케시아님?!"

이 인간들은 왜 저 올빼미를 인간처럼 부르는 걸까. 저 올빼미가 정말로 저주에 걸려 마법사에게 납치당했다는 여동생 케시아인가?!

"감히 나의 케시아님을 그렇게 만들다니 용서 못해, 이 하울 남작!"

사이린이 그 냉정한 얼굴에 분노를 금치 못하면서 말했다.

앗, 잠깐만! 그 올빼미 마법사를 그냥 죽이면 안 돼! 난 그 녀석에게 물어봐야 할 것이 있단 말야!

그러나 그 말이 목소리가 되어 나오기도 전에 사이린의 몸이 공중으로 뛰어올라 올빼미 마법사의 목을 정확히 노렸다. 곧 이어 사이린의 세이버는 마법사의 목을 꿰뚫었다. 올빼미 마법사는 비명도 지르지 못하고 그대로 즉사했다.

왜 마음대로 죽여 버리는 거야, 이 계집애야! 내가 무엇 때문에 이 숲에 들어왔는데! 저 마법사는 또, 왜 아무런 저항도 하지 못하고 죽어버렸냐구!

의아한 마음에 가까이 다가가서 마법사를 확인했는데 확실히 숨통이 끊어져 있었다. 세상에, 저렇게나 약할 수가 있다니!

"사이린, 그렇게 죽여 버리면 어떻게 해, 케시아님이 돌아오지 않으시면?"

사이린이라는 계집애는 생각보다 다혈질인 모양이었다. 아니면 하울인지 뭔지 하는 올빼미 남작에 대한 분노 때문인지 모르겠지만 황당해서 입을 다물 수 없었다.

하얀 올빼미는 엘 공작의 손 안에 있었다. 그때 창밖에서 빛이 비추기 시작했다.

"카티나, 아침이 오고 있어."

미드가르드 녀석이 말했다. 사실이었다. 올빼미 남작이 비명도 지르지 못하고 죽어버린 후 밤이 바뀌었다. 역시 마법사가 죽으면 그 마법은 효력을 잃고 사라진다는 걸까. 그렇다면 나를 봉인한 녀석을 죽인다면 나의 저주도 풀린다는 뜻이 아닌가. 또한 반대로 그 마법사 녀석을 죽이지 않는 한 나의 저주는 풀리지 않을 것이라는 생각이 들었다. 갑자기 시선이 느껴져서 창밖을 보았는데 푸드덕거리며 밖에서 새가 날아가는 소리가 들려왔다.

뭐지, 이건 나의 착각인가? 누군가가 나를 보고 있다는 생각이 들었다.

그나저나 이제 곧 남자의 몸으로 돌아갈 것이다. 나는 이곳에서 빠져나가야겠다는 생각이 들었다. 나는 수다 검 녀석에게 로나릴을 받아 들었다.

다행스럽게도 공작과 다른 두 녀석들의 시선은 모두 그 하얀 올빼미에게 향해 있는 듯싶었다.

"아아, 케시아……."

공작은 올빼미의 모습을 한 케시아가 신비스럽게도 인간의 모습으로 바뀌는 것을 보고 감탄했다. 마법이 풀리자 상큼한 붉은 금발에 고운 얼굴이 드러난다. 그는 인간으로 돌아왔고, 밤의 저주는 풀렸다. 당당하게 태양이 하늘에 떠오른 것이다.

그러나 난 케시아에 대한 흥미가 사라져 버렸다.

"케시아님!"

"사이린? 그리고 엘 형?"

사이린이 흰 올빼미가 되었던 인간을 부둥켜 안고 울었다. 애송이 공작도, 그리고 버섯머리도 안도의 한숨을 쉬면서 기뻐하고 있었다. 젠장, 그 케시아라는 녀석이 여자가 아니라 남자였을 줄이야! 당연히 잡혀간 동생이면 여잔 줄 알았지, 제기랄.

나는 일단 그 성에서 벗어나기로 마음먹었다. 이 일이 끝났다고 생각하기엔 좀 찜찜한 감도 없지 않았지만 우선 성을 벗어나 밝은 태양을 맞이했다. 나는 우선 잠들어 있던 로나릴을 우아하게 던져서 땅에 박아 넣었다.

『좀 이상하지 않았어? 그 마법사 말야, 뭔가 이상했어』

사라진 사람들은 올빼미 마법사와는 관계가 없었던 걸까. 그 일은 아직도 미스터리로 남아 있다. 그것은 어쩌면 나를 바라보던 시선과 관계있는 것일지도 모른다. 다만 확실한 것은 그 올빼미 마법사의 일은 해결되었고, 이 낮이 오지 않는 숲에서 벗어나게 되었다는 것.

"미드가르드, 이 자식. 날 인간과 같이 행동하게 하다니!"

나는 미드가르드 놈도 땅에 한동안 박아버렸다. 이 숲은 정말 최악이었다. 화끈하게 끝난 것 같지 않아서 기분이 나빴고, 또 인간들과 함께 행동했다는 것이 속상했다. 정말 최악이다.

『카티스, 너무하잖아. 다 널 위한 일이었다고』

"주인님, 너무해요!"

둘 다 닥쳐라. 난 지금 기분이 나쁘단 말이다.

그것은 성 밖에서 바라보던 그 불길한 눈이 언제가 다시 나를 노려볼 것 같은 기분이 들었기 때문이다.

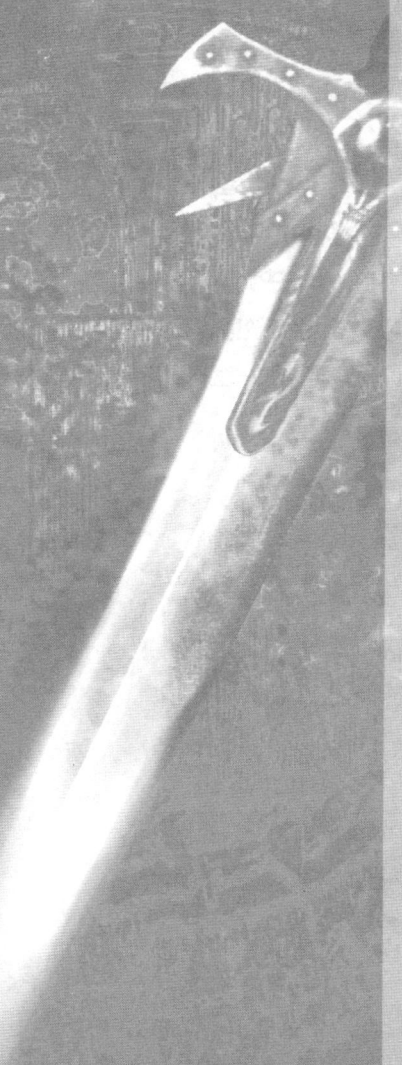

Chapter 5

광검사(狂劍士)

시간이 멈추어 버린 것 같았다.
그녀는 나에게서 떠나갔고, 나는 그녀의 흔적을 찾고 있었다.
그러나 어느 곳에서도 그녀의 흔적을 찾을 수 없었다.
그래서 나는 자신을 잃어버리고 마쳐 버린 것일까.
그렇게 나는 망자의 허상을 쫓는다.

Katis

카티스

"크어억!"

어떻게 그렇게 될 줄 누가 알았겠냐?!

"주인님, 너무해요! 아무리 그렇다고 절 때릴 것까지는 없잖아요?"

"그럼 누구 탓이라는 거냐?!"

나는 신경질을 내면서 로나릴의 머리를 쥐어박았다. 올빼미의 숲인지 밤의 숲인지 뭔지 하는 그곳에서 나온 후 커트린이 죽었기 때문에 로나릴에게 말을 훔쳐 오라고 시켰다. 로나릴은 훌륭히 말을 훔쳐 냈다.

거기까지는 그 녀석이 잘해주었다. 하지만 문제는 그 다음이다.

놈이 훔쳐 온 말은 늙은 말이었다. 그것도 곧 죽을.

그러나 그것까지도 상관없다고 치자. 죽지만 않으면 괜찮은 것 아닌가.

하지만 그 말이 그만 줄달음질치는 도중에 죽어버린 것이다. 이게 말이나 된단 말인가!

이 몸께서 몇 시간 전에 그놈의 말에게 손수 줄라이라는 이름까지 지어줬는데, 그놈은 넘어지는 담에 맞아 죽은 것도 아니고, 괴물에게 잡아먹힌 것도 아니라, 달리다가 고꾸라져서 죽은 것이다. '달리다 죽는 것이 말에게는 영광이겠지'라고 말하는 미치광이들이 있을지도 모르지만, 왜 그놈의 줄라이는 그렇게 힘껏 달리는 도중에 죽느냔 말이다. 정말 이해할 수 없었다. 으이구, 속 터져! 내가 이러니 로나릴에게 분풀이를 안 할 수가 있느냔 말이다!

"아아악! 주인님, 때리지 마세요! 폭력 주인!"

"주인이 착한 거 봤냐? 원래 노예의 주인은 사악한 거야!"

나는 당연한 말을 외치며 놈을 지그시 밟아주었다. 줄라이는 왜 하필이면 이렇게 황량한 벌판에서 멈추냔 말이다! 나는 계속해서 로나릴에게 화풀이하고 있었다. 원래 약자는 강자에게 맞아야 정신을 차리는 법이다.

"아악~ 잘못했어요, 주인님."

녀석은 눈물을 펑펑 쏟으면서 그렇게 말했지만 나는 못 들은 척하고 팍팍 밟아주었다.

이곳은 황량한 곳이었다. 며칠 전까지 걷고 있던 숲길을 벗어나 지금은 초원에 가까운 길을 걷고 있었다. 덕분에 지나가는 사람도 없었다. 말없이 마을까지 걸으려면 꽤나 오랜 시간이 걸릴 것 같았기 때문에 속이 상한 나는 로나릴을 신나게 두들겨 패고 있었다. 기분 나쁜 상황에서 내가 할 수 있는 일이라고는 로나릴을 때리는 것밖에 없었으니 최대한 그 일에 최선을 다할 뿐이었다.

"카티스?"

그런 초원에서 의외의 여성의 목소리가 나를 부르고 있었다. 너무 로나릴에게 집중해서 때리다 보니 누군가가 왔다는 것도 느끼지 못했던 것 같다. 매혹적인 여성의 향기에 나는 로나릴을 때리는 것을 멈추었다. 내가 고개를 그쪽으로 돌리자 아름다운 여성의 모습이 보였다. 대륙에서 두 번째로 아름다운 종족이라고 불리는 라쉬엘 족의 여성! 아름답고 그 피가 진해서 내가 즐겨 찾던 먹이였다. 특히 여성들은 강인하면서도 부드러워서 좋았다.

"후후, 약자를 괴롭히는 것을 보니 카티스 맞죠?"

그녀는 늘씬한 다리부터 아름다운 몸의 곡선이 드러나는 짧은 슈트와 스커트를 입고 있었다. 마치 자길 먹으라고 말하고 있는 것 같은 저 드러난 가슴의 곡선은 나를 유혹하고 있었다. 웨이브 진 긴 은발에 흰 피부는 눈부시게 아름다웠다.

"엘르?"

"역시 카티스로군요. 정말 오랜만인걸요?"

라쉬엘 족의 전사인 엘르, '엘르 아나셀'이었다. 벌써 만난 지 백여 년이나 되었다. 라쉬엘 족은 인간보다 오래 살기 때문에 그녀는 아직까지도 젊음을 유지하고 있었다.

"아름다워졌어, 엘르."

나는 그녀의 몸을 부드럽게 감싸 안았다. 좋은 촉감과 부드러운 향기, 그리고 사람을 미치게 하는 피 냄새가 마음에 들었다.

"주인님, 또 여자랑……."

나는 로나릴 녀석을 한쪽 발로 지그시 밟아주었다.

나는 그녀의 입에 진하게 키스했다.

"어쩐 일이에요? 카티는 백여 년 간 얼굴을 볼 수 없었잖아요?"

엘르는 나의 머리를 부드럽게 안으면서 말했다.

나는 그녀의 목을 핥았다.

"엘르, 실례할게."

나는 피에 굶주려 있었다. 확실히 그동안 피를 많이 마시지 못한 것이다. 피를 먹지 못한다는 것은 감소했던 힘을 증강시킬 수 없다는 결론이 나온다. 나는 그녀의 동의없이 하얗고 긴 목에 송곳니를 가져다 댔다.

"그만 해요, 카티. 그러다 저를 죽이겠어요. 죽이지 않겠다고 약속했잖아요?"

그녀는 머리를 출렁이며 말했다. 그녀의 가느다란 실오라기 같은 은발이 나의 뺨을 간질였다.

"미안해, 그동안 엘르만한 여자를 발견하지 못해서 말야."

나는 그녀의 입에 내 입술을 포개면서 말했다.

"나쁜 사람."

당연하지. 내가 어찌 좋은 놈일 수 있겠냐?

나는 그녀의 웃옷을 파헤쳤다. 봉긋한 가슴을 드러내며 나는 그것을 핥았다. 엘르는 가느다란 신음 소리를 내면서 몸을 맡겼다. 그녀의 긴 다리를 매만지면서 나는 그녀의 목에 정성스럽게 키스했다.

"주, 주인님, 발 좀 치워줘요."

얼굴 까만 나불이 녀석이 이렇게 말했지만 나는 대꾸도 하지 않았다. 로나릴은 가무잡잡한 얼굴을 붉히면서 나와 엘르를 보지 않으려고 하고 있었다. 짜샤, 너도 얼마 있으면 성인이라고. 발육이 느려서 그렇지 네놈도 벌써 17살이잖아?

"이런 횅한 곳에는 웬일이지? 라쉬엘 족은 풍요로운 곳에 사는 종족이잖아. 이런 데서 만날 줄은 몰랐는데."

나는 그녀의 귀에 속삭였다.

"무슨 문제라도 있는 거야?"

그녀는 쉽사리 대답하지 않았다. 유혹하듯이 나의 입에 키스하면서 입을 막았다. 도발에는 속지 않는다는 말인가.

"엘르."

무뚝뚝한 남자의 목소리였다. 그녀와 함께 온 일행이었는지 이쪽으로 다가오고 있었다. 생각해 보면 중요한 일이 있는데 엘르가 혼자 올 리는 없었다. 그 사내 녀석은 엘르가 나와 만난 것이 못마땅했던 모양이다. 나는 녀석이 다가오든지 말든지 상관도 하지 않은 채 그녀의 키스를 달콤하게 받아들였다. 녀석의 얼굴이 좋지 않다.

"엘르, 너 결혼했니? 하긴 결혼했을 나이도 됐지. 넌 벌써 200살 정도 됐으니까."

엘르의 이름을 불렀던 라쉬엘 족 녀석은 나를 노려보고 있다. 그 녀석은 말 두 마리를 끌고 이쪽으로 오고 있었다.

"아뇨, 아직."

그녀는 생긋이 웃으면서 말했다.

"엘르! 우린 해야 할 일이 있잖아?!"

그녀의 일행은 엘르와 같은 라쉬엘 족이었다. 긴 붉은 기 도는 갈색 머리카락을 가지고 있었는데, 이 녀석에게도 라쉬엘 족 특유의 향기가 나는 것을 보니 피가 쓸 만할 것 같았다.

"레이딘, 이쪽은 카티스예요. 저와는 오래전부터 아는 사이죠."

레이딘이라고 불린 라쉬엘 족의 녀석은 나와 엘르를 번갈아 보면서, 단지 아는 사람이라고 소개하기에는 부족하다고 생각하고 있는 듯싶었다. 나는 그 녀석이 보는 앞에서 엘르의 목에 키스했다.

"엘르, 저 녀석은 누구야?"

레이딘이 나를 바라보는 눈길은 썩 좋지 않았다. 질투로 차 있는 녀석을 보니까 더 괴롭히고 싶은 생각이 들었다.

"레이딘은 지난 달에 나에게 청혼했어요."

"그래?"

흐응~ 엘르를 좋아하는 녀석이다, 이거지?

레이딘이라는 그 붉은 머리카락 애송이 녀석은 숨겨도 질투가 얼굴에 역력히 드러났다.

"엘르!"

녀석은 씩씩거리면서 그 고지식해 보이는 얼굴에 기분 나쁜 표정을 역력히 드러냈다. 저 친구, 정말 엘르를 좋아하긴 하는 모양이다. 하지만 그래선 여자를 쟁취할 수 없기 마련이야. 엘르는 아예 자넬 무시하고 있잖아. 핫핫핫!

"주인님, 이것 좀 치워주세요."

로나릴 녀석이 말썽이었다. 녀석은 계속 버둥거리고 있었는데, 그동안 잘 버텨주었다고 생각하면서 발을 떼어주었다.

"주인님, 너무해요 정말. 저번에도 왜 엘 공작님들과 떨어졌는지 얘기도 안 해주고, 주인님은 정말로 알 수 없는 사람이라고요."

로나릴 녀석의 18번 나불거리기가 나오기 시작했군. 녀석은 굉장히 입을 빨리 놀리면서 나불거리기 시작했다.

"엘 공작?"

엘르가 날 바라보았다.

"아아, 신경 쓸 것 없어, 엘르는."

"엘르의 이름을 마음대로 부르지 마, 너!"

레이딘이라는 그 애송이 녀석이 나에게 소리쳤다. 라쉬엘 족으로서 녀석은 아마도 200살 정도 될 것 같았는데 엘르보다도 더 젊어 보였다. 어린 녀석이 나에게 그런 말을 하니 내가 귀엽게 보지 않을 수가 없군.

"왜, 애송이 놈아."

나는 녀석을 내리깔아 보면서 말했다. 레이딘은 나보다 키가 손가락 하나쯤 작아서 날 올려다보아야 했다. 날 바라보는 붉은 눈이 이글이글 타오르고 있었다.

"엘르, 이놈은 누구지? 대체 어떻게 널 알고 있는 거지? 이 인간 녀석과 아는 사이인 거야?"

레이딘은 화를 버럭버럭 내면서 엘르를 바라보았다.

이 녀석에게는 내가 인간으로 보이는 건가? 재미있군.

"카티스라고 했잖아요, 레이딘."

레이딘이라고 한 붉은 갈색 머리카락 녀석은 나에게 적의를 가지고 있었다.

레이딘 녀석은 엘르의 말을 듣는 둥 마는 둥 하고 나만 열심히 째려보고 있는 것이다.

"뭘 보냐? 이 자식아."

나는 싱긋이 웃으면서 말해 주었다. 녀석은 화가 나는지, 씩씩 콧바람까지 냈다. 녀석은 나에게 달려들 듯한 기세로 검을 빼 들었다.

"결투를 신청한다, 이 인간 녀석!"

"레이딘, 지금은 그럴 때가 아니잖아요?"

레이딘이란 녀석은 의외로 꽉 막힌 녀석이었다. 뭔가 재미있는 면이 있는 것도 같은데……. 나는 엘르에게서 떨어져서 녀석의 근처로 터벅터벅 걸어갔다. 녀석은 좀 긴장한 얼굴이었다. 금방이라도 내가 자기를 칠까 봐 걱정하는 모양이었다.

나는 녀석에게 가까이 다가갔다. 녀석이 나를 올려다본다. 나는 싱긋 웃어주었다.

"뭐, 뭐……?"

나는 녀석의 어깨를 잡았다. 나는 녀석의 목에 입을 갖다 대었다.

"뭐, 뭘 하는 거야……!"

아직 피가 부족하거든. 난 배가 고프다고. 엘르의 피로는 부족하다. 그녀를 죽일 수는 없었다. 그렇게 약속했었으니까.

나의 예측하지 못한 행동에 레이딘은 수치심으로 인해 목까지 붉게 물들었다. 녀석은 내 손아귀를 빠져나오려고 했지만 나는 꽉 잡고 녀석을 놓지 않았다. 꽤 피가 먹을 만했다.

꿀꺽, 꿀꺽…….

나는 그 피 맛에 매료되어 녀석의 목을 놔주지 않았다. 녀석은 처음엔 날 아주 완강하게 거부했지만 지금은 가만히 있는 것으로 보아 힘이 빠진 모양이었다.

나는 그것을 금세 의식할 수 없을 정도로 정신없이 실컷 녀석의 피를 빨았다.

"카티스, 레이딘 죽겠어요."

엘르의 톤 높은 목소리에 나는 퍼뜩 정신이 들었다. 오랜만에 피의 향기에 취해 버리는 바람에 그만 사선을 넘은 모양이다. 레이딘은 힘없이 축 늘어져 있었다.

"레이딘!"

엘르가 레이딘을 받아 안고 녀석의 뺨을 찰싹찰싹 두들겼다. 녀석은 단단히 정신을 잃은 것 같았다.

"이를 어쩌지……."

엘르는 난처한 표정을 지었다. 저 여자가 저런 표정을 짓는 것은 나에게 할 말이 있을 때다.

"레이딘을 대신해서 절 좀 도와주세요."

"싫어."

"레이딘이 왜 이렇게 됐죠? 카.티.스."

이 여자는 또 조목조목 따지기 시작한다. 레이딘이 함께 해결해야 할 일이 있었던 것 같다.

"모르는데?"

"모르는 척하지 말아요. 당신 때문이잖아요! 레이딘을 과다 출혈해서 기절해 버렸잖아요, 당신 때문에 나는 곤란하게 됐다고요!"

"아니, 난 내 눈앞에 있는 먹이를 죽지 않을 정도로만 먹어준 것뿐이다."

나는 능청스럽게 말했다. 엘르는 지지 않으려고 날 쏘아보았다. 불꽃 튀는 신경전이 이어졌다.

"좋아요. 당신, 지금 말이 죽어버렸죠? 저와 함께 가면 말을 빌려드릴 수 있어요."

주위의 상황을 잘 이용하는 것이 라쉬엘 족 '엘르'의 최대의 무기였다. 그건 예나 지금이나 마찬가지였다.

"말이라… 그것뿐이야? 엘르, 난 가야 할 곳이 있다고. 널 도와줄 시간 따위는 없어."

나는 그녀를 보았다. 그녀는 눈살을 찌푸렸다.

"이왕 가는 거 함께 가면 좋잖아요?"

줄라이가 줄달음치다가 죽어버린 걸 생각하면 그것도 옳은 처

사이긴 했지만 귀찮은 일에 말려들게 될지도 모른다는 것이 마음에 안 들었다. 나는 휙 돌아서서 떨어질 생각이었다. 꽤 피도 많이 흡수했고 좀 걷는다고 해서 나쁘지는 않을 것이다.

"아악, 주인님! 이 사람 죽었나 봐요. 어떻게 해요?! 어떻게 해야 할까요? 버리고 도망가야 할까요?"

로나릴 녀석이 축 늘어져 쓰러진 레이딘을 보고는 마음대로 상상하더니 엉엉 소리 내어 울기 시작했다. 저 울보가 더 시끄럽게 굴기 전에 놈의 배를 퍼억 소리 나도록 쳐서 기절시켰다.

"엘르, 말을 빌려줘."

나는 이 두 녀석을 어깨에 짊어졌다.

깨어난 로나릴의 나불거리는 소리를 듣느니 엘르와 말을 타고 빨리 마을에 가서 쉬고 싶다는 생각이 들었다. 피를 많이 마셔서 졸린 것이 원인이기도 했다.

"좋아요, 카티스. 그럼 나와 약속한 거예요."

나는 대답하지 않았다. 하지만 저 여자는 집요한 편이라서 아마도 또 물어보겠지.

"카티스, 예전에 봉인당했다는 소문을 들었던 것 같아요. 그거 사실이에요?"

엘르가 말을 몰면서 말했다. 나는 그녀에게서 얻은 말을 타고 로나릴 녀석을 짐짝처럼 말 언저리에 얹어놓은 채로 그녀의 말에 보조를 맞추었다. 기절한 라쉬엘 족의 레이딘이라는 그 녀석은 엘르가 책임지고 가기로 했다.

"아아, 그렇게 됐었지."

나는 쓴웃음을 지으면서 말했다.

"그래서 그동안 만날 수 없었던 거군요, 카티스."

"내가 그리웠어?"

나는 피식, 웃으면서 그녀를 보았다. 그녀는 대답없이 말을 달리기 시작했다.

"알타크나와 타리이엘이 합병한다는 말 들었어요?"

"너희는 다른 나라의 일에 상관하고 싶어하지 않잖아?"

나는 그녀의 말에 반문했다. 원하던 피를 양껏 마시고 나니 너무나도 기분이 좋아서 나른했다. 아마도 세레스티르에 의해 이 나라도 대 알타크나전을 준비하고 있는 것 같았다.

"그런데 카티스는 알타크나로 가고 있던 건가요?"

"아니, 정확하게 말해서 날 봉인한 그 육시랄 마법사의 사지를 갈가리 찢어놓으러 가던 중이야."

나는 솔직하게 말했다. 엘르는 황당하다는 듯이 나를 보았지만 나는 상관하지 않았다. 엘르도 그런 나의 속성을 잘 알고 있었다. 라쉬엘 족은 적지 않게 예지 능력을 가지고 있는 종족 가운데 하나였다. 그 힘이 정치적으로 쓰일 때가 적지 않았던 것도 사실이다.

"전 지금 이곳에서 멀지 않은 곳에 위치한 대공의 저택으로 향하고 있어요, 라쉬엘 족으로서 그에게 전할 말이 있거든요."

"호오~"

나는 엘르의 말을 이해할 수 없었다. 인간의 일에 거의 상관하고 싶지 않아 하는 그 종족이 어쩐 일인지 이번에는 자진해서 움직이고 있는 것이었다.

"반란 진압에 관한 일이기 때문이에요."

"반란 진압? 너희 라쉬엘 족은 그런 데 거의 관계가 없잖아."

라쉬엘 족은 자유 민족이었다. 잡혀서 노예로 팔리거나 하는 일이 있기는 했지만, 그들은 그 능력의 특성상 어느 나라도 소유할 수 없다는 정해진 규칙이 있었다. 그리고 그들은 인간의 일에 간섭하지 않았다. 인간에 가까웠지만 그들은 자연 속에 파묻혀서 살아가는 그러한 종족이었던 것이다.

"관련있어요. 50여 년 전 타리이엘 황가와 협상을 맺었어요. 황제가 저희 종족의 여자를 아내로 맞아들였을 때의 일이죠. 그리고 이번에는 그것보다 더 중요한 일이에요."

"뭐야, 라쉬엘 족의 족장인 유스의 딸이라도 어디 잡혀간 거야?"

나는 시큰둥하게 말했다.

"맞아요."

그녀의 말에 나는 눈살을 찌푸렸다.

"롱크스 영지의 테자르 공작이 족장의 딸인 아이라를 잡아갔어요."

"호오~"

나는 그녀의 종족의 심각성을 그다지 느끼지 못했다. 아이라라는 그 계집애는 만나본 일이 없었고 엘르에게 이름만 전해 들었을 뿐이었다. '유스'라고 하는 여족장의 딸이라고 했다.

"호오~ 가 아니에요. 저희에겐 중요한 일이라고요."

"나완 관계없는 일이야."

"지금 생각났는데, 아예 관계가 없는 것은 아니에요."

"왜?"

"테자르 공작을 도와 아이라를 잡아간 것은 바로 불의 검을 가진 베리우스였다고요."

"베리우스?"

나는 눈살을 팍 찌푸리고 말았다. 베리우스. 정말 오랜만에 듣는 미치광이의 이름이었다. 아직도 죽지 않고 살아 있었단 말인가.

"그 미치광이?"

나는 입 밖으로 그 말을 내뱉고 말았다. 베리우스는 자기가 세상에서 최고인 줄 알고 있는 초 자기중심주의의 병신 같은 놈이다. 그가 자이비엘이라고 하는 미녀 정령 검 (精靈劍)을 가지고 있었던 기억이 났다. 그는 명검 수집가였고, 원하는 것을 손에 넣는데는 적극적인 녀석이었다 나와는 좀 안면이 있는 힘만 센 얼간이였다.

대체 왜 그 녀석이 테자른지 태잔지 하는 공작 놈의 곁에 있다는 건지 알 수 없다. 녀석은 남에게 지배당하는 것을 싫어하는 얼간이인데…….

"왜 그래요, 카티스?"

베리우스는 내가 자신과 비슷한 실력을 가지고 있을 것이라고 믿는 녀석이다. 자칭 나의 라이벌. 녀석은 인간도, 라그나도, 아시르도 아닌 기이한 종족으로, 그 덕에 나로서는 인정할 수 없는 힘을 지니고 있었다. 150여 년 전 놈은 심심하다는 이유로 혼자서 작은 나라를 쑥대밭으로 만든 전적을 가지고 있다. 그게 역사 책에는 마왕의 출현으로 그 나라가 멸망했다는 말로 기록되어 있었으니, 악행으로는 나와 쌍벽을 이룬다고 할 수 있었다.

"기분이 나빠요?"

아마도 녀석이 나와 아주 상관이 없는 놈이었다면 난 눈썹 하나 까닥하지 않았을 것이다. 하지만 난 녀석과 아주 조금 관련이 있었다. 그 녀석은 나를 증오하고 있었다.

"카티스?"

"그 일에 별로 관계하고 싶지 않아. 마을에 도착하면 그만 헤어지자."

그 검 수집광인 마검인 수다쟁이 검과 공갈 검 녀석을 본다면 차지하기 위해서 눈에 쌍심지를 켤지도 모르는 일이다. 눈엣가시 같은 내가 그것들을 가지고 있으니 눈독을 들이겠지.

베리우스는 인정하지 않겠지만 확실히 나는 놈보다 강하다. 베리우스에게는 무한한 체력과 힘이 있긴 했지만, 만일 내가 정상적인 상태라면 녀석을 누르는 것쯤은 쉬운 일이다. 하지만 만일 밤에 놈과 대면하게 된다면… 그건 알 수 없다. 역시 녀석을 만나지 않는 것이 상책일 듯싶었다.

"너무해요. 도와준다고 했잖아요?!"

"내가 언제?"

엘르는 한숨을 쉬었다. 내 성격을 잘 알고 있으면서도 모르겠다는 한숨이었다.

"그래서 그 엘 공작에게 가서 뭐 하게?"

"사실을 알리려고 가는 거예요. 대공에게 가면 왕실로 알리는 것이 빨라지고, 또 대공은 힘이 있는 사람이니까요."

"그래서 지금 도움을 구걸하러 간다 이거지? 하긴 라쉬엘 족은 그리 강한 종족은 아니니까 도움을 요청하는 것도 당연하지. 그런데 아이라가 그렇게 중요해?"

"당연하죠. 족장의 딸이니까요."

라쉬엘 족에게는 나는 이해할 수 없는 종족 간의 깊은 유대감이 존재했다. 수가 적기 때문에 서로를 더 소중하게 여기는 것 같았다.

"이제 조금 있으면 란디아르 공작의 영내에 들어가게 돼요."

엘르는 요염한 웃음을 흘리면서 그렇게 말했다.

오랫동안 달려와서 말은 매우 숨 가빠하고 있었다. 로나릴 녀석을 데리고 있는 데다가 먼 길을 달려왔으니 말이 지쳤을 법하다. 그런데 이 말에게 이름을 지어주지 않았군. 뭐라고 짓지? 그래, 테자르. 네 이름은 이제부터 테자르다. 영주의 이름이라고 했으니 더 적격이겠군.

계속해서 달리다 보니 초원 위에 마을이 서 있는 것을 발견할 수 있었다. 엘르가 가고자 하는 곳이 맞는 것 같았다. 성곽에 싸여 있는 마을인 듯싶었다. 주위는 또다시 숲으로 깔려 있고 지평선 너머로 검은 연기가 피어 올랐다.

"이제 성지(城地)가 보여요. 조금만 더 달리자고요."

"그런데 저 검은 연기는 뭐야?"

검은 연기가 하늘에 피어 오르고 있었다. 엘르도 도시의 상황에 깜짝 놀랐는지 당황하며 말을 멈추어 세웠다.

"이상해요. 무슨 일이라도 있는 건가요?"

"가보면 알겠지."

피곤해~ 인간들도 꽤나 세력 다툼을 즐긴다니까.

*　　　*　　　*

불타오르는 집과 논과 밭, 그리고 굴러다니는 사람들의 시체들, 주인을 잃은 채 날뛰는 짐승들은 난장판인 상황을 설명하기에 충분했다. 이 마을에 지금 어떤 일이 일어나고 있다는 것은 말하지 않아도 알 수 있는 상황이었다. 일종의 전쟁과 같은 것인가.

"맙소사. 이게 어떻게 된 걸까요?"

엘르는 예기치 못했던 상황 때문에 머리를 감싸 쥐고 있었다.

어린아이, 여자 할 것 없이 전부 칼에 베인 상처를 가지고 죽어가고 있었다. 흐르는 공기는 내 머리를 짓누를 정도로 무거웠다.

인간들은 시끄러운 것을 좋아하는 것 같다. 그들은 한시도 쉬지 않고 일을 벌인다. 지금까지 마법사를 찾는 여행을 계속해 오면서 하루라도 조용했던 날이 드물 정도였다. 마법사가 있는 알타크나도 이런 소동이 끊이지 않는 것일까.

다가닥다가닥—

말들이 달리는 소리가 들렸다. 아직 이곳의 싸움은 끝나지 않았다. 나는 미드가르드 녀석을 뽑아 들고는 엘르에게 로나릴 녀석을 던졌다.

"이 녀석 좀 부탁해, 엘르."

"카티스?"

나는 엘르를 무시하고 소리가 나는 쪽으로 말을 몰았다. 엘르도 전사니까 아마 걱정하지 않아도 상관없을 것이다. 나는 본능이 이끄는 대로 발걸음을 옮긴다. 불 냄새가 진동하며 나를 끌어당기고 있다.

『지금 어디 가는 거야? 설마 인간들의 일에 끼어들고 싶어하는 것은 아닐 텐데』

잠이 깬 듯한 부스스한 목소리의 미드가르드가 물었다.

"그냥, 찾아볼 것이 있어서."

베리우스의 이름을 들었을 때 불길한 어떤 것을 느끼고 있었다. 영주 테자르의 반란과 관련된 전쟁인지, 아니면 다른 문제가 있는 것인지 알 수 없었지만 베리우스와 관계가 있다는 것이 신경 쓰였다.

『그러고 보니 불의 정령 냄새가 나는걸?』

베리우스의 검은 불의 정령 검이다. 자이비엘이라고 하는데, 이 세상에 몇 없는 정령이 깃든 검 가운데 하나였다. 어쩌면 집집마다 치솟고 있는 이 불길이 정령 검의 힘인지도 모른다.

"불의 정령이라……"

베리우스와는 별로 만나고 싶지 않았지만 대면한다면 피하고 싶지는 않았다. 그 녀석에게 내가 강하다는 것을 보여주고 싶었기 때문이다. 귀찮은 녀석이고 나를 죽이려고 한다는 것도 사실이긴 했지만, 그렇기 때문에 나는 녀석을 태양이 떠 있는 대지 아래서 굴복시키고 싶은 욕망을 항상 가지고 있었다.

"하하하하하하하!!"

웃음소리는 멀지 않은 곳에서 들려오고 있었다. 나는 베리우스 녀석이 이곳에 있다는 것을 확인했다. 바람과 함께 살기가 엄습해 왔다.

이질리스와 미드가르드를 들고 말에서 뛰어올랐다.

붉은 섬광을 토해내던 한 자루의 검이 내가 타고 있던 말, 테자르의 목을 두 동강으로 갈랐다. 테자르의 목은 땅에 떨어져 구르고 몸은 그냥 곤두박질친다.

한마디로 놈은 무차별적인 살육을 하고 있었다. 미친 검사 같으니.

"네놈은… 카티스……?"

지겨운 녀석, 나에게 덤빈 그 미친놈이 이렇게 말했다.

코가 높고, 희고 긴 얼굴에 목까지 기른 짧은 은발을 출렁이며 놀란 눈으로 나를 쳐다본다. 이 녀석의 얼굴 언저리에 핏방울이 튀어 있었다. 피를 뒤집어쓴 겉멋만 잔뜩 든 살인마 녀석이었다.

잿빛 눈동자가 내 쪽으로 시선을 고정시켰다.

놈의 눈에서는 붉은빛이 번뜩였다.

"카티스, 네놈. 아직 죽지 않고 있었구나."

"그건 내가 하고 싶은 말이군."

나는 이죽거리면서 놈을 놀렸다. 베리우스는 단순한 사고방식의 소유자이기 때문에 놀리는 것이 아주 재미있다.

"이때를 기다렸다, 카티스. 이 색한 녀석!"

놈은 붉은 날의 검을 휘두른다. 그 무식하게 센 힘으로 공격하기 시작한 것이다.

나는 놈의 검을 살짝 피했다. 녀석은 내 뒤에 있는 집의 담을 쳤는데 그것은 간단히 부서져 버렸다. 베리우스가 강한 것은 사실이었다. 한 나라를 심심풀이로 멸망시킬 정도로 놈은 강했다. 하지만 내가 아무리 힘이 반감했다고 하더라도 놈에게는 절대 지지 않을 것이다.

『카티스, 저 사람 정말 강한데?! 힘은 너에 못지 않은 것 같아』

나와 베리우스 저 미치광이 자식을 비교하다니, 수다쟁이 검 너도 한물갔구나.

나는 이질리스를 길바닥에 푹 찔러 넣었다. 푸른 날의 마검은 쇠사슬을 철렁이면서 땅에 박혔다.

"무슨 허튼짓을 하는 거냐? 카티스, 네놈의 목을 베어 그녀에게 복수하겠다!"

내 행동을 전혀 이해 못한 베리우스는 은발을 찰랑이며 도약하여 덤벼들었다. 나는 자세를 낮추면서 검은 날의 마검을 들어 그놈의 검을 막아냈다. 베리우스의 정령 검 자이비엘의 검날에서 불꽃이 피어오르고 있었다. 덩달아 나를 바라보는 베리우스의 눈도 복수로 타오르고 있었다.

"이질리스!"

내 말은 잘 듣지 않는 녀석이지만 죽은 자의 몸을 조종하는 능력을 가지고 있는 이질리스는 그곳에 쓰러져 있는 시체 한 구의 손을 빌려 일어섰다. 갓 죽어버린 어린 기사의 시체였는데 이질리스가 이용하기에는 안성맞춤인 것 같았다.

베리우스의 눈은 시체의 움직임에 고정되어 있었다.

"카티스, 네 녀석! 보지 못한 백 년 간 흑마술을 공부한 거냐?"

공갈 검의 사자(死者) 조종력은 탁월했다. 사체만 있다면 계집애의 모습인 밤의 나에게 맞먹었던 실력의 검사를 만들어낼 수 있는 것이 아닌가. 공갈 검은 나의 명령 없이도 베리우스에게 공격하기 시작한다. 숲에 들어갔다 나온 이후 녀석은 비교적 나를 잘 보조해 주었고, 나는 그것을 잘 이용할 생각이었다.

베리우스는 이질리스의 움직임을 아슬아슬하게 피하면서 생각났다는 듯 외쳤다.

"설마 저 검, 마검인가? 그래, 카티스 네놈은 그동안 마검을 찾으러 다녔군. 네놈이 들고 있는 그 검도 마검이겠지?"

명검에 대한 편집증으로 가득한 녀석은 이질리스와 미드가르드를 눈독 들이기 시작했다.

그러나 이질리스나 나의 움직임을 동시에 막아내야 한다는 벽이 있었다. 아무리 미치도록 강한 녀석일지라도 나와 이질리스를 동시에 막기는 힘들었다.

잘됐다. 이 기회에 널 내 발 아래 굴복시켜 주지.

"저 검은 사검인가?"

과연 녀석은 이질리스에 대해 관심이 높았다. 마검 미드가르드의 이름을 아는 자는 거의 없었지만 아나리드의 마검, 이질리스에 대해서는 거의 모르는 사람이 없을 정도였으니 그럴 만도 하지만.

그 검이 이질리스라는 것을 알아차리자 베리우스의 눈이 더욱 빛났다.

이질리스가 조종하는 어린 기사 녀석의 움직임은 빨랐지만 실전에 능한 베리우스를 베기에는 역부족이었다. 그러나 그러기 위해 내가 있는 것이 아니겠는가. 베리우스의 검, 자이비엘의 내뿜는 불만 어떻게 한다면 녀석을 죽이는 것도 어려운 것은 아니다.

『카티스, 너, 이자와 원한이라도 있는 거니?』

미드가르드가 맹렬히 공격하는 나에게 묻는다. 그 대신 녀석의 자이비엘 불의 검을 이질리스는 힘겹게 받아냈다. 이질리스의 검날이 일순 늘어나 베리우스의 심장을 노렸지만, 베리우스는 검을 비틀어 그것을 막았다.

"사검 이질리스, 듣던 대로 탐나는 검이로군!"

망자를 조종하는 이질리스에 비해 베리우스의 능력은 뛰어났다. 이질리스의 힘이 강한 것은 사실이지만 놈은 자신의 몸으로 싸우는 것이 아니라 정신력으로 싸우기 때문에 베리우스에 비해서 떨어질 수밖에 없었다. 게다가 이질리스는 지금 능력이 봉인되어 있는 상태다.

그런 이질리스를 제압하는 것은 베리우스에겐 어렵지 않은 일이었다.

그러나 나는 작은 틈을 노리고 있는 것이었다. 녀석이 이질리스에게 조금이라도 신경이 가 있을 때 일격을 가하면 녀석을 해치우는 것도 어려운 것은 아니리라. 이질리스와 나를 동시에 공략하는 것은 쉬운 일이 아니기 때문이었다.

"어리석은 짓! 네놈이 비굴한 수법을 쓴다고 해서 내가 이기지 못할 줄 아냐?!"

사검의 공격을 막아내며 베리우스가 소리쳤다. 녀석의 기합 소리가 대단해서 일순 이질리스가 조종하던 시체의 몸이 움찔했다.

때를 놓치지 않고 베리우스는 이질리스를 한순간에 제압했다. 이질리스가 조종하던 사체의 팔이 날아감으로써 그 팔과 함께 이질리스의 본체는 하늘로 솟구쳤다.

"제기랄!"

푸욱 소리와 함께 이질리스의 검체가 바닥에 꽂혔다.

베리우스 녀석, 단순한 근육 덩어리의 멍청이인 줄로만 알았는데 팔을 자름으로써 제압할 기회를 노리고 있었구나!

그러자 이질리스가 인간의 모습으로 검신에서 모습을 드러냈다. 자신의 행동이 쉽게 저지당한 것에 자존심이 상했던 것 같았다. 흐르는 듯한 푸른 머릿결의 이질리스가 눈앞에 나타나자 베리우스는 조금 더 마음에 들었는지 입가에 미소를 띠었다.

"좋아, 아주 맘에 드는 마검이야. 카티스가 가지기엔 아까운 검. 아름다워."

징그러운 녀석. 남자에게 아름답다는 표현을 쓰다니, 용납하지 못할 말이다.

그 말을 들은 이질리스는 자존심이 상했던지 불쾌한 표정을 지었다.

나는 미쳐 버린 듯한 그 녀석의 머리를 틈을 타서 수다쟁이 검의 칼등으로 힘껏 쳐주었다. 베리우스는 눈에 쌍심지를 켜면서 날 바라보았다.

"빌어먹을 흡혈귀 자식! 나의 그녀를 죽인 놈! 네놈을 죽여

주마!"

난 흡혈귀가 아냐, 그런 하급 라그나와 나를 비교하지 마라.

베리우스의 분노는 백여 년이 지난 후에도 전혀 사그라지지 않은 듯싶었다. 그 분노를 지닌 채 녀석은 나에게 필사적으로 공격하고 있다. 덕분에 몇 번이나 허공을 가르고 녀석의 공격을 막았는지 셀 수도 없다.

그러나 녀석도 나도 전혀 힘이 떨어지지 않았다. 베리우스는 인간이 아니고 나도 그렇다. 보통의 인간이 견디어낼 수 있는 그런 전투를 했을 리가 없었음에도 녀석과 나는 아직 숨소리조차 흐트러지지 않았다.

베리우스는 무지막지하게 무식한 힘을 지니고 있었다. 나도 힘으로는 지지 않았기 때문에 팔을 뻗어 베리우스의 정령 검을 막았다. 정령 검으로부터 발산되는 불기둥을 피하는 데 약간 애를 먹었을 뿐이다.

『카티, 대답해 줘. 저자는 누구야? 너에게 맞먹을 정도로 강하잖아?』

요 몇 달 동안 거의 강한 녀석을 만나지 못했던 터라 수다 검은 베리우스의 등장에 신선함을 느끼고 있었다.

"널 죽이고 그 마검들은 내가 갖겠다!"

"검이 널 거부하겠다."

나는 이렇게 말하면서 놈의 복부를 발로 차주었다. 체력이 강한 놈이라 얼마든지 차주어도 상관없다는 것이 장점이기도 하고 단점이기도 한 것 같았다. 그러자 성질 난 베리우스가 자이비엘을 무식하게 가로로 휘둘렀다.

나는 미드가르드 녀석으로 베리우스의 자이비엘을 막았다. 자이비엘은 불을 뿜어댔다. 과연 놈이 가장 아끼는 정령 검다운 능력이었다. 자이비엘의 불길은 주위의 공기까지 산화시키는 능력이 있었다. 저 불길에 스치면 내 아름다운 머리카락이 상당수 타 들어갈 것이다.

"베리우스, 네가 그 자이비엘을 준다면 이질리스와 바꾸어줄 수도 있어."

나는 녀석의 힘이 들어가 있는 검날을 막으면서 제의했다. 멀찍이 서 있던 이질리스는 순간적으로 구멍 뚫릴 정도로 나를 노려보았다.

"난 미녀 검이 좋거든."

"너 같은 놈에게 자이비엘을 넘길 리가 없잖아, 이 색한 놈! 난 이질리스와 그 마검을 직접 너에게서 힘으로 빼앗겠다, 카티스!"

그렇다면 백년은 이르다! 내가 힘이 절감된 상태라지만 네 녀석 따위를 죽이는 것은 시간문제다!

내가 수다 검으로 놈을 길게 베었을 때 녀석의 몸이 시야에서 사라졌다. 나는 고개를 돌렸다. 녀석의 몸이 위쪽에서 나타나 검으로 내리쩍었다. 나는 오른팔을 올려 자이비엘의 검을 막았다.

베리우스의 입꼬리가 치켜 올라갔다. 그와 동시에 자이비엘의 붉은 검날은 불을 내뿜었다. 내가 눈을 감고 뒤로 물러섰을 때 녀석의 검이 다시 한 번 가로로 내 몸을 가로질렀다.

수다 검 녀석으로 막지 않았다면 내 배에 긴 줄이 그어졌을 것이다.

그동안 이 미친놈의 실력이 늘어났다!

지치지도 않고 자이비엘의 검날이 나를 향해서 치달렸다. 검을 잡고 있는 베리우스의 오른팔은 힘이 들어가 있으면서도 유연하게 상황을 대처하고 있었다.

나는 수다 검으로 베리우스의 끊임없는 공격을 막았다. 자신의 승리를 확신한 베리우스는 미친 듯이 웃어대기 시작했다.

하지만 내가 가진 검도 마검인지라 자이비엘 따위에게 밀리지 않는다. 나는 녀석이 실컷 웃고 있는 틈을 타서 발을 걸어 베리우스의 움직임에 제동을 걸어주었다. 네 녀석이 웃어봐야 사태는 아무것도 바뀌지 않는다. 지금까지는 너의 실력을 알아본 것뿐이야.

"베리우스, 이 미친 검사 녀석아. 네놈의 자이비엘을 넘겨주면 이질리스를 준다고 했잖아!?"

"너에게 줄 것 따윈 없어! 네 녀석을 죽이고 모두 내가 갖겠다!"

나는 피식 웃으면서 말했다. 내가 한번씩 웃을 때마다 검을 휘두르는 놈의 이마에 핏줄이 조금씩 서는 것을 볼 수 있었다. 나는 그것이 너무 재미있어서 피식피식 웃어주었다.

"이 흡혈귀 자식, 장난치지 마!"

베리우스의 힘이 쏠린 검이 나에게 강하게 치고 들어왔다. 나는 유연하게 그것을 막아주었다. 한참을 녀석과 접전을 계속하고 있었는데,

"앗, 저쪽입니다!"

라는 인간의 목소리가 들려왔다. 베리우스 녀석도 그것을 눈치챘는지 쿡, 웃었다. 녀석은 죽일 만한 사람이 많으면 많을수록 좋아하는 것 같다. 과연 미친놈.

다가온 녀석들은 기사들인 것 같았다. 이곳이 공작의 성지라면 그것을 지키는 기사들도 당연히 있어야 하는 법인데, 이 느려 빠진 녀석들이 바로 이 성도를 지키는 자칭 수호 기사들인 모양이

었다.

"이쪽입니다, 사이린님!"

사이린? 사이린라면 그 올빼미 동생을 가진 엘 공작의 휘하에 있는 그 여자 기사가 아닌가. 나는 기억해 내고서는 스스로 감탄했다. 나는 사이린을 보면서 그때의 일을 떠올렸다.

"이 자식! 날 지금 우롱하는 거냐? 딴 데 보면서 싸우지 말란 말이다! 정정당당하게 싸워서 네 녀석의 목을 날려주고 말 테니!"

녀석은 나에게 버럭버럭 소리친다. 언제나 놈을 보면 생각나는 거지만 놈의 얼굴 표정은 정말 자유자재로 변하는 것 같다. 웃다가도 화내고, 화내다가도 껄껄껄 웃는 녀석이다. 보통의 사람이라면 상대하지 못할 바보 같은 녀석이라고 단정 지어 말할 수 있다.

그러던 도중 멀찍이 서 있던 이질리스가 그 녀석과 싸우던 나와 달려오는 기마병들을 번갈아 보고 있었다. 항상 그렇듯 이질리스는 무표정에 생각을 읽을 수 없는 공허한 눈빛으로 현상을 직시하고 있다. 사이린의 일을 기억하고 있는 건가.

"한눈팔지 말란 말이야!"

녀석이 한 손으로 불의 검을 휘두르면서 불을 뿜어냈다.

"저쪽입니다, 사이린 단장님!"

붉은 머리카락의 여성인 사이린이 검은 말을 몰고 왔다. 베리우스를 적으로 간주하고 있는 듯싶었는데, 베리우스만이 아니라 나도 거기에 포함하고 있는 것 같았다.

그사이에 베리우스가 헛손질하여 앞집의 담장을 무너뜨렸다. 나는 녀석이 부숴 버린 담장의 파편을 피해 뒤쪽으로 물러섰다.

베리우스는 피를 뒤집어쓴 끔찍한 모습으로 나에게 또다시 달려들었다. 사이린과 다른 인간들은 나와 베리우스 녀석의 접전을 보면서 경악을 금치 못했다. 인간들은 따라올 수 없는 빠르기였기에 섣불리 달려들 수도 없었을 것이다.

사이린은 그런 나와 베리우스의 싸움과 상황을 살피다가 곁에서 팔짱을 끼고 서 있는 이질리스를 발견했다.

"아니, 넌……?"

물론 이질리스 놈도 그 계집애를 기억하고 있을 것이다. 사이린은 이질리스에게 다가갔다.

"한눈팔지 마라, 카티스. 네놈의 실력이 이것밖에 되지 않았단 말이냐?!"

녀석이 식상하디식상해 빠진 말을 하면서 크하하하, 웃어댔다. 녀석은 완전히 자기 도취에 빠져 검을 미친 듯이 휘둘렀다. 검 안에 있는 정령 계집애는 열심히도 놈의 지시에 따라서 불을 뿜어냈다. 호흡이 척척 맞는 녀석들이다.

베리우스 녀석의 피가 엉겨붙은 은발이 출렁였다.

베리우스 녀석과 검을 마주하다 보니 녀석과 관련된 옛날 일이 생각났다. 젠장할, 옛날 일이 자꾸 생각나면 늙어간다는 증거라고 하던데. 예전에 저 바보 같은 베리우스는 어떤 여자를 짝사랑했었다. 물론 그 여자도 눈이 있어서 그런지 저런 미친 녀석이 눈에 찰리가 없었다. 그녀는 날 선택했고, 난 그녀를 받아들였다.

그 옛날 일을 잊어버리지 못하는 그 녀석은 그 여자가 죽은 이후로 더 광폭하게 되어버렸다. 원래의 불 같은 성격에 실연까지당하니 그 성깔이 더 난폭해지는 것은 당연한 결과인지도 모른다. 녀석은 자기를 버린 그 여인을 잊지 못했고, 그 여자가 죽은 이후 그녀가 죽은 것이 다 내 탓이라고 하며 나에게 복수하려고 했던 것이다.

물론 베리우스와 나는 실력 차이가 나기 때문에 녀석의 복수가 성공할 리 없었다. 나는 언제나 여유가 있었고, 놈은 언제나 급했으니까.

"이 자식!"

내가 너무나도 쉽사리 놈의 검을 피하자 베리우스는 계속 화가 나는지 씩씩거리면서 달려들었다. 이 베리우스의 괴물 같은 점은 아무리 이렇게 싸워도 지치지 않는다는 점이다. 이 찰거머리 같은 놈을 어떻게 하면 쫓아보낼 수 있을까? 죽여 버리면 편할 것 같지만 그러기엔 시간이 너무 오래 걸릴 것 같았다.

『카티, 이자와 언제까지 싸울 거야. 빨리 끝날 것 같진 않은데?!』

"죽일 때까지."

나는 오른손으로 힘껏 녀석의 허공을 갈랐다.

베리우스는 항상 그 무식한 힘으로만 밀어붙이는 스타일이었다. 스피드는 쓸 만하지만 녀석의 불 같은 성격 때문에 나에게 이긴 일이 없었다.

하지만 현재의 베리우스는 내가 마법사의 봉인에 걸려 잠들어 있는 사이에 실력이 좀 늘어났던 모양이다. 베리우스가 불의 검을 휘두를 때마다 불이 타올랐다. 나는 역으로 그것을 이용해서 그 사이에 뛰어들어 베리우스의 어깨에 마검을 박아주었다.

그러자 베리우스는 뒤로 물러섰고, 검은 뽑혔다. 그 녀석의 어깨에서 끈적끈적한 붉은 액체가 흘러나왔다. 꽤 깊숙이 찔렸던지 배어 나오는 피의 양은 많았다.

그 녀석의 입술에서 붉은 피를 흘렸다. 나는 녀석이 몸을 일으키는 것을 확인하고는 고개를 돌렸다.

"이질리스!"

이질리스는 나의 말에 대답없이 고개를 끄덕였다. 나는 이질리스가 떨어진 곳으로 다가가 그 검을 거리에 널브러져 있는 사체들 위로 던졌다. 사체를 조종하는 힘이 있는 이질리스였기에 한 시체가 이질리스를 잡고 일어섰다. 현재 이질리스의 본체가 인간화해 있어도 사체를 조종하는 일은 가능한 모양이다.

"이 비겁한 자식!"

사체는 베리우스를 공격해 온다. 이건 비겁하다기보다 가지고 있는 것을 십분 활용한다고 말하는 것이다. 나는 싱글싱글 미소를 지으면서 녀석에게 우아하게 미소 지어 보였다.

이질리스의 검을 지닌 그 사체는 살아 있는 것처럼 검을 들어 베리우스를 공격한다. 이것이 바로 이 봉인당해 버린 사검 녀석이 현재 사용할 수 있는 최고 어빌리티가 아닌가 한다. 이질리스가 조종하는 사체와 내가 미드가르드를 들고 녀석에게 가까이 다가 갔다. 이대로 죽여 버리는 것이 앞으로 이 카티스님의 미래를 위해서 좋을지도 모른다.

"주군, 피하십시오, 이대로는 위험합니다!"

자이비엘의 붉은 검날에서 불이 피어 오르듯이 한 미녀가 나타났다. 불꽃과 같은 웨이브 진 긴 머리카락과 금빛 눈은 그녀가 불의 정령임을 알려주고 있었다. 베리우스의 검이 불의 정령이 깃든 정령 검이라는 사실과 미녀 정령이 그 안에서 보좌해 주고 있던 것은 알고 있었지만 그녀의 모습을 직접 보는 것은 처음이었다. 그녀는 베일과 같은 하얀 천으로 몸을 감싼 이국적인 미녀였다.

그런 자이비엘이 베리우스의 어깨를 감싸며 그를 말리고 있었다.

"자이비엘, 비켜. 내 저놈을 죽여 버리고 말겠다!"

"지금은 무리예요, 주군!"

그녀는 부드럽게 그 미치광이를 감싸 안았다. 베리우스의 지친 눈은 여전히 나에게 살기를 품고 있다. 그대로 물러설 수 없다는 듯이 일어섰지만 어깨에서 배어 나오는 피는 마검 미드가르드에 의한 상처였기 때문에 쉽게 피가 멎을 만한 상처가 아니었다.

자이비엘은 베리우스에게 입을 맞추면서 그를 저지시켰다. 녀석이 조금이지만 누그러진 얼굴로 변했다. 베리우스 녀석은 누가 뭐라고 해도 사내자식이었던 것이다.

"어서 가요, 주군. 제가 상처를 치료해 드릴게요."

그녀는 달콤하게 자신의 주인을 안았다. 그녀의 금빛 눈동자는 나를 향해 있었다. 베리우스의 불 같은 성격이 누그러들 수 있는 것은 자이비엘 덕분이었다. 그녀 덕에 녀석은 뒤로 물러섰고, 언제나와 같은 목소리로 소리쳤다.

"이번엔 살려두지만 다음에 만나면 죽을 줄 알아!"

항상 같은 레퍼토리를 보면 베리우스는 새로운 인사법을 생각해 내지 못하는 얼뜨기였다. 자이비엘이 나에게 아주 관능적인 미소를 지어 보이며 녀석과 함께 불타오르듯이 사라져 버렸다. 하긴, 자이비엘로서는 나에게 나쁜 감정을 가질 리 없다.

그녀는 자신의 주인인 베리우스 녀석의 사랑을 받고 싶어했고, 일편단심인 그 녀석의 짝사랑의 여성 칼리아가 죽은 것이 오히려 좋았을 것이다. 그래서 베리우스와는 달리 나에게 약간이지만 감사한 마음을 가지고 있었다. 여자란, 원래 그렇게 무서운 존재일지도 모른다.

자이비엘과 함께 베리우스가 사라졌다. 웅성웅성 사람들의 목소리가 들려왔고, 이질리스가 일시적으로 생명을 불어넣었던 어린 기사의 시체는 다시 흙으로 돌아갔다.

지금은 쫓아냈지만 저 베리우스는 언젠가 없애는 것이 좋겠다는 생각이 든다.

베리우스가 사라져 버리고 난 후, 기마병들은 멍하니 할 일이 없어져 멀뚱거리는 가운데 단장 사이린이 나를 향해서 검을 들었다.

"멈춰라!"

수상해 보이는 베리우스 녀석이 사라진 후, 나라도 잡아야겠다는 생각이 들었는지 사이린은 나를 에워싸라고 명령했다. 사이린이 현재의 내 모습을 본 적이 없었고, 그 때문에 그녀는 나를 이방인으로 간주하고 있었다. 그녀는 내게 적의를 표했다.

『이런, 이상한 사람으로 오해받았나 보다.』

나는 어떻게 할까 잠시 고민하고 있었다. 지금의 사이린이 날 알아볼 리도 만무하니 변명할 것도 없이 저 인간들을 모두 죽여 버릴까 하는 생각이 들었던 것이다.

"잠시만요!"

이 목소리는 엘르였다.

"카티스!"

나는 내 목에 세이버를 겨누고 있는 사이린을 밀치고 나에게 달려오는 엘르를 안았다.

"카티스? 기절한 남자를 둘씩이나 나에게 맡겨 버리고 어딜 갔던 거예요?!"

그녀는 나를 원망하듯이 나의 품 안에 들어왔다. 나는 그녀의 상큼한 향기를 마시면서 미소를 지었다.

"당신은 라쉬엘 족의 엘르가 아닙니까?"

사이린은 엘르와 이미 대면한 일이 있는 듯했다. 엘르 역시 사이린을 기억하고 있었다.

"패러딘 사이린, 저쪽은 저를 도와주실 분이에요."

엘르의 한마디에 기마병들은 어이없다는 표정으로 나를 겨누던 창과 칼을 내렸다.

"저는 라쉬엘 족 족장 유스의 이름으로 란디아르 공작님을 찾아왔습니다."

사이린은 엘르를 맞이했다. 그녀의 방문과 베리우스의 출현이 어떤 관계가 있으리라는 생각을 지워 버릴 수 없었는지 사이린의 얼굴은 굳어 있었다.

*　　　*　　　*

라쉬엘이라는 종족을 모르는 인간은 없었다. 그들은 인간과 친숙한 편이었고 인간에 가까운 종족이었다. 게다가 예지를 할 줄 아는 이들이 있었기 때문에 종족 자체는 폐쇄적이었지만 호의를 품은 인간의 나라를 돕는 일이 많았다. 예전에 만났던 왕녀 세렌도 라쉬엘 족의 피가 흘렀기 때문에 미래를 예지할 수 있는 능력이 있었던 것으로 추정되어진다. 라쉬엘 족의 마을이 어디 있는지 제대로 알고 있는 사람은 없었지만, 그들이 대륙 내부에 살고 있다는 것만은 틀림없었다.

나는 우연히 만난 엘르 때문에 엘 공작의 성에 들어와 있었다.

대부분의 귀족이라는 것들은 별것도 아닌 혈통을 자랑하면서 삐까번쩍한 성안에서 높은 호의호식하며 얼굴 단장이나 하는 경우가 많다. 그 정친지 무언지가 힘들다는 말은 하겠지만, 그런 놈 일수록 백성들의 모르고 자기가 나라에 가장 큰 공헌을 하고 있다고 생각하는 녀석들이 많다. 베리우스 때문에 란디아르 공작의 영지 중 일부가 불바다가 되어버리는 일이 있긴 했지만 대공이라고 불리는 작자는 휘황찬란한 성에서 살고 있었다.

"역시 란디아르 공작은 대단하군요."

엘르가 촌에서 온 사람처럼 두리번거리며 구경하고 있었다. 어쩌다가 엘르 저 계집애를 따라 여기까지 오게 되었는지 모르겠지만, 여하간 나는 이 성까지 왔다. 이럴 줄 알았으면 엘르를 따라온 레이딘 녀석을 기절시키지 않는 거였는데……. 그 때문에 이렇게 억지로 끌려오게 된 것이 아닌가.

엘 공작의 성은 화려하고도 고풍스러웠다. 인간들의 사고방식으로 보면 전통적인 느낌이 드는 고고하고도 미적 센스를 갖춘 그런 성이었다. 그런 성의 응접실에서 우리는 엘 공작과의 접견을 기다리고 있었다.

나는 소파에 누워서 잠시 편안하게 쉬었다. 수다 검과 공갈 검 모두 내가 손을 뻗을 수 있는 곳에 세워 두었다. 원래 외부인이 함부로 공작의 성에는 무기를 가지고 들어갈 수는 없지만, 지금은 비상 사태였기 때문에 괜찮은 듯싶었다.

로나릴은 어느샌가 깨어나서 신나게 떠들어댔다. 처음 보는 성에 놀라서 할 말이 많은 모양이다. 하지만 그 덕에 나는 조금 신경이 곤두서고 있었다. 내 옆에는 벽을 기대고 이질리스가 서 있었다. 이질리스가 그곳에 있는 것을 사이린이 수상하게 여겼지만 귀찮아서 그냥 내가 데리고 있는 애라고 얼버무렸다.

"정말 주인님은 너무해요. 순진한 저에게 주인님이 그렇게 크나

큰 충격을 줄 줄은 몰랐다고요. 어떻게 저에게 그럴 수가 있어요?"

나불이가 나불거리기 시작했다.

"주인님은 인정이라고는 눈곱만큼도 없는 사람이에요. 제 가녀린 맘에 그런 크나큰 충격을 주시다니… 이 순진한 소년은……."

"입 다물게 해줄까? 그렇게 말하는 것을 보니 맞고 싶냐?"

나는 놈의 머리를 한 대 쳐주면서 이렇게 물었다.

"넌 영웅이 되고 싶지?"

"되면 좋죠."

로나릴이 뿌루퉁한 모습으로 날 흘겨보면서 말했다.

"영웅은 여자를 밝혀야 하는 법이야."

나는 짓궂은 미소를 지었다. 로나릴은 나의 말에 깜짝 놀라서 눈을 깜빡였다.

"카티스, 말도 안 되는 말로 어린애를 가지고 장난치지 말아요. 얘야, 그런 건 없어. 여자를 밝힌다고 영웅이 되는 것도 아니고, 영웅이 여자를 밝혀야 한다는 법도 없단다."

엘르가 내 말에 꼬박꼬박 토를 달고 정정해 주었다. 로나릴은 속았다고 생각해서인지 그 검은 얼굴을 붉혔다.

"거짓말하다니, 주인님 미워요!"

로나릴이 계집아이처럼 삐쳐 버리고 말았다. 순간적으로 나는 이 녀석을 이 성(城)에 버리고 가면 어떨까 하는 생각을 했다. 음… 좋은 생각인 것 같았다. 데려오고 나니 그다지 피를 마시기에도 도움이 되는 것도 아니었고, 쓸모없는 놈 가운데서 첫 번째로 손꼽을 수 있는 노예 자식이니 내버려 두고 가면 내 인생이 편할 것 같다.

"시끄러워. 귀가 앵앵거리니까 주둥이 닥쳐라."

나는 녀석을 부드럽게 어우르듯이 말했다.

"너무해요!"

녀석은 나의 엘르에게 안겨서 우는 시늉을 했다.

이런 소동 속에서 문이 열리는 소리가 났다. 엘 공작이 들어온 것이다.

엘 공작은 저번에 만났을 때보다 더 화려하게 옷을 차려입고 과묵한 얼굴로 엘르와 나의 접견 신청에 응하고 있었다. 나는 일어서지 않았지만 엘르는 일어서서 인사했다.

엘 공작의 옆에 보좌하는 사람들 중에 엘 공작보다 약간 어린 청년이 그를 보필하고 있었는데, 그 호리호리하게 생긴 녀석은 그 올빼미로 변했던 케시아라는 엘 공작의 동생이었다.

"저의 성에 잘 오셨습니다, 라쉬르의 엘르 나미넬. 이렇게 혼잡한 때에 맞이하게 된 것을 송구스럽게 생각하고 있습니다."

"황공하옵니다, 란디아르 대공님. 제가 이곳을 찾은 것은 긴히 전해야 하는 족장님의 전언이 있기 때문에 친히 공작의 영지를 찾아왔습니다. 영지에 그런 일이 있게 된 것을 유감이라고 생각하고 있습니다."

엘르가 격식을 차리면서 이렇게 말하자 엘 공작은 고개를 저었다.

"함께 오신 그분은 주치의에게 맡겼습니다. 일단 앉으시죠. 그런데 저분은……."

나를 가리키고 한 말이었다. 나는 소파에 앉아서 공감 검과 수다 검을 만지작거리고 있던 찰나였다. 공작의 시선이 내 검들 쪽으로 향해 있었다.

"절 도와줄 저의 동료예요. 카티스라고 하죠."

나는 홍! 하고 고개를 돌렸다.

"무뚝뚝한 녀석이라 무례를 범한 것 같습니다. 죄송합니다, 대공."

곁에서 엘 녀석을 보좌하던 사이린이 날 보면서 이마를 찌푸렸다. 엘 공작은 쇠사슬에 묶인 손목으로 팔짱을 끼고 있는 이질리스를 발견했다. 엘 공작이 이질리스와 로나릴을 몰라볼 리 없다.

"저 소년들은……."

엘 공작은 이질리스에 대해 궁금해하고 있었다. 로나릴 역시 내가 왜 데리고 있는지 이상스러웠을 것이다. 엘르도 아까까지는 로나릴 외엔 아무도 데리고 있지 않았던 내가 이상한 소년과 함께 있는 것이 이상했던 듯 고개를 갸웃거리고 있었다.

"저 아인 내 거야, 저 꼬마도 그렇고."

한쪽 구석에서 구겨져 있는 로나릴 녀석을 보면서 공작은 의아한 미소를 지었다. 로나릴은 순간 공작과 사이린이 반가웠는지 헤헤, 하고 웃고 있는 것도 같았다. 사이린은 내가 무례하다고 생각했던지 얼굴을 찌푸린 채다.

"카티스가 제멋대로라서요. 이해해 주세요. 제가 잠시 고용한 사람이랍니다. 그럼 족장님의 전언을 말씀드리겠어요."

나는 따분한 이야기에 진력이 나버렸다. 엘르는 족장의 딸인 아이라가 잡혀 간 이야기와 테자르 공작의 반란… 그리고 또 합병에 대한 이야기를 장황하게 설명했고, 공작과 그의 똘마니들은 그 이야기를 신중하게 들었다. 한마디로 압축하면 될 이야기를 정말 여러모로 길게 늘여서 이야기하니 나는 짜증이 나서 견딜 수 없었다.

엘 공작은 나름대로 심각한 표정을 지었고 높으신 분들의 이야기는 더 이어졌다. 나는 짜증 나는 데다가 해가 져가는 것을 느끼고 소파에서 일어났다. 갑자기 일어난 나를 보고는 엘르가 눈을 크게 떴다.

"카티스! 어딜 가려고요?"

"이제 일은 끝났잖아? 엘르, 나중에 봐. 레이딘이라는 그 젊은 놈이랑 잘해봐라."

"무슨 소리를 하는 거예요? 이야기는 시작하지도 않았다고요?!"

엘르가 날 원망하는 듯한 시선으로 보았다.

"약속했잖아요? 내 일을 도와주기로 말이에요."

"난 그런 약속을 한 적 없어."

마을까지 함께 간다는 말은 했던 것 같군. 하지만 약속을 했다고 해도 약속은 깨지라고 있는 거야, 엘르.

엘르는 내 이름을 불렀지만 난 돌아보지 않았다. 사이린과 엘 공작과 다른 녀석들을 밤에 다시 만나고 싶지 않았다.

"엘르, 저 나불이 좀 맡겨둘게."

"주인님, 무슨 말을 하는 거예요?!"

로나릴이 당황해서 물었다.

응접실에는 밖으로 통하는 문이 단 하나밖에 없어서 난 그쪽으로 걸어갔다. 나불이는 내가 자기를 두고 간다고 생각해서 걱정스러운 듯이 물었다.

"그럼 돌아오는 거죠, 주인님……?"

실은 돌아올 생각이 없었다. 내 여행에 저런 수다쟁이 꼬마는 필요없다고 생각하고 있었으니까. 이질리스가 나를 따라왔다.

*　　　　*　　　　*

성지의 동쪽 부근은 모두 초토화되었지만 그곳만 빼고 멀지 않은 곳에 또 다른 성지의 도시가 있었기 때문에 끼니를 채울 만한 여관은 존재하고 있었다. 일단 식사를 한 후 말이라도 찾고, 그 이후엔 되도록 이곳에서 떨어져 마법사를 찾는 여행을 계속할 생각이었다.

"카티나, 그래서 로나릴을 두고 온 거야?"

보면 모르냐? 식사를 계속하고 있는 나를 능청스럽게 바라보면서 수다 껌 녀석은 턱을 쓰다듬으며 생각에 잠겨 있었다.

"맞아. 여행이란 어린아이에게는 괴로운 것일지도 모르니까, 그게 올바른 선택일지도 모르지."

"귀찮았어, 그 나불이 꼬마. 도움도 안 되고."

나는 마저 칠면조 고기를 뜯었다. 라쉬엘 족의 두 사람을 만나 피는 충분히 마셨기 때문에 인간들의 식사로 얼마간 버틸 자신이 있었다. 수다 껌 녀석은 포도주로 목을 축이면서 시끄러운 주점의 사람들을 바라보고 있었다. 이질리스는 이미 들어가 있었고 모습을 드러내지 않았다. 아침에 약간 힘을 쓴 것이 힘들었던가 보다.

"인간들은 난리로구나. 반란이라니… 카티나, 네가 가는 곳은 어디든 시끄럽지 않은 곳이 없는 것 같은 느낌이 들어. 요새 좀 시끄러운 때이긴 하지만……."

그건 나도 그렇게 생각하고 있었다. 어째서인지 몰라도 내 주위에는 항상 시끄러운 일이 많이 일어나고 있는 듯한 느낌이 든다. 이전에 페리나의 일도 굳이 내가 끼어들 만한 일이 아니었는데 소란에 참여했던 느낌이 강했다.

"그런데 엘르라는 아가씬 도와주지 않아도 되는 거야? 너의 옛

친구 베리우스와 관련된 일이잖아. 도와주지 않으면 곤란한 거 아
냐?"

"누가 친구냐? 난 그런 미치광이와는 친하지 않아."

"그럼, 왜 아는 사이인데?"

"네가 알 것 없잖아?!

수다 검 녀석이 꼬치꼬치 묻는데 참 귀찮았다. 녀석은 대답해
주지 않는 내게 실망한 빛을 보였다가 갑자기 일어서서 소리쳤다.

"에즈, 오랜만이네요. 이곳에서 만나게 될 줄은 몰랐어요."

에즈?

나는 뒤를 돌아보았다. 그곳에 있는 것은 목도리처럼 친친 감아
천으로 얼굴을 가린 붉은 머리카락의 여행자 녀석이 있었다.

"오랜만이네."

여전히 그는 무뚝뚝하게 대답했다. 아나리드의 유적에 함께 갔
다 온 이후로 만난 것은 처음이었다. 녀석과는 묘하게 행로가 겹
쳐져서 이번에도 만나지 못하리라 생각했었는데 만나게 된 것이
다.

"웬일이에요?"

"여행 중이었어."

당연한 대답이었다. 그는 우리들의 옆 의자에 앉았다. 그는 얼굴
을 감쌌던 천을 끌어내리고 점원이 가져다 준 물로 목을 축였다.

"에즈 씨, 그때 이후로 저희는 이질리스를 만났어요."

"이질리스?"

"네."

미드가르드는 내 옆에 세워 둔 이질리스를 가리켰다. 아나리드
의 검이라고 불렸던 이질리스는 쇠사슬이 묶인 채 수다 검과 함께

가지런히 세워져 있었다.

"쇠사슬에 묶여 있는 건가. 가엾게도……"

에즈는 무뚝뚝한 얼굴로 이질리스를 바라보고 있다. 묘한 향수가 녀석의 붉은 눈동자와 동화되어 가고 있었다.

"그래도 괜찮을 거예요. 언젠가 주인을 찾을 수 있을 때까지 카티나가 데리고 있기로 했거든요."

공동의 화제를 찾아서 기쁜 건지 미드가르드는 배실배실 웃으며 에즈에게 말했다. 에즈는 대답이 없었다. 그의 시선은 마검 이질리스에게 고정되어 있었던 것이다.

"그런데 에즈 씨. 이곳 란디아르 공작의 영지가 이상하다는 생각 안 들었어요?"

에즈는 대답없이 얼굴을 들었다. 나는 식사를 거의 다 해서 일어날 생각이었다. 에즈 녀석을 보니 내가 마법사를 찾으러 간다고 말해 놓고 아직까지 우물쭈물거리고 있는 것 같은 느낌이 들어서 기분이 나빴던 것이다.

"낮에 나타났었던 광검사 베리우스도 그렇고, 전체적으로 기분이 좋지 않아요. 반란을 일으킬지도 모른다는 소리를 들어서 그런가? 아참, 이럴 게 아니라 로드를 찾아가기로 했었지!"

미드가르드는 내가 자리에서 일어서는 것을 보고 성급히 일어섰다. 내가 서두르는 것이 못마땅한 것 같았지만 그래도 수다 검은 나를 따라갈 생각이었다.

"그럼 다음에 뵈어요."

쳇, 마법사를 찾으러 어서 가자.

녀석에게 복수할 거야, 난 베리우스 녀석처럼 두려워하지도 망설이지도 않겠다.

그러나 난 성급하게 나온 것을 후회하고 있었다. 지도는 분명히 가지고 있었지만 지도를 보아서는 어느 쪽이 알타크나로 가는 최단 길인지 알기는 쉽지 않았고, 더군다나 나는 종이 같은 걸 보는 데 약했다.

"내가 길을 알아보고 올게."

내가 수풀 길에 잘못 들어서서 어디로 가야 할까 한참 고민하고 있을 무렵, 수다 껌 녀석이 지도를 들고 고민하고 있다가 좋은 생각이 났다고 하면서 날개를 펼쳤다.

미드가르드의 등에서 한 쌍의 파리 날개 같은 색의 날개가 돋아났다. 녀석의 날개는 내가 지금까지 본 유익인 족속이나 날짐승보다도 확연히 비교될 정도로 그 크기가 컸다. 전체적으로 검지만 푸른빛이 감돌고 있어서 밤에 어울리는 색이라고 나는 가끔 생각했다.

"그럼 빨리 갔다 와."

긍정을 표하며 녀석은 날갯짓을 몇 번 해서 하늘로 날아올랐다.

저 녀석처럼 날개가 있으면 편할지도 모르겠다. 귀찮게 걸어가는 것보다는 날아가는 게 훨씬 빠를 것이다. 하지만 수다 껌의 말에 의하면 날개가 있다고 다 편한 것은 아니라고 했으니 또 모르지. 녀석은 인간이 걸어다니지 않고 말을 타듯이 자기 자신도 오래 날면 피곤해서 장기간의 여행에는 맞지 않는다고 했다. 그럼 역시 직접 나는 것보단 날개 달린 족속을 탈 것으로 타고 가는 것도 나쁘지 않은 생각이다.

미드가르드가 사라지고 나니 숲은 더욱 고요해졌다. 나불이 로 나릴이 사라져서 더 조용하게 느껴지고 있는 것 같다. 밤에는 푸른 숲도 검고 칙칙하게 보여서 앞을 잘 볼 수가 없었다. 오늘은 밤하늘도 흐린 편이어서 달도 보이지 않았다.

나는 무심코 그냥 걸을 뿐이었다.

부스럭 소리가 났다. 나는 수다쟁이 검과 공갈 검을 꽉 껴안았다.

부스럭……

나는 숨을 죽였다.

들짐승인가, 아니면 노예 사냥꾼?

부스럭……

젠장.

나는 검은 날의 미드가르드를 뽑을 준비를 했다.

검은 그림자, 그것은 생명체의 것이었다.

나는 숨을 죽였다.

그는 키가 큰 인간이었다. 내가 어둠에 눈이 익었을 때 그자의 얼굴 윤곽과 그 짧고 출렁이는 머리카락을 보았다. 그리고 잿빛 눈은… 베리우스, 그 미친 검사였다.

베리우스 녀석가 나를 발견했다. 잿빛 눈은 나를 쫓고 있었다.

피로 엉겨붙은 머리카락과 피를 뒤집어쓰고 있는 베리우스는 미치광이로 보였다. 녀석은 내 쪽으로 성큼 걸어오기 시작했다. 눈이 정상이 아니었다.

징그러운 놈. 하필 왜 내 쪽으로 오는 거야?! 설마 자이비엘을 휘둘러서 나를 죽이려고 하는 건가.

나는 난감한 표정을 지었다. 그 녀석은 성큼성큼 나에게 다가왔다.

녀석의 얼굴은 거의 맛이 간 얼굴로 멍하니 날 바라보았다. 우수에 찬 것 같은 녹색 눈으로 나를 바라보고 있다. 이 녀석 정신

나간 거냐? 날 뭐라고 생각하는 거야!

그런 표정, 네놈에게는 어울리지 않는단 말야!!

나는 놈의 처음 보는 괴이한 표정에 경악해서 말했다. 녀석은 완전히 울상을 지으면서 나에게 다가왔다. 내가 놈을 피해서 뒤로 물러섰는 데도 말이다. 녀석은 계속해서 가까이 오고 있었다.

"칼리아……."

날 보면서 저 얼굴을 슬픈 듯하고 에로틱한 표정을 짓는 이유는 뭐냐고……!

난 칼리아가 아니란 말야, 이 자식아. 차라리 빨리 정신 차려라!

"칼리아, 보고 싶었어……."

베리우스는 점점 더 나에게 다가왔다.

베리우스는 쓰러지듯이 나에게 다가왔다. 나는 계속 뒤로 뒷걸음질치다가 그만 넘어지고 말았다. 무성한 수풀 덕에 상처를 입지는 않았지만 녀석은 나에게 얼굴을 들이댔다.

베리우스 녀석의 어깨에서는 아직 피가 멎지 않고 있었다. 상처 치료를 받지 않은 건가.

"칼리아, 나의……."

베리우스의 손이 나의 뺨에 닿았다. 미치광이 녀석의 차디찬 그 손이 말이다. 닭살이 돋았다. 나는 베리우스의 헝클어진 모습에 놀란 그 손을 뿌리치지도 못한 채 눈만 멀뚱 뜨고 놀란 토끼 눈으로 놈을 바라보았다. 너… 너무 무섭다!

"칼리아 나의… 나의 사랑하는……."

더 말하지 마! 더 들으면 귀가 썩어서 죽어버리고 말 거야.

퍼억!

나는 놈의 얼굴을 발로 밟고 말았다. 원래 제정신이 아닌 그 녀석은 무방비 상태에서 나의 발길질에 맞고 기절하듯이 풀썩 쓰러져 버렸다. 녀석은 앞으로 고꾸라져서 죽은 듯이 나에게 안겼다. 녀석의 어깨에서 뜨끈한 피가 흘렀고 피 냄새가 온통 진동했다. 순간이지만 정말 위험했다는 생각이 들었다. 이 자식, 위험한 생각을 하고 있었는지도 몰라. 워낙 제정신이 아닌 놈이니까.

베리우스는 자신의 연인이었던 여자를 잊지 못한다. 녀석은 칼리아를 생각하며 피에 취해 미친 듯이 날뛰고, 또 저렇게 괴로워하는 것이다.

베리우스는 고른 숨을 내쉬고 있는 것으로 보아선 하는 행동치고는 멀쩡한 모습이었다. 얼굴에는 발자국을 남긴 채 기절해 있다. 나는 놈을 바닥에 내려놓았다. 녀석은 움직이지 않는다. 그것은 단단히 기절했다는 증거였다.

이때가 기회다. 바로 이때 이놈을 죽여 버리는 것이 현명한 선택이리라. 나는 수다 검의 검은 날을 들어 놈의 목을 겨눴다.

항간에는 정신 나간 놈들이 기사도를 운운하면서 기절한 적을 칠 수는 없다, 라고 말하곤 하지만 그런 기사도 따위 개에게나 줘야한다. 이런 바퀴벌레같이 끈질긴 놈은 이럴 때 그 질긴 생명을 끊어놓는 것이 가장 편하다. 바닥에 기어 다니는 벌레 하나의 목숨이나 이놈의 목숨이나 결국 같으니 이렇게 개미처럼 죽는 것도 다 너의 인덕이다.

죽어라, 베리우스. 이제 장난은 끝이다!

나는 검을 그놈의 목에 확실히 박아 넣기 위해 칼날을 치켜올렸다.

"주군!"

앗, 자이비엘이 갑자기 나타났다.

숲의 한구석에서 나타난 자이비엘는 이글이글 타오르는 눈으로 나를 바라보았다. 그녀는 몸에 쫙 달라붙는 긴 드레스를 입고 있었는데 남자인 나에겐 그것이 관능적인 아름다움으로 보였다.

"이 계.집.애. 감히 나의 주군을 넘보려고 하다니!"

내가 베리우스를 넘볼 리가 없잖아!

"나의 주군의 신성한 입에 키스하려고 하다니 용서할 수 없다, 꼬마!"

그녀는 곧장이라도 달려들을 듯한 기세로 말했다.

이 계집애가 사람 잡는군. 나는 기가 막혀서 붕어 입처럼 뻐끔뻐끔거리며 입을 다물지 못했다. 이놈의 숨통을 끊어놓으려는 것이 어째서 놈의 입술을 훔치는 것으로 생각되는 거지?

"나의 베리님께 손 대면 너의 목을 날려 버릴 줄 알아!"

그 계집애는 징그럽게 베리우스 놈을 베리라고 부르면서 나의 하얀 살결에 닭살을 더했다. 감히 이 카티스님께 목을 날려 버린다는 말을 하다니!

여자의 생명을 소중히 하는 나일지라도 좀 더 중얼거리면 없애 주겠다. 나는 자이비엘을 노려보았다. 피같이 붉은 눈으로 내가 그 계집애를 쏘아보자 계집애는 더 활활 타오르고 있었다.

여자라는 존재가 이렇게 집요하다는 것은 잘 알고 있었지만 그건 내가 선택받은 남자였을 때나 기분이 좋은 것이다. 계집아이의 몸을 하고 베리우스에게 손대려고 했다는 오해를 받는 것은 기분 나빴다.

"주군, 나의 주군……."

그 계집애는 베리오스의 상처에 입을 가져다 대면서 그 피를 흡수했다. 불의 정령인 그 계집애가 흡혈을 할 필요는 없다. 그것은 베리우스 놈을 치유하기 위함이었다.

그녀의 웨이브 진 붉은 머리카락이 감정에 따라서 그 강도를 달리해서 주변이 밝아졌다가 어두워졌다가를 반복했다. 이런 것 때문에 정령이라는 것이 인간들의 감정을 흉내내면서도 말은 자연에 가깝다고 하는 것인지도 모른다는 생각이 들었다.

내가 그 카티스라는 것을 자이비엘은 모르고 있는 것 같았다. 알아도 문제지만 몰라도 문제인 것이다. 날 이렇게 우습게 보다니…… 그 여자는 정령 사라만다의 피를 이었다고 하는 불의 정령이었다. 본래는 도마뱀같이 생겼을 것이다.

"시끄러워, 이 불도마뱀 계집애. 난 그런 미친놈에게는 손대지 않아!"

나는 혀를 내밀면서 말했다. 물론 유치하게 보였겠지.

"뭐야?! 이 계집애가 나의 주군에게 무슨 망언을?!"

자이비엘은 금방이라도 입에서 불을 뿜을 것처럼 화를 내면서 나를 바라보았다. 그 계집애의 머리카락이 붉어졌다 노래졌다 하니까 정말 재미있어 보이기는 했다.

여자에게 손을 쓰기는 싫지만 놈을 옹호한다면 어쩔 수 없는 일이고, 게다가 지금 받은 오해는 나에게 있어 상당한 수치가 아닐 수 없었다.

"이 계집애, 지금 날 노려보는 거야? 우리 주군에게 그런 욕설을 하고서 살아남을 수 있을 것 같아?"

자이비엘은 너무 베리우스에게 집착이 강한 것 같았다. 여자에게 있어 집착은 중요한 것이겠지만 베리우스는 그 무서울 정도의 집착과 애정에 질려서 그녀를 자신의 애인으로 받아들이지 않았다. 게다가 녀석은 일편단심 칼리아였고, 지금 이 시대에 얼마 남아 있지 않을 순정파, 미친놈이니까.

"주군을 대신해서 죽여주겠어."

그렇다고 호락호락하게 죽어줄 이 카티스님이 아니지. 네 선택을 후회하도록 해주겠다.

자이비엘이 성큼 나에게 다가오려고 한다. 아무래도 불을 내뿜으려고 하는 것 같다. 내 생전 죽는다면 여자에게 죽는 것이 더 낫다고 생각한 일이 있었지만, 막상 당해보니 그것도 아닐 것 같다. 역시 사랑에 눈먼 여자는 미친 남자보다 몇 배는 더 무섭다.

"자이비엘!"

들어보지 못한 목소리였다. 허공을 가르듯이 들리는 목소리, 그것은 공간에서 울리는 목소리였다. 차갑고도 납득시키기 쉬운 나긋한 목소리였다.

"케이?"

그녀는 깜짝 놀라 뒤를 돌았다.

나는 들어보지 못한 그 이름을 되뇌며 고개를 갸웃했다. 공간을 으그러뜨리고 나온 것은 짙은 밤색 머리카락에 키 크고 마른 남자였다. 키가 미드가르드 수다 검만큼 컸고, 이질리스 그 공갈 녀석만큼이나 무표정한 얼굴을 하고 있었다. 그 케이라는 남자는 팔짱을 끼고 빙그레 웃으며 자이비엘을 바라보았다.

이 자식… 인간인가, 아니면 다른 종족?

"그 여자아이는 베리우스가 제물로 잡아온 것인가?"

케이라고 불린 녀석은 얼어붙을 만큼 차가운 말투로 자이비엘을 바라본다. 자이비엘은 그놈과는 정반대로 타오르는 붉은 머리카락을 쓸어 올리면서 그 얼굴에 미소를 지었다.

"네, 나키아 케이아르……."

나는 황당한 표정을 지었다. 자이비엘은 대강 얼버무리고 있는 것 같았다. 베리우스 녀석은 기절해 있으니 일은 자이비엘이 해결한다는 건가.

"이 여자아이를 데리고 가는 것이 좋겠어요. 그 피의 의식에 딱 적격인 것 같아서요."

나는 황당한 표정을 감출 수 없었다.

케이라고 불린 남자는 무표정하고 찬바람 불 것 같은 얼굴로 날 흘끗 보았다.

"가장 아름다운 피에 어울릴 것 같지 않나요?"

자이비엘은 또 어떤 여자도 흉내낼 수 없는 고혹적인 목소리로 케이에게 말했다.

왠지 모르게 나는 몸이 나른해지고 있었다. 대체 어째서 그렇게 된 것인지 알 수 없었지만 케이라는 녀석이 다가올수록 몸이 움직여지지 않았다.

얼음장처럼 차가운 케이의 손이 나의 뺨에 닿았다. 녀석의 손톱이 나의 옥 같은 피부에 상처를 냈다. 따끔했지만 나는 소리조차 낼 수 없었다. 케이는 내 얼굴에 자신의 얼굴을 가져다 댔고 내 뺨에 흐르는 피를 핥았다. 녀석의 뜨끈한 혀가 나의 살을 스치고 지나갈 때 나는 무척이나 기분이 나빴다.

"케이, 어때요?"

"최상급이다. 좋은 선택이었어."

나는 케이라는 놈의 말을 들으면서 잠들 듯 놈의 품 안에 안겼다. 기분이 나쁘다. 이 남자의 눈은 언제부터인가 나를 보고 있었다는 느낌이 들었다. 게다가 아무리 사술 때문이라고 하지만, 내가 여자도 아닌 남자 품에 안겼다는 것은 기분 나쁜 일이다.

이건 베리우스 놈이 가장 잘 쓰는 말이긴 하지만 다음에 만나면 죽여주겠다, 이 이상한 녀석!

*　　　　*　　　　*

"흑흑……."

귀신 우는 소리가 귓가에 맴돈다.

"으흑흑흑……."

꿈인가 했더니 계속해서 여자가 우는 소리가 들려온다.

그것도 한두 사람이 아닌 듯하다. 나는 가위 눌린 것 같아서 몸을 일으켰다. 그런데 몸이 물 먹은 솜 마냥 무겁다. 대체 왜 흐느끼는 소리가 들리는 걸까.

나는 무겁디무거운 눈꺼풀을 위로 올렸다.

향긋하고도 나긋나긋한 향기가 났다. 맨 처음 눈에 띈 천장은 대리석으로 만들어져 있었고, 내가 누워 있는 공간엔 계속 여자들의 목소리가 들려왔다. 향이라도 피워 놓은 듯 야릇한 향기가 코를 찔렀다. 나는 몸에 특별한 상처나 제약이 없는 것을 확인하고 몸을 일으켰다.

그러고 보니 케이라고 불린 그 차가운 돌덩이 같은 남자의 페이스에 말려들어 잡혀왔던 것 같다. 낮의 나였다면 틀림없이 그 녀석의 사술 따위에 걸려들었을 리 없지만 계집애의 몸인 나는 무방비 상태였기 때문에 당해 버렸다. 갑자기 울화가 치밀어 오른다. 이것도 다 그 빌어먹을 마법사가 저주를 걸었기 때문이다.

나는 그곳에서 힘들게 몸을 일으키며 두리번거렸다. 옷이 어깨까지 흘러내린 것을 보니 아직 계집아이인 상태였다. 지금도 팔다리가 저리는 것이 풀리지 않는다. 놈의 사술이 아직 완전히 풀리지는 않은 듯하다. 주위를 둘러보니 어디서 모았는지 모를 아름다운 아가씨들이 방 안에 한가득했다.

제아무리 아름다운 여자라고 해도 표정이 죽상이면 밥맛인 법이다. 이곳에 모여 있는 대부분의 여자들의 얼굴에는 생기가 없었고 그야말로 다 죽어간다는 듯한 느낌을 불러일으켰다. 개중에는 울음을 터뜨리고 있는 여자들이 많아서 귀신과 같은 소리가 끊임없이 들려오고 있었다.

"여긴 어디지?"

나는 계집아이처럼 두리번거리면서 조심스럽게 말했다. 신경이 날카로울 때의 여자들은 보통의 남자들보다 훨씬 무서운 법이니까 조심하는 것이 좋다는 생각이 들었다. 내 말에 응하고 대답한 것은 30대 초반의 아름다운 여자였다. 그녀는 나를 굉장히 불쌍하게 바라보았다. 넋이 나간 듯한 얼굴.

"어린아이가 안됐지… 여긴 테자르 영주의 성이란다."

테자르 영주라면 엘르에게 들었던 기억이 났다. 베리우스와 함께 있다고 했던 영주. 혹시 많은 여자들을 잡아놓고 그중에서 하룻밤씩 여자를 바꿔가면서 재미를 보고 있는 걸까? 이곳에는 인간뿐만이 아니라 이종족(異種族)의 여자까지 종족을 가리지 않고 온갖 종족의 아름다운 여자들은 다 잡아놓은 것 같았다. 그중에는 옷이 흐트러진 채로 흐느끼는 여자들이 있어서 그 여자들이 무슨 일을 당했는지 짐작할 수 있었다.

이곳에 그 라쉬엘 족의 족장인 유스의 딸, 아이라도 있는 걸까.

나는 고개를 돌려서 라쉬엘 족의 냄새를 쫓았지만 이곳에 라쉬엘 족은 없는 것 같았다. 그렇다면 이곳에 아이라가 없다는 것인데… 그럼 또 다른 곳에도 여자들이 가두어져 있다는 결론이 나왔다.

"테자르 영주의 성?"

내가 반문하자 그 아름다운 여성은 날 보고서 매우 슬픈 표정을 지었다. 나를 연민의 눈으로 바라보고 있었다. 어째서 나와 같은 상황에 처해 있으면서도 나를 동정하고 저런 슬픈 눈을 할 수 있는 것인지 이해할 수가 없다.

"불쌍한 아이."

그녀는 슬픈 눈동자로 날 보면서 말했다. 남에게 동정받는 것은 달갑지 않은 일이다.

계속해서 여자들의 울음소리가 들려왔다. 이곳의 여자들은 우는 것 말고는 아무 일도 하지 못하는 것 같았다. 나갈 생각조차 하지 못하고 있는 무능력한 사람들이었다.

나는 그곳이 어떤 곳인지 일단 알아보기로 했다. 그곳은 벽면이 둥근 새하얀 대형 홀이었다. 게다가 잡혀 있는 여자 외에 남자는 없었다. 특별하게 나갈 수 있는 문도 눈에 띄지 않았다. 특별한 루트 없이는 들어올 수도, 나갈 수도 없는 곳인 듯했다.

게다가 수다쟁이 검과 공갈 검은 내 손 안에 없었다. 잡혀올 때 떨어뜨렸거나 함께 잡혀 와서 무기고에라도 들어갔을지도 모른다. 그 녀석들을 찾는 것도 꽤 까다로울 것 같은 느낌이 들었다.

내가 그런 생각을 하면서 나갈 궁리를 하고 있을 때, 한 남자가 스르륵— 하얀 그 홀의 벽면을 열면서 들어왔다. 아, 벽에 밖에서만 열 수 있는 비밀 문이 있는가 보다.

마침 들어온 녀석은 잠들어 버리기 전에 보았던 케이라는 녀석이었다. 날카롭다기보다는 무뚝뚝하고 냉소적인 인상을 가진 녀석.

그 녀석은 나에게 제물 운운하며 이 몸의 고귀한 피를 앗아간 녀석이었다. 그는 나를 한눈에 알아보고 다가왔다.

그 녀석이 들어오자 조용하던 이곳이 좀 더 조용해졌다.

"좋아. 끌고 가자."

케이는 나에게 다가와서 팔을 잡았다. 그 녀석은 공허한 눈으로 나를 응시하면서 말이다.

"희귀한 검을 가지고 있더군. 인간처럼 성장한다는 마검과 특이한 마검이라……."

케이 녀석은 내가 마검을 가지고 있다는 것을 알고 있었던 것처럼 혼잣말했다. 순간 나는 매우 기분이 나빠졌다. 아직 내 다리와 팔에 힘이 들어가지 않아서 나는 꼼짝없이 놈의 손에 이끌려 가야만 했다. 날 이런 꼴로 끌고 가다니, 언젠가는 네 손목을 사정없이 비틀어주고 말겠다.

"놀랍던걸? 그 칼에 대해 베리우스에게 이야기했더니 즐거워하더군."

"그래서 베리우스에게 그 검을 준 거냐?"

"그럴 리가 없지."

다른 녀석이면 몰라도 베리우스에게 그 검들을 주는 것은 절대로 용납 못한다.

케이 녀석이 나를 놀리듯이 피식 냉소했다. 그는 손목을 잡아서 끌기 시작한다.

그 녀석이 들어오면서 이곳의 분위기는 더 침체되었다. 다른 여자들은 무서워서 찍소리도 못 내고 있다. 이 자식은 자기 부하들이 여자를 건드리든지 말든지 무표정한 얼굴로 아예 상관을 하지 않는다.

"좋아, 그 이야긴 나중에 듣도록 하지. 여하간 그 검들은 베리우스에게 넘겨주지 않았으니까 안심해도 좋아. 하지만 흥미로웠어. 아나리드의 사검 이질리스를 직접 볼 수 있다니 말이다."

그 공갈 검 녀석이 의외로 정말 유명한 검이었군.

나는 붉은 눈으로 그저 그 녀석을 노려볼 뿐이었다. 저항해 봐야 몸에는 힘도 들어가지 않았고, 그 때문에 질질 끌려갈 수밖에 없었다. 하지만 끌려가서 무슨 짓을 당할지 모르니 안심이 되지 않는다.

케이는 나를 그 원 홀 밖으로 끌고 나갔다. 일단 그곳에서 나오니 호화찬란하게 꾸며진 복도가 나타났다. 잘 닦아서 반들거리는 바닥엔 내 얼굴이 비칠 정도였다. 벽 장식도 요란하다 할 정도로 화려해서 이 성의 주인의 취향을 잘 알 수 있을 것 같았다. 탐미의식이라도 있는 것 같았다.

"끌고 와."

케이 녀석은 다른 녀석들을 시켜서 날 끌고 가게 했다. 꼭두각시 같고 얼간이 같은 병사 두 명이 날 끌고 가는데 정말 기분 나빴다. 낮이 되어 내 몸이 돌아오면 너희들 모두 죽여 버릴 테다.

이 성의 하나부터 열까지 전부 마음에 안 들었다. 저 녀석이고 이 성이고 모두 마음에 안 든다. 마치 사이비 종교처럼 제물이라니, 이게 요즘 같은 세상에 있을 법한 이야기인가.

나는 케이 녀석에게 이끌려 긴 복도를 걸었다. 겉모습은 무척이나 화려했지만 그곳의 공기에 피 냄새가 섞여 있었다. 싱싱하고 식욕을 자극하는 냄새가 아니라 역겨운 냄새였다.

이상하다. 이건 보통 인간의 냄새가 아니다. 썩은 시체보다 훨씬 구역질이 난다. 피 냄새가 아닌 다른 무언가가 이 근처에 있었다.

"케이님, 이 여자애가 이번의 제물입니까?"

얼간이 병사가 케이에게 물었다. 케이는 대답하지 않았다. 그 녀석은 묵묵하게 나를 어떤 방으로 인도할 뿐이었다.

나는 다름 아닌 그 역겨운 냄새가 풀풀 풍기고 있는 문 앞으로 들어섰다. 그 앞에 경비병이 케이 녀석의 얼굴을 알아보고 문을 열었다. 그 안으로 들어가 보니 굉장히 큰 방이라는 것을 알 수 있었다. 개인용 방이 아닌 무도회장처럼 넓은 곳으로 테자르 영주의 놀이터가 아닐까 하는 생각도 들었다. 문은 열리고 케이에게 이끌려 나는 그쪽으로 들어섰다.

이곳은 지금까지 있었던 그 어느 곳보다도 화려했다. 방 안을 밝히고 있는 것은 상아로 만든 촛대의 불빛이었으며, 바닥에는 붉은빛 융단이 깔려 있었다. 금빛과 은빛으로 장식된 단상과 화려하게 치장되어져 있는 동상은 성주의 탐미적인 취향을 잘 알려주고 있었다. 아마 이 나라의 왕의 궁전도 이 화려함에는 미치지 못할 것이다. 이런 놀기 좋아할 것 같은 녀석이 무엇을 믿고 나라에 반란을 일으키려고 하는 걸까. 나는 엘르의 말을 기억해 내면서 생각했다.

그러나 화려한 분위기와는 대조적으로 방 안에서는 역겨운 냄새가 풀풀 났다.

구역질 나올 것만 같은 그 냄새는 화려한 방 안의 분위기에 대한 호감도를 절감시켰다. 이 사람들은 이 냄새가 느껴지지 않는 건가. 다른 녀석들은 멀쩡한 표정을 짓고 있었다. 난 너무 지독해서 머리가 아플 정도인데.

붉은 융단의 끝에 짐승의 털가죽으로 만든 의자가 있었고, 그곳에는 어떤 인간이 앉아 있었다. 아마 테자르 영주일 것으로 추정되는데 옆에는 각지에서 잡아온 미녀가 그를 보좌하고 있었다.

"공작님, 쓸 만한 먹이를 데리고 왔습니다."

케이는 무릎을 꿇으며 무표정한 얼굴로 이렇게 말했다. 나는 고개를 들어 그 공작의 얼굴을 바라보았다. 난 처음엔 그가 여잔 줄 알았다. 왜냐면 이상한 드레스를 입고 있었던 것이다. 그러나 하늘하늘하고 나풀거리는 옷 사이로 그의 다리털이 보였다. 게다가 목에는 확연한 아담스 애플. 테자르 공작은 느끼하게 생긴 하얀 분을 바른 얼굴에 더 나아가 붉은 연지로 입술을 칠해놓고 귀걸이며 목걸이, 팔찌 등 온갖 액세서리를 주렁주렁 달고 있는 변태 놈이었던 것이다!

게다가 얼굴은 화장발로 말라 보이는 반면, 하늘하늘하게 비치는 드레스 사이로 놈의 오동통한 몸이 드러나 보였을 때… 한마디로 너무 끔찍했다.

남자는 틀림없었다. 저 녀석, 여장 남자인가.

아마 저런 얼굴의 여자가 세상에 돌아다닌다면, 나는 돌아다니는 것만으로도 그것을 범죄라고 생각했을 것이다. 그리고 그 여자를 낳은 부모를 가볍게 처단해 주었을 것이다. 하지만 남자가 저렇게 돌아다닌다면 그것은 존재하고 숨 쉰다는 이유만으로 살인죄를 저지르는 것과 마찬가지였다.

녀석은 여장하고 있는 주제에 옆에는 여자를 넷씩이나 끼고서 희희낙락하고 있었다. 그것도 미녀들로만! 그 녀석은 거의 나신의 여자들을 껴안고는 실실거리면서 그 붉디붉은 입술로 오호호호~ 소리를 내면서 웃고 있었다.

정말 징그럽다. 그중에는 예전에 어떤 도시의 골목길에서 보았던 붉은 머리카락의 사루비아도 있었다. 저 여자, 결국 저런 길로 빠졌군. 하긴 그런 여자들에게는 저것이 최대의 출세일지도 모르지.

"이번엔 어떤 아이여요, 케이?"

목소리도 계집애 흉내를 내고 있었다. 그것도 여자 말투를 구사한다.

하지만 나는 안다. 남자가 아무리 여자 목소리 흉내내려고 해도 되지 않고, 듣는 사람에겐 아주 구역질 나게 들린다는 것을. 지금 저 녀석의 상태가 그랬다. 내 힘이 돌아온다면 당장 뛰어올라 테자르 영주 놈의 목을 날려 버리고 싶었다.

대체 왜 베리우스 놈이 저런 변태 밑에서 일을 하고 있는지 나는 이해할 수 없었다.

내가 워낙 놀란 상태로 물고기처럼 뻐끔뻐끔거리고 있으니 놈은 자기가 이뻐서 그러는 줄 알고 씽긋 하고 나에게 징그럽고도 징그러운 미소를 보내왔다.

크아악! 이거 완전히 돌아버리겠네!

"어머나, 아주 귀여운 여자아이로군요."

너, 너에게 그런 말 듣고 싶지 않다.

"이 계집애는 아주 최상급의 피를 가지고 있습니다. 당신의 그 고양이는 틀림없이 이것을 아주 좋아할 겁니다."

"오호, 그렇군요."

으헉, 징그러워. 넌 존재한다는 이유만으로 세상에 대해 범죄를 저지르고 있는 거야!

"당신의 그 야수 검에게는 아주 최상의 먹이가 될 겁니다, 공작님."

"나의 큐트한 고양이, 니벨룽겐에게 그런 좋은 먹이가 되다니 정말로 기쁘군요."

저 인간 폭탄이 앉아 있던 의자에서 일어나면서 오호호, 웃었다. 그리고는 나에게 다가오고 있었다. 커헉, 다가오지 마. 네가 나와 같은 공기를 마신다고 생각하니 피가 끓을 정도라구!

그 몸집에 비해 비교적 작은 발로 나에게 총총걸음으로 다가오는 것은 끔찍함 그 자체였다. 순간 내 얼굴에는 핏기가 가셨고, 나의 희고 고운 피부에 소름이 돋았다. 녀석이 나에게 다가왔을 때 보이는 그 적나라한 얼굴의 수염과 하얀 분, 그리고 억지로 틀어 올린 결 나쁜 머리카락하며… 붉은 입술을 옴짝달싹 움직이는 것이 눈에 들어온다.

"오호호, 아주 아름다운 아이로군."

그 녀석이 손으로 나의 턱을 받쳐 올렸다. 이건 범죄야! 이 여장 변태, 넌 모르지!?

테자르는 붉은 매니큐어를 칠한 손으로 나의 얼굴을 만지작거렸다. 한마디로 그냥 가만히 기절하고 싶은 생각이 들었다. 몇백 년을 살아왔지만 이렇게 징그러운 놈은 또 오랜만에 본다. 그 녀석은 손톱으로 나의 얼굴에 따끔하게 상처를 냈다. 설마 그 징그러운 혀로 내 얼굴을 핥는 것은 아니겠지?! 녀석이 나에게 서서히 다가왔을 때 나는 여자들이 비명을 지르는 이유를 알 수 있었다.

"꺄아아아아아아아—!"

아주 우렁찬 계집애의 목소리에 그 여장 변태가 고개를 돌렸다. 내가 아닌 다른 계집애의 목소리였다.

"이게 무슨 소리죠?"

그 여장 변태가 이렇게 말했다.

"아, 그게… 라쉬엘 족의 계집애가 또……."

라쉬엘 족이라면 생각나는 것은 아이라였다. 아이라는 내 생각 대로 따로 갇혀 있었던 모양이다. 더듬더듬거리며 경비병인 것 같은 얼간이가 이렇게 말했다.

"죄송합니다. 소리를 없애도록 하겠습니다."

"지금 무슨 일이죠?"

변태가 징그러운 목소리로 말했다. 그 계집애에게 병사들이 손이라도 댄 건가.

"아, 그게······."

라쉬엘 족은 피가 아주 달콤한 종족이다.

"그 여자도 이리 데리고 오세요. 니벨룽겐이 식사할 시간이니까요."

변태가 이렇게 말하며 자신에게 마치 위엄이라도 깃들어 있다는 듯이 손을 들어 지시했다. 한 가지 안심한 것은 내 뺨에 그놈의 혀가 닿지 않았다는 것이다.

"알겠습니다, 공작님."

한 얼간이가 소리가 들린 쪽으로 달려갔다.

"그리고 나키아 케이아르, 니벨룽겐을 이쪽으로 데리고 와주세요."

테자르는 여전히 징그러운 여자 말투로 케이에게 지시했다. 케이는 그런 변태의 말에 고개를 끄덕이면서 '알겠습니다' 하고 깍듯이 말했다. 케이가 나가자 변태 놈은 나에게 고개를 돌렸다. 두려웠다. 난 이런 타입의 변태가 세상에서 제일 싫어!

"오호호, 과연 여자란 세상에서 가장 아름다운 존재야."

변태는 나의 몸을 바라보면서 그렇게 말했다. 그래서 네놈은 그렇게 징그럽게 여장을 하고 다니는 거란 말이냐. 놈의 손이 또다시 내 얼굴 쪽으로 향하고 있다! 맙소사. 두 번째 위기 일발이다.

"공작님, 라쉬엘 족의 여자를 데려왔습니다!"

"그래요?"

테자르는 고개를 돌려 라쉬엘 족의 계집애를 바라보았다. 다행히도 또 마수에서 벗어났다. 정말 다행이라고 할 수밖에 없는 상황이다.

그들이 끌고 온 여자애는 헝클어진 머리카락에 옷맵시도 단정하지 못했지만, 나는 향기만으로도 그 여자가 라쉬엘 족임을 확인할 수 있었다. 공작을 노려보는 투명한 푸른 색의 눈에, 가냘픈 얼굴에, 날씬한 몸매는 그녀가 라쉬엘 족의 아이라가 확실하다는 증거였다.

"이 변태 같은 사람, 감히 날 이렇게 가지고 놀다니 죽여주겠어!"

그녀는 이렇게 말하면서 테자르 공작 그 변태 놈을 바라보았다. 하지만 그 변태 놈은 오호호호, 하고 웃으면서 그녀에게 징그러운 웃음만을 선사할 뿐이었다. 그녀의 옷이 가슴까지 찢어져 있고 엉망이었다. 그 녀석들에게 짓밟히기라도 한 듯이 처량해 보였다. 그녀는 무섭게 그 여장 남자를 노려보았다.

"오호호, 역시 라쉬엘 족은 노려보는 것도 아름답군요. 니벨룽겐은 순결하고 깨끗한 여자를 좋아하긴 하지만, 오호호호… 뭐, 라쉬엘 족의 피라면 틀림없이 잘 먹을 거예요."

"잠깐만! 당신 설마 나와 저 여자를 먹이로 주려는 거야? 그… 당신의 애완 동물이라는 놈한테?"

나는 변태를 쏘아보면서 물었다. 놈은 아주 느물느물한 미소를 보내면서 고개를 끄덕였다.

"오호호, 당신들은 나의 큐트한 고양이, 니벨룽겐의 식사거리가 되는 것만으로도 감사해야 한답니다. 당신들같이 아름다운 여자들이 죽는 것은 아깝지만, 피가 튀기고 살이 찢겨 나갈 때의 그 순간이 가장 아름다운 순간인 것도 사실이니까요."

녀석은 오호호거리면서 눈을 반쯤 감고 이렇게 말했다. 으윽, 매스꺼워. 정말 변태 맞다. 이 세상에 저런 놈이 있다니……!

나는 눈을 찡그리면서 녀석을 쏘아보았다. 저 변태 녀석의 먹이가 되는 것보다는 마수인지 고양이인지 하는 녀석에게 잡아먹히는 것이 나을지도 모르겠다. 그러나 내가 죽을 이유는 없었다. 마법사에게 복수를 하러 가야 하는데 이곳에서 죽을 수는 없다. 그렇게 되면 그 마법사가 나를 비웃을 것이다.

테자르 공작은 그 변태성이 다분한 얼굴에 미소를 흘리면서 자기의 그 호화찬란한 할렘 왕국인 그 자리로 발걸음을 총총 옮겼다.

"이 괴물 같은 놈! 우리 어머니가 당신을 가만두지 않을 거야!"

헝클어진 엷은 붉은색 머리카락을 흔들면서 아이라가 이렇게 소리쳤다. 소리칠 만한 여력이 있는 것을 보면 그렇게 심하게 당하진 않았나 보다. 그러나 테자르는 듣는 척도 하지 않고 자신의 옆에 있는 사루비아와 장난질만 하고 있을 뿐이다.

잠시의 시간이 흘러 공간을 가르듯이 한 남자가 나타났다. 그는 바로 그 케이라는 남자였다. 그의 손에는 손잡이에 기묘한 마수 모양이 새겨져 있는 투박하게 생긴 검이 들려 있었다. 수상하고 역겨운 냄새는 바로 저것 때문이었던가!

나는 얼굴을 찡그렸다.

"오호호, 잘 가지고 왔어요, 나키아 케이아르."

케이라는 그놈은 무뚝뚝하게 그 검을 놈에게 건넸다. 변태 공작은 그 검을 레이스 틈 사이로 비어져 나온 근육이 돋아 있는 그

팔로 들어 올렸다.

"나의 큐트하고 뷰티풀한 고양이 니벨룽겐. 저기 네가 좋아하는 먹이가 있단다."

자기가 마치 엄마라도 되는 듯이 하는 저 말은 대체 뭐냐.

나는 기가 막혔다. 나와 반대로 아이라의 작은 어깨가 흔들리고 있었다. 니벨룽겐이라는 존재에 대한 공포인가. 케이라는 놈이 손을 들어 올리자, 그 얼간이 무리들이 기겁을 하듯이 물러섰다.

역겹고도 더러운 냄새가 났다.

"자아, 니벨룽겐. 본래의 모습으로 나타나서 먹으렴. 어서 힘을 키워야지."

드레스를 입은 미치광이가 그렇게 말했다. 검날을 들어 올리자 붉은 검이 엿보였고, 그 안에서 거대한 마수가 튀어나왔다. 이것이 바로 마수(魔獸) 니벨룽겐!

크르렁!

시뻘건 이빨을 드러내고 있는 마수가 나타났다.

얼굴은 고양이보다 오히려 코알라같이 생긴 놈이었다. 코는 새까맣고 코알라처럼 길고, 귀는 개 귀처럼 축 쳐져 있었다. 눈은 쫙악 찢어진 금색이었으며 몸통 자체는 마치 표범과 같았다. 코알라 얼굴에 표범 몸이라고 생각하면 금방 알 수 있는 모습이었다. 게다가 굵고 길게 돋아 있는 발톱은 매우 날카로웠는데, 거기에 인간들의 살과 피가 묻어 있었다. 그걸 보니 얼마나 많은 사람들을 죽였을지 알 수 있었다. 그 손톱으로 인간들의 심장을 수도 없이 도려냈을 것이다. 저 마수의 모습을 이 카티스님이 아닌 다른 여자들이 보았다면 틀림없이 기절했겠지.

"꺄아─!"

하고 비명과 함께 아이라가 그대로 정신을 잃고 쓰러지며 나의 추정에 산증인이 되어주고 있었다. 아이라가 아무리 큰소리 탕탕 쳐도 결국 여자는 여자였던 거다. 그러나 기절하는 게 때로는 편할 때도 있는 법이다.

마수는 나와 아이라를 바라보며 으르렁거렸다. 이빨을 드러내고 침을 뚝뚝 흘리면서 먹이를 찾고 있었다. 케이 녀석과 그 여장한 변태 놈은 그런 모습을 흥미롭게 보고 있었다.

마수 놈은 표적을 나로 잡은 모양이었다. 확실히 아이라는 기절이라는 현명한 선택을 한 것이다. 마수가 으르렁, 하는 소리를 내면서 나에게 달려온다. 침을 뚝뚝 떨어뜨리며 그 날카로운 발톱이 날 노리고 있었다. 그 발톱으로 나의 살을 찢고 싶어서 안달이 난 모양이다.

나는 녀석을 간신히 피했다. 아직 몸이 잘 움직여지지 않아서 피하는 게 생각보다는 버거웠다. 아이라는 그대로 엎어져 있었지만 니벨룽겐은 이미 죽은 듯한 재미없는 먹이에게는 달려들지 않았다. 지금 나에겐 무기도 없으며, 그렇다고 케이의 사술이 다 풀린 것도 아니었다.

젠장할. 그 큰 몸집에 비해 놈의 움직임은 너무나도 빨랐다. 그러니 내가 힘겨워하는 수밖에!

"오호호, 과연 생기있는 먹이거리가 더 재미있나 봐요."

이렇게 말하는 여장 변태 녀석, 조금만 기다려 봐라! 내가 본래대로 돌아오기만 하면 네놈의 목을 분질러서 저 니벨룽겐이라고 불리는 미친 마수의 밥으로 주마!

그러나 내겐 녀석의 몸놀림을 피하는 것만도 쉬운 일이 아니었다. 또다시 녀석이 내 쪽으로 달려들었다. 니벨룽겐이 앞발을 들어

발톱을 내 얼굴 쪽으로 날렸다. 나는 간신히 피했지만 뺨에 작은 상처가 났다. 상처에서는 피가 튀었고, 발톱에 묻은 그 피를 놈은 깔짝거리며 핥았다. 이건 악몽이 틀림없다.

"오오호, 니벨룽겐이 좋아하네요."

으악! 그렇게 중계할 필요 없어, 이 변태 영주야!

그러나 그 변태의 말처럼 녀석이 즐거운 듯이 나에게 또다시 달려들었다.

"으아～!"

나는 겨우 놈의 빠른 몸을 피했다. 이 녀석 상당히 빠르잖아?

이제야 좀 몸이 풀리고 있는 것 같았다. 마수 니벨룽겐이 나에게 달려들었다. 완전히 나의 피 맛에 미친 모양이었다.

"젠장."

녀석은 내가 지칠 정도로 빠르고 잦게 덤벼들었다. 젠장, 밤이 왜 이리 길더냐!

나는 욕지기를 퍼부으면서 녀석의 빠른 몸놀림을 피했다.

녀석은 그 넘치는 힘을 억제하지 못하면서 내 쪽으로 또다시 달려들었다. 달리는 것이 아니라 거의 나는 것처럼 보일 정도였다.

젠장, 마수는 마수다. 엄청나게 빨랐다.

나는 놈의 이빨과 그 날카로운 발톱을 피하기 위해 전력을 다하고 있었다. 무엇보다도 기분 나쁜 것은 그 변태 영주 놈은 실실 웃으면서 나의 그 모습을 지켜보고 있다는 것이다.

니벨룽겐이 나에게 크르르, 소리를 내면서 이빨을 갈았다. 그 거대하고 날카로운 발톱이 툭툭, 소리를 내면서 내 쪽으로 다가오고 있었다. 몸이 이제 거의 풀린 것 같은데 무기가 없었다.

내가 놈이 달려드는 것을 피했을 때 한 얼간이가 그만 놈의 이

빨에 맞았다. 그 얼간이는 그만 목이 날아가 죽어버리고 말았다. 피가 튀었지만 마수 녀석은 그 피에는 관심이 없는지 즉각적으로 나에게 고개를 돌렸다. 더욱더 크르릉거리는 것을 보니 놈은 틀림 없이 화가 더 난 모양이었다. 젠장.

놈은 그 부리부리하고 매서운 눈을 부릅뜨고 날 보았다. 그 표정이 마치 반드시 먹고 말겠다는 투철한 신념을 보이고 있어서 더 두려웠다. 니벨룽겐은 서서히 나에게 다가온다.

나도 피조물인지라 서서히 지쳐 오는 것 같았다.

난 이런 코알라 표범에게 죽고 싶지 않단 말이다.

니벨룽겐은 입을 쩍 벌리고 나에게 다가왔다. 그 행동은 마치 나를 찢어 먹기로 작정했다는 뜻인 것 같았는데 하나도 반갑지 않았다.

"카티나!"

검푸른 날갯깃이 나의 얼굴 위로 떨어졌다. 이건 필경 그 수다 쟁이 검 녀석의 날갯깃일 터! 그리고 내 몸이 공중에 붕 떠올랐다. 수다 검의 손이 마수 니벨룽겐의 마수(魔手)에서 나를 건져 냈다. 나는 녀석에게 안겨 공중으로 튀어 올랐다. 마수 검은 크르르, 하며 날 바라보았다. 설마 저놈 날아서 여기까지 올 수 있는 것은 아니겠지.

"카티나! 놈이 날아들고 있어!"

"옷, 젠장! 이 잡검! 빨리 날아! 아, 그리고 저 여자도 데리고!"

"이 자식, 지금 여자 따질 때야? 여잔 잊어버리고 튀어!"

"안 돼, 저 여잔 라쉬르 족장의 딸이야. 빨리 집어!"

수다쟁이 검 녀석이 내 말을 듣더니 그 크디큰 날개에 가속을 붙여 아이라가 있는 곳까지 날아갔다. 아이라는 여전히 기절한 채 뻗어 있었다.

그런 아이라를 미드가르드 녀석은 한쪽 옆구리에 끼었다.

의외의 방해꾼의 등장에 그놈의 변태 공작이 말을 잃고 눈을 부릅뜨고 있었다. 하지만 케이는 상관없다는 듯 무표정하게 나와 미드가르드 놈을 지켜보고 있었다. 오히려 입가에 약간의 미소를 띠고 있었다.

케이의 공허한 눈을 보니 저 녀석을 상대하는 것은 심상치 않은 것 같은 느낌이 든다.

미드가르드는 마수가 날아드는 것을 푸드덕, 날갯짓을 하며 피했다. 아무래도 공중전은 놈에게 불리한 모양이었다. 니벨룽겐은 약이 올랐는지 크르렁거리면서 역성을 내고 있었다.

"카티나. 너, 나의 몸을 찾아오는 게 좋겠어. 이 성의 지하에 틀어박혀 있다고!"

"미드가르드, 지금 시간이 얼마나 됐지?"

"새벽이야."

미드가르드는 마수의 움직임을 쫓으면서 대답했다. 이 녀석이 있으니까 조금 더 편해서 좋다.

"그래, 그럼 곧 넌 검으로 돌아가겠군."

그전에 빨리 이놈의 검과 그 이질리스 놈을 찾아가야지.

내가 빨리 서두르라고 미드가르드에게 재촉했을 때, 그동안 움직이지 않던 케이가 마수 니벨룽겐은 무시하고 앞으로 나섰다. 마수 검니벨룽겐은 케이가 다가가자 으르르— 성대를 낮게 울리기만할 뿐 그 녀석을 노리지는 않았다.

"이걸 찾고 있는 건가?"

케이는 손 안에서 무언가를 들어 보이면서 말했는데 사검 이질리스였다. 쇠사슬에 얽매인 검이 케이의 손 안에 있었다. 케이는 이질리스의 검신에서 이질리스의 본체를 끌어냈다. 그 녀석은 마검을 다룰 줄 아는 놈이었다.

사검의 검신으로부터 이질리스의 인간 형상이 드러났다. 흐르는 듯이 출렁이는 그 푸른 머리를 드러내며 이질리스는 강제로 나오게 된 것이 별로 기분 좋지 않은 듯했다. 그 녀석의 눈은 케이를 쏘아보았다.

검의 본체를 빼낼 수 있는 것을 보니 이놈은 검을 많이 다뤄본 모양이었다.

그때 변태 공작은 케이와 나, 그리고 미드가르드 녀석을 보고 입을 벌린 채 그 징그러운 매니큐어를 바른 손을 들어 입을 가렸다. 한 대 때려주고 싶은 충동이 느껴진다.

"니벨룽겐, 우선 식사를 해야지."

무표정한 얼굴의 케이가 공작을 바라보면서 말했다.

그러자 니벨룽겐은 변태 공작에게 달려들었다. 공작 곁에 있던 미녀들은 두려움에 떨고 있었다.

"으으, 니벨룽겐. 나의 착한 고양이."

하지만 니벨룽겐은 그 느물느물한 녀석에게 걸어가기 시작했다.

"나키아 케이아르! 니벨룽겐이……!"

녀석은 케이를 바라보았지만 그는 여전히 무표정한 얼굴이었다.

곧 이어 변태 공작 녀석의 처절한 비명 소리가 들려왔고, 녀석이 입고 있던 하늘하늘한 드레스는 찢겨 나갔다. 공작은 믿어지지 않는 듯 케이의 이름을 불렀지만 대답은 돌아오지 않았다. 그 니벨룽겐은 변태 공작의 살과 피를 걸신들린 듯이 먹어치웠다. 우두둑 우두둑 뼈를 씹는 소리가 들렸고, 그 공작은 더 이상 움직이지 않았다. 결국 자기가 기르던 애완 동물에게 먹혀 버린 셈이었다.

"미드가르드? 그리고 카티스라고 했었나. 사검 이질리스를 데려가고 싶은가?"

케이는 무뚝뚝하고 말이 없는 표정으로 나와 미드가르드를 보며 니벨룽겐의 검, 그러니까 마수 검 그 자체를 집어 들어 이질리스의 목에 가져다 댔다.

케이는 미드가르드를 알고 있었다. 그리고 마검의 정신체에 어떻게 하면 상처 입히는지도 잘 알고 있었다. 마수 검 정도의 힘을 가진 검이라면 이질리스에게 상처를 입히는 것이 가능할 것이다.

"그 공중에서 내려오시지."

싸늘하고도 나긋한 그 목소리. 나는 정신을 바짝 차렸다.

"어떻게 하지, 카티나?"

"너, 저 녀석 알아?"

미드가르드는 고개를 저었다. 이질리스 놈을 버리고 가기엔 좀 아까운데.

극도의 혼돈이 나의 머리를 스치고 있었다.

"이대로 이질리스를 버리고 튈까?"

"그래도 돼?"

미드가르드가 난처한 눈으로 나를 쏘아보았다.

"음……."

안 되라는 법은 없지.

의리 문제라는 건데 그건 나에게 적용되지 않는 항목 가운데 하나다.

케이는 그 차가운 눈으로 나를 바라보고 있었다. 그 녀석의 팔에는 이질리스가 있었고, 케이 녀석은 마수 검의 검날로 이질리스의 목을 가져다 대려고 하고 있다.

이래서 정을 주면 곤란하다. 정을 주면 약점을 만들게 되고, 그럼 피해를 입게 되지.

나에겐 그래서 항상 강심장이 필요했어. 스스로를 지킬 수 있는 감정과 냉정함이 필요해.

"카티나, 어떻게 할까?"

"……."

사검 이질리스는 전설을 알고 인간들 중에서 지체 높은 놈들이라면 이름 한번쯤은 들어보았을 만한 마검이다. 무엇보다도 가치 있는 것을 남에게 넘기고 싶어하는 놈은 없을 것이다.

"어떻게 할 거냐, 이 마검이 죽는 것을 보고 싶은가?"

케이 녀석은 그 공허한 검은 눈으로 나에게 은근한 압박을 가하고 있었다.

녀석은 한다면 할 것이다. 그런 느낌이 들었다.

"미드가르드."

"……?"

"내려줘."

미드가르드는 내 말을 듣고 잠시 주춤거리다가 날갯짓해서 나를 그 붉은 융단 바닥에 내려놓았다. 약간 긴장되는 순간이었다.

자신들의 주군인 공작이 뜯어 먹혀 죽어버렸음에도 불구하고 얼간이 병사 놈들은 별로 두려워하거나 무서워하는 기색 없이 단지 마수만을 좀 끔찍한 눈으로 볼 뿐이었다. 그 녀석들은 이미 케이라는 놈이 공작을 배신할 것을 알고 있었던 모양이다. 하긴, 나라도 그 미친 변태 놈을 섬기긴 싫었을 것이다. 뭐, 나라면 그런 놈 옆에 있기 전에 그 변태 공작을 단칼에 죽여 버렸을 테지만.

"아주 말을 잘 듣는군."

케이는 날 보면서 마수 검 니벨룽겐을 내려놓았다. 니벨룽겐도 지금 자신의 주인인 척했던 변태를 뜯어 먹는 일이 거의 끝나가는 것 같았다. 설마 케이라는 이 녀석은 나를 저 마수의 제물로 주려고 하는 건가.

"그래, 무얼 원하지, 나키아 케이아르?"

나는 녀석의 이름을 정확하게 발음해 주었다. 나키아라는 것은 저 녀석 부족의 족장이라는 뜻이었다. 방금 생각났는데, 케이 녀석은 인간이 아니라 인간과 유사한 이종족이었던 것이다.

"예전부터 찾고 있었어. 라그나 라그나드, 가넬 족의 한 사람인 카티스!"

케이아르는 진지한 얼굴로 이렇게 말했다.

나키아 케이아르는 외모에 비해 의외로 나이가 많은 녀석일지도 모른다는 생각이 들었다. 침착하고 냉정하며, 또 예전부터 나를 보고 있었다는 것은 그때 낮이 오지 않는 숲에서도 나를 보고 있었다는 것이다. 그렇다면 그 시선은 케이아르의 것이었던가.

"어떻게 하지, 카티나. 녀석은 너나 나에 대해 알고 있는 것 같아."

말하지 않아도 알고 있어.

그나마 안심인 것은 이제 몸은 거의 풀려서 자유로웠다는 것이다. 게다가 이제 미드가르드가 날아 들어왔던 창 틈으로 새벽별이 반짝였다. 곧 아침이 밝아올 것이다.

덜컥!

문이 열렸다.

"케이님!"

응?

한 얼간이가 급하게 들어왔다. 녀석은 헐레벌떡하고 얼굴에 땀에 범벅된 채 케이에게 달려와서 헉헉, 숨을 가쁘게 내쉬면서 보고했다.

"큰일났습니다!"

이렇게 말하는 놈의 얼굴은 사색이 되어 있었다.

"뭐지?"

케이는 눈살을 찌푸렸다. 감정을 드러내지 않는 남자였지만 지금만큼은 좀 짜증을 내고 있었다.

"베, 베리우스님이……."

베리우스, 그 미치광이 녀석?

"지금 이쪽으로 병사들을 학살하면서 달려오고 있습니다."

"뭐야?!"

케이의 나긋한 목소리가 당황하고 있었다.

"그게 글쎄, 칼리아를 내놓으라고 하시던데… 무슨 소린지 저는 통 모르겠습니다."

설마 나를 보고 칼리아가 살아 있다고 생각한 건가. 그 병사의 보고는 나조차 어리둥절하게 만드는 보고였다.

"카티나, 지금이 기회야. 어서 이질리스를!"

미드가르드의 귀띔에 나는 이질리스 공갈 검 녀석을 향해 달려들었다.

순간 마수 니벨룽겐이 날 노리고 달려들었다.

"미드가르드, 넌 저 코알라 마수를 맡아!"

나는 미드가르드에게 코알라 마수와 싸울 수 있는 영광을 전임해 주고는 녀석이 기뻐하는 꼴을 보기도 전에 재빨리 케이가 들고 있는 사겸 녀석이 있는 곳으로 달려들었다.

"나더러 무슨 수로 마수를 맡으라고 하는 거야?!"

수다쟁이 녀석이 우는 소리를 했다. 그래서 한 가지 임무를 더 덧붙여 줬다.

"아, 아이라, 그 계집애도 잘 부탁해!"

"카티나, 너무하잖아?!"

녀석의 징징 짜는 소리를 뒤로하고 난 케이에게 달려들었다. 이질리스도 내가 자신에게 달려드는 것을 느꼈는지 나를 바라보았다.

"케이님!"

얼간이 병사의 목소리와 함께 케이가 공기 중으로 사라지려고 했다. 그 녀석은 공간을 이동하는 특이한 능력을 가지고 있었던 것이다. 때마침 다행스럽게도 이질리스 녀석이 케이의 팔에서 빠져나오려고 했다.

내가 녀석에게 즉시 달려들자 녀석은 챙! 소리를 내면서 공갈검의 검신을 떨어뜨렸다. 아무리 케이라도 몸을 사리지 않고 바둥대는 이질리스와 마수 검, 그리고 사겸의 본체를 들고 있을 수는 없었을 것이다. 나는 타이밍을 놓치지 않고 이질리스를 챙겨 들고 녀석에게 달려들었다.

내가 빠른 속도로 찌르기를 거듭하자, 케이 녀석의 낯에도 곤란의 빛이 떠올랐다. 게다가 이 방 안이 크게 흔들리기 시작했다. 나 역시 균형을 잃고 그쪽의 상황을 바라보았다.

이 방을 향해 누군가가 달려오고 있었던 것이다. 혹시, 베리우스?!

"막아라!"

얼간이들 여럿이서 그쪽으로 달려들었다. 문은 검날에 베여 매끄럽게 잘려 나갔다.

그리고 드러난 것은 어깨까지 닿는 짧은 은발을 출렁이는 미치광이 녀석, 베리우스의 모습이었다.

"칼리아—!"

베리우스는 절규하고 있었다. 우연도 이런 우연은 좀 싫었다.

갑작스러운 베리우스의 발광에 케이는 눈살을 찌푸리고 나의 공격을 막았다. 이질리스는 이미 검 안으로 몸을 숨겨 들어간 후였다.

나는 씩 웃으면서 케이를 노려보았다.

그러나 케이는 마수 검을 손에 든 채 일그러진 공간 안에 모습을 감추었다. 그와 함께 마수 니벨룽겐의 모습도 사라져 버렸다.

"카티나, 내 몸도 빨리 찾아!"

이것은 수다쟁이의 목소리다. 수다쟁이 놈은 이렇게 소리치며 그 몸이 투명하게 되어가고 있었다. 그리고 그 덕에 아이라 그 계집애는 바닥에 철퍼덕 엎어졌다. 미드가르드가 아침 해가 떠감에 따라 물질을 드는 힘을 잃어버린 것이다. 미드가르드가 힘을 잃는다는 것은……! 그렇다. 빛이었다. 태양이 그 고귀하신 손길을 창틈으로 내보내고 있었다.

"칼리아—!"

베리우스 놈의 끔찍 그 자체의 목소리가 들려왔다. 그 녀석은 칼리아의 이름을 부르면서 자신에게 달려드는 병사를 모두 베고 있었다. 베리우스가 나를 발견하려나 싶었으나 다행스럽게도 그 녀석이 날 발견하기 전에 다행히도 나의 몸이 먼저 남자의 몸으로 돌아갔다.

그 계집아이의 몸에서 나의 사랑스러운 본래의 모습으로 돌아간 것이다.

그렇게 악몽 같은 밤은 지나갔다.

"주군, 정신 차리세요. 칼리아, 그녀는 죽었어요. 살아 있을 리 없다고요!"

불의 검 자이비엘은 그렇게 놈에게 속삭이고 있었다.

"아니, 그녀를 봤어. 칼리아는 살아 있었다고!"

"그건 칼리아가 아니에요."

"닥쳐, 자이비엘! 틀림없이 그녀를 보았었어!"

"주군, 정신 차려요!"

"날 막는다면 너라도 용서할 수 없다, 자이비엘!"

그 사랑이란 게 뭐기에 녀석을 저리도 미치도록 만들었던 것인가.

애지중지하는 정령 검 자이비엘에게까지 소리 지르며 부정하는 걸 보면 녀석은 정말로 미쳐 있었던 것 같다. 베리우스는 칼리아를 찾으면서 무수히 많은 인간들의 목숨을 앗아가고 있었다. 피를 흩뿌리고, 그 피에 발광하며 자신의 사랑 칼리아를 애타게 찾는다. 불의 검 자이비엘과 함께 모든 것을 파괴하는 그 녀석은 사랑으로 인해 미쳐 버린 것이다.

나는 살짝 그곳에서 빠져나왔다. 붕괴되기 전에 수다 검의 검신을 찾아야만 했기 때문이다. 죽은 병사 녀석들 중에 비교적 깨끗한 녀석의 옷을 빌려 입고 사검 이질리스를 들고 아이라와 함께 그곳을 빠져나왔다. 베리우스가 마저 성을 부숴 버리기 전에 수다 검을 찾아야만 했다.

그런데 베리우스 녀석은 대체 왜 케이라는 사술사를 도와주었었던 걸까? 게다가 왜 나를 이곳으로 끌어들여야만 했을까. 케이는 나를 왜 바라보고 있었던 것일까.

알 수 없는 것이 너무 많았지만 한 가지 확실한 것은 내가 상관할 바가 아니라는 것이다. 자고로 화가 날 때는 때려 부숴야 직성이 풀리지만, 만일 별로 내키지 않으면 신경 쓰지 않고 가버리는 것이 최고니까.

"가넬 족의 생존자, 카티스……."

마음을 울리는 목소리,

아주 부드럽고 아주 냉혹하고 감미로운 목소리. 그것은 니케아 케이아르, 사이비 종족의 족장의 목소리였다. 놈이 남의 아래 있는 것이 적성에 맞을 리 없었다. 놈은 일족의 족장이었고, 그것에 자긍심을 가지고 있었을 터. 무언가를 원하지 않고는 그런 변태 놈에게 묶여 있을 성격이 아니었던 것이다. 설마 그 마수 검을 손에 넣기 위해서였던 것인가? 그것을 가지고 무엇을 하려고 생각하는지는 모른다.

"그 고혹적인 피의 소유자였었지."

미쳐 버린 녀석이 울부짖으면서 성을 다 때려 부수는 것을 가만히 지켜보는 나에게 들리는 목소리는 매우 차가웠다.

"칼리아—!"

베리우스의 절규가 들려왔다. 테자르 영주의 성은 무너져 가고 있었다.

"마검의 소유자여, 다음에 또 만날 날이 기대되는군."

쩨쩨하게 공간 사이에 숨어서 그런 말을 하다니, 결국 한 것은 아무것도 없으면서 그는 일단 물러설 것을 선택하고 있었다. 낮의 나에게는 당할 재간이 없다는 것을 그는 잘 알고 있었다. 그래서 후일을 기약하고 사라져 버린 것이다.

나는 베리우스를 만나고 싶지 않았다. 그 녀석을 만나면 그 오랜 싸움이 계속될 것은 뻔했기 때문이다. 그 녀석의 불의 검 자이비엘은 베리우스의 의지에 따라 불을 뿜어 모든 것을 태워 버리고

있었다. 나는 지하에서 마검 미드가르드를 찾아낸 후 그곳을 벗어
났다. 아이라는 라쉬엘 족의 엘르에게 데려다 줄 생각이었다. 그녀
는 내 팔 안에서 잠들어 있었다.

베리우스가 만일 칼리아의 환상을 보지 않았다면 그 상황은 어
떻게 되었을까. 그런 식으로 칼리아는 또 한 번 나를 도와주었을
지도 모른다.

그 때문에 정(情)이라는 것은 버릴 수 없는 것인지도 모른다.

칼리아, 베리우스의 잊혀지지 않는 그녀.

그녀를 죽인 것은 나였다.

그녀는 나로 인해서 죽었다.

이상한 추억과 신비한 일들을 뒤로한 채 웃으면서 후회하지 않
는다고 말했다.

그러면서 그 작은 몸을 뒤로 빼지도 않고 항상 당당했다.

그녀의 검은 머리카락, 에메랄드 빛의 아름다운 눈이 슬프고도
강인해 보였다.

그리고 그녀는 그렇게 사라졌다.

아주 아름다운 향내.

나는 여자의 향기와 피에 그녀를 잊었다.

균열이 가는 성과, 그리고 미쳐 버린 검사, 여자의 향기가 나까
지도 미치도록 만들고 있는가.

〈 2권에 계속 〉